云耕者

邱贵平／著

百花洲文艺出版社
BAIHUAZHOU LITERATURE AND ART PRESS

图书在版编目（CIP）数据

云耕者／邱贵平著. — 南昌：百花洲文艺出版社，
2023. 12

ISBN 978-7-5500-5440-0

Ⅰ.①云… Ⅱ.①邱… Ⅲ.①长篇小说-中国-当代
Ⅳ.①I247. 5

中国国家版本馆 CIP 数据核字（2024）第 014320 号

云耕者
YUNGENGZHE

邱贵平／著

出 版 人	陈　波	
责任编辑	郝玮刚	
封面设计	肖景然	
出版发行	百花洲文艺出版社	
社　　址	南昌市红谷滩区世贸路 898 号博能中心 A 座 20 楼	
邮　　编	330038	
经　　销	全国新华书店	
印　　刷	四川科德彩色数码科技有限公司	
开　　本	880mm×1230mm　1/32	印张　9
版　　次	2024 年 2 月第 1 版	
印　　次	2024 年 2 月第 1 次印刷	
字　　数	203 千字	
书　　号	ISBN 978-7-5500-5440-0	
定　　价	55. 00 元	

赣版权登字　05-2024-5

网址　http://www.bhzwy.com
图书若有印装错误，影响阅读，可向承印厂联系调换。

目录

CONTENTS

有这样一群大地之子

怀揣振兴乡村的质朴梦想

在乡野播种新生的希望

凭借勇气、担当和智慧

引入新理念、新视野、新技术

激发活力带动改变

他们——平凡而伟大、执着又坚韧

他们——是值得关注和书写的乡村造梦师

——题记

突然想回乡种田

白云翩从超市买回一袋米，生米一天天一顿顿煮成熟饭，吃进肚里化着有机肥。那天晚餐，一粒深藏不露的大石子，硌碎柳耕笙一颗牙。柳耕笙大怒，饭碗猛地往桌面一礅。碗应声而裂，吓得妻儿目瞪口呆。幸好桌面衬的是钢化玻璃，要是普通玻璃，怕是难逃裂运。

在妻儿印象里，文质彬彬的柳耕笙，从来没有发过这么大的火。

碗一碎裂，柳耕笙就后悔了，一边收拾残局一边道歉："对不起，吓着你们了。"儿子柳絮飞抚着胸口道："老爸，拜托，下次发大火提个醒，我提前准备好心脏。"柳耕笙一下被逗笑："不是准备心脏，是准备心理。"我要是事先通知你，就不会发火，火都是突发的。柳絮飞撇了撇嘴："老爸，你怎么一点幽默感都没有？懒得跟你对牛弹琴，我做作业去了。"

柳絮飞说罢，大摇大摆进自己房间，轻轻关上门。

白云翩这才开口："柳总，你要向儿子学习，他无端受了你的惊吓，却没有用力甩门，还幽了一默，涵养远远超出他的年龄。你在公司，大小是个领导，修身养性要加强啊，在祖国花朵面前要注意言传身教。"

"白主管批评的是，也要向你学习，我发火你不跟我发火，我没见识你不跟我一般见识，跟你比差距实在是太大了。"

"最近你的火气直线上升，怎么，老板又给你小鞋穿了？"

"那还不是，原来的小鞋，好歹是塑料和皮革做的，有一定弹性，现在换成铁做的，而且一下缩小到三寸，脚削掉一层，也没法穿。"

"那你打算怎么办，硬撑下去？"

"硬撑下去，我的脚就废了，老子跳槽。哪里有压迫哪里就有反抗，哪里有小鞋哪里就有逃离。"

"你已经跳了四次，越跳越糟，再跳下去，你不嫌累，我都替你累。"

"那怎么办，难道就这样忍气吞声下去？自己硌碎的门牙可以往肚里吞，别人打碎的门牙我可不想往肚里吞。"

"好，有气概，我看这次气概大一点，索性辞职！"

"跳槽就是辞职，我跳四次了，这算什么气概？"

"我的意思是，辞职回家'采菊东篱下，悠然见南山'！"

"你的意思是，回家种田？"

"柳总悟性挺高嘛，给人打工实在屈才，太屈才了。"

"白主管啊白主管，你身上的文艺细胞，是不是又发作了？"

"不是文艺细胞发作，是创业细胞发作。"

"我看你不是创业细胞发作，而是脑细胞发烧，老子宁愿送快递，也不回家种田。种田有什么出息，现在谁还种田？还创业？创个毛，亏你想得出。这么说吧，我就是有变脸的本事，也丢不起这个脸，我就是有一千张脸，也没脸见江东父老。哼，不管怎么说，我也是堂堂本科生，回家种田，别说门缝，窗缝都没有！"

"柳总，您多虑了，现在农村人口越来越少，没几个父老可见。再说了，您长得也不咋样，除了我，没人在意您的尊容。"

"你不在意我在意，镜子在意，我自己撒出的那泡尿在意。你的母亲是不是父老？我的父母是不是父老？他们一个顶十个，我要是回去种田，他们十有八九不认我这个女婿和儿子，就是认了，从今以后也要把自己的脸藏起来。你父亲地下有知，恐怕也不会认我这个女婿。白主管，你什么意思，怎么突然想回家种田，是不是你老板也给你小鞋穿了？"

"那倒没有，不过公司半死不活的，看不到任何前景，我实在不想干了。"

"那你先辞，等你找到更好的工作，我再辞，两个人同时辞，要是都没找到工作，那就压力山大了。"

"那您还能忍受铁做的三寸小鞋，不怕自己的脚废了？"

"谁叫我是男人呢，在你辞职和找到工作之前，哪怕变成铁拐李，咬碎牙关也要忍下去！"

"您已经碎了一颗牙，别再咬碎了，碎不起呀。"

"为了这个家，为了亲爱的老婆和可爱的儿子，我柳耕笙不惜粉身碎骨。"

"别呀，您要是粉身碎骨了，我们娘俩岂不成了孤儿寡母。"

"白主管，请你严肃点，别您啊您的，恶心不恶心？你怎么就体会不到我的良苦用心？"

"对不起，我的心脏刚才受到您，不，受到你的严重惊吓，无感了。"

白云翩说罢，躲进卧室刷微信去了。

现在的饭真不好吃

白云翩特意到尚水晶朋友圈逛了逛。尚水晶的朋友圈，设定为半年可见，总共三条，三个多月未更新。白云翩本想删除或者拉黑她，犹豫了一下，设置为不看她，也不让她看自己。

那袋米，跟尚水晶有关。平常，白云翩固定到小区附近那家超市购物，那天下班途中，微信刷得忘我，公交多坐了一站。一下车，看到几步之遥的超市门口，拉着打折促销的巨幅广告。"打折打到骨折"这句广告词吸引了她，情不自禁走了过去，里头顾客不多。

打折的，多为临近保质期的食品，打折幅度虽大，并未达到"骨折"地步，至少白云翩没觉得。白云翩本来没有购买欲望，碰到尚水晶，不买点什么说不过去，想到家里大米所剩不多，尚水晶负责的又是粮油区，在她推荐下，买了十斤大米。

掐指算来，白云翩和尚水晶已经七年没见面。上次见面，皆为人母不久。尚水晶还是那样矮那样瘦，娃娃脸的脸色却好看了许多，更显娃娃气质。尚水晶没认出白云翩，不是白云翩暴瘦暴胖或者暴老判若两人，而是发生"翻头覆发"的变化——齐耳短发替代披肩长发。尚水晶又有点近视，所以一时没认出。白云翩主动打招呼，愣怔十几秒才认出她的尚水晶，顿时爆发出他乡遇故知的惊喜。

聊着聊着，话题不约而同扯到孩子身上，各自掏出手机展示照片。白云翩儿子不胖不瘦不高不矮，尚水晶儿子又瘦又高。尚水晶虽然不高，但年仅七岁的儿子跟她只差一个脑袋，高得有些过头。白云翩问尚水晶，还像以前那样闹吗？尚水晶说，不闹了，文静得很，像个女孩子，就是不爱吃饭，光长个不长肉，瘦得像芦苇，风吹两边倒，愁死我了。

"不爱吃饭，啥意思？"

"爱吃零食呗，饭量比我酒量还小。"

"你酒量多少？"

"很小很小，超常发挥的话，小瓶啤酒最多一瓶。"

"确实小。"

"你儿子饭量怎么样。"

"比他爸酒量好。"

"他爸酒量如何？"

"超常发挥的话，可以喝四瓶大瓶啤酒。"

"哇，太厉害了，那你要多买点米。"

"儿子饭量还行，主要是我严格控制他的零食。老公就不行了，饭量比酒量差多了，老说现在的饭不好吃，没有小时候的饭好吃。"

"小时候没什么零食，又要帮父母干农活，不多吃饭肚子饿得敲锣打鼓，饭当然好吃，没菜也能吃几碗。"

"我也觉得现在的饭没有小时候的好吃，是不是稻子农药化肥打多了？"

"那是肯定的，现在除了零食，什么吃的都没有过去好吃。过去撒化肥农药，跟炒菜撒味精一样；现在撒化肥农药，跟自来水厂撒漂白粉一样。不过你放心，我们超市的大米，都是有机大米，安全又好吃，可以多买点。"

"我倒是想多买，拎不动啊，快到保质期了，吃不完浪费，下次再来买，以后我会经常光顾的。"

"唉，现在的饭确实越来越难吃，饭碗也越来越难端，端人家饭碗看人家脸色，我每个月都有销售任务，完不成要扣工资，一天站下来，裤带都是酸的，累死累活，一个月才两千多一点，我那个老公，这些年做生意老是亏钱。"

"唉，人活着不是为了钱就是为了钱，想想真没意思。"

"钱重要啊，没钱寸步难行。昨天我从朋友圈看到一句话，说得太深刻了。有钱能解决人生80%的难题，还能缓解20%的难题。我赚的这点钱，只能缓解人生20%的难题。"

白云翩赶紧买了一大桶油。

"水晶，说到底，还是要端自己的碗，碗里装自己的饭，那样吃起来才香，你有没有想过当老板？"

"当老板？没那个命哟，我老公倒是当了一阵子小老板，我也当了一阵子小老板娘，可是现在，唉，老板不是谁都能当的……"

"对了，你怎么跑到福州来了，县城的豪宅卖掉了？"

"唉，说来话长，说起来都是泪，过去的事不想提了，一个字都不想提……"

聊了一会，互相微信。加微信的时候，白云翩问，我还留着你原来的手机号，变了没有？尚水晶说，早变了，手机换了好几部，换来换去，好多朋友的手机号弄丢了，不好意思啊，我把新号发给你。白云翩嘴上说，这有什么不好意思的，又不是什么了不得的大事，再说我也换了手机和号码，心里却阵阵冷笑，根本没存她的新号，也没把自己的号码发给她，说微信联系就可以。

加了微信却很少联系，一看尚水晶空荡荡的朋友圈，白云翩就失去联系热情，尚水晶也从不主动联系。白云翩再没有错过站点，错过也不光顾那家超市。

白云翩不喜欢尚水晶，加微信只是客套。如今柳耕笙牙被硌碎，跟尚水晶没有直接但有间接关系，白云翩更不喜欢她，没把她拉黑删除，算仁慈了。

家乡米奶粉

白云翩和尚水晶，是在儿子出生那年认识的。

白云翩生育那天——不是前几天也不是后几天，就是当天，具体而言，是儿子出生后三个小时——中国奶界发生雪崩：三鹿奶粉事件曝光。

白云翩顿觉儿子生不逢时，决定完全母乳喂养。之前，为了保持身材，白云翩不想哺乳，甚至罪恶地祈盼奶水不足，以便名正言顺喂牛奶。如今牛奶不敢喝，白云翩为了赎罪，也为了多快好省地产奶，毅然七把叉那般猛吃猛喝，只要能产出丰富的奶水，胖成母牛在所不惜。

至于进口奶粉，白云翩想都没想，经济条件不允许，也没多大信心，既然外国月亮不比中国圆，进口奶粉未必比中国安全。当然也不排除"吃不上葡萄就说葡萄酸"的心理。

白云翩的乳房却不争气，大鱼大肉当饭吃，土鸡汤猪蹄汤当水喝，出奶却相当有限，敢情都转化成了脂肪。白云翩那个气急败坏，恨不能把身上的肥肉割下来，熬成奶油。偏偏儿子食量大，白云翩动辄断流的奶水根本满足不了他的需求，号啕大哭连带伸胳膊踹腿，强烈抗议。

幸好有米奶粉。

伺候月子以婆母土芬为主，母亲地芳为辅。土芬先到，地芳后到。土芬产前两天到，地芳产后两天到。除了土鸡和土鸡蛋，她们还带来一样相同的物产：家乡米粉。

这个米粉，不是粉条粉干之类的米制品，而是大米研磨而成的米粉，加糖放锅里一蒸，即成晶莹洁白的米糊，入口即化，蛋羹般鲜嫩。奶粉匮乏的年代，倘若产妇奶水不足，米粉就是奶粉，乡人给它起了个不土不洋、亦土亦洋的昵称——米奶粉。

土芬和地芳，作为不缺奶的过来人，没预料到白云翩如此缺奶。她们心里虽有奶粉概念，但跟牛奶或奶牛没有关联。亲家母所见略同，各自精选家乡上等大米，手工研磨了几斤米奶粉，怕粗糙，研磨了两道，没想到派上大用场。

倘若一方是城里人一方是乡下人，出于无知或者歧视，城里亲家大抵会排斥米奶粉，尽管他们一日三餐吃的都是米饭。两家都是乡下人的话，不存在无知和歧视。因为母亲奶水充足，当年米奶粉虽然没有成为白云翩和柳耕笙的主食，却是主要零食，说他们吃米糊长大，并不夸张，无论情感还是认知，都没有理由排斥米奶粉。

令人欣慰的是，柳絮飞对米糊没有"水土不服"，胃口好得出奇。不过，小家伙排斥其他米粉。白云翩到超市买了两盒比进口奶粉便宜得多的进口米粉，柳絮飞吃了两口，就哭着闹着不肯吃，换成米奶粉，又肯吃了。试验几次，皆如此。

柳耕笙说："一方水土养一方人，家乡米奶粉最养人，儿子将来长大了，身体素质一定不比那些吃洋奶粉长大的孩子差。"

白云翮若有所思道："要是三鹿奶粉没有出事，你还会让儿子吃米奶粉吗？"柳耕笙说："这个我还真没想过。"说到这里，柳耕笙停顿了一会，想了想，又说："我估计会让儿子吃奶粉，如果吃得起，还会让他吃洋奶粉，奶粉毕竟方便，从理论上讲，奶粉尤其洋奶粉营养比米奶粉丰富。"

白云翮说："口是心非了不是，都说有奶就是娘，你心里早就认奶粉作干娘了吧。"柳耕笙也笑："你说干娘就干娘，奶粉是干娘，米奶粉是干爹，现在干娘堕落了，就得靠干爹，干爹应当跟干娘离婚，一脚踹掉干娘。"

白云翮哧哧直笑："柳耕笙，看不出来，藏得很深啊，你个理工渣男，竟然这么有文学才华，当初你写给我的情书，看不到丝毫文学色彩。"柳耕笙说："当时不是还没把你追到手嘛，追到手之后，受你这个中文妹影响，近朱者赤近墨者黑了嘛。"

白云翮说："那你现在给我写首情诗。"柳耕笙说："娘子，这你就高估和为难相公了。我只是个近朱者，没有颜料，怎么开得了染房？要不娘子写一首给我吧。"白云翮来回抚摸他的背："我说相公，你肉麻不肉麻，让我写诗给你。哎呀，儿子哭了，睡醒了，估计是饿了，我给他蒸米糊去，现在米糊就是诗。"

白云翮正给儿子喂米糊，尚水晶抱着儿子来串门。

尚水晶儿子瘦如猪崽，不是三胞胎五胞胎猪崽，而是七胞胎十胞胎猪崽。想象一下，即便母猪强壮如大象，一次生个七胎十胎，猪崽必然瘦得悲惨。两者相比，白云翮儿子是巨婴，尚水晶儿子是侏儒。

尚水晶奇道："这是什么？"白云翮说："米糊，你没见过？"

"小时候见过，奶奶用它糊布，碎布贴在木板上，糊了一层又一层，手指那么厚，晾干后一针一线地纳，就成了布鞋底。"

"差不多，不过那是用最差的米磨出的米粉熬成的米糊，我这是用最好的米磨出的米粉熬成的米糊。"

"不管是好米粉还是差米粉，这玩意儿都太黏了，会不会把宝宝肠子粘住？"

"嘻嘻，你长着一张娃娃脸，想法也跟孩子一样，照你这么说，酱油那么黑，我们天天吃，肠子是不是也被染黑了？"

"哈哈，染黑了也看不见，一个人心肠要真是黑了，到医院做肠镜也看不出来。"

"这话在理，说得太好了。生产三鹿奶粉的厂家，肯定是黑心肠，可是谁也看不出来。"

"国产奶粉看上去是白的，但也许是黑的，打死不敢吃。"

"那你宝宝吃什么，母乳？"

房间没有他人，尚水晶没有立即回答，而是掀起衣服，但见没戴乳罩的胸部一马平川，细看，两个乳头酒窝般微微凹陷。白云翻倒吸一口凉气，试探道："有奶水吗？"尚水晶自嘲道："有个鬼哟，我现在只有苦水汗水泪水和尿水。"

"那宝宝吃什么？"

"奶粉呀。"

"奶粉，你不怕有毒？"

"不是国产的，是进口的，我老公其他本事没有，就是有点赚钱的本事。进口奶粉虽贵，还是吃得起的。"

"宝宝爱吃吗？"

"还行。你的乳房那么大，奶水一定很足吧？"

"不瞒你说，中看不中用，不然也不用吃米糊。"

"为什么不吃洋奶粉？"

"我老公不像你老公能赚钱，赚那么点钱只够养家糊口，买不起进口奶粉。"

"你俩都是堂堂大学毕业生，拿着高薪，买不起进口奶粉，谁信？不像我，连个工作都没有，全靠老公赚钱。"

"信不信由你，反正你都看见了。"

"那你这是进口米粉？"

"不是，刚才跟你说过了，是土米粉，家里的米磨的。"

"哦，你看我这记性，脑子都被儿子折腾坏了。你放心让宝宝吃这玩意？"

"有什么不放心，你看我宝宝吃得白白胖胖。你宝宝吃进口奶粉怎么这么瘦，你就这么信任进口奶粉？"

"难道让我信任国产奶粉？眼下只能信任进口奶粉。那是要进口的呀，进口的东西相对安全，宝宝总不能饿肚子。"

"建议你也让宝宝吃米糊，要不要我喂他几口试试？"

尚水晶受惊似的后退两步，拿出随身携带的奶瓶："不用了，谢谢，我有这个。"尚水晶儿子似乎也受到惊吓，猛地大哭起来，哭声钝器划刮玻璃般刺耳。实在难以想象，那么小的身子，那么小的嘴巴，竟能发出如此高分贝的哭声。

尚水晶疾步而去，生怕白云翮喂儿子米糊。

尚水晶儿子和白云翮儿子同年同月生。尚水晶小白云翮四五岁，个头身材也矮得多瘦得多，一副没有完全发育的样子。尚水晶早婚早育，白云翮晚婚晚育。尚水晶丈夫大白云翮十来岁。

白云翮上初中的时候，尚水晶的丈夫就出去打工了，虽然同一个村，了解并不多，他有一个不雅的"大卵泡"外号。白云翮看到尚水晶萧条的胸部，心里忍不住笑，"大卵泡"吃的到底是嫩草还是枯草？

尚水晶儿子是个不折不扣的哭夜郎，像个夜夜笙歌的纨绔子弟般夜夜啼哭。在老人指点下，尚水晶到村头村尾大路小路边，张贴写着"天惶惶地惶惶，我家有个哭夜郎；过路君子念三遍，一觉睡到大天亮"打油诗的红纸，没有任何效果。

尚水晶白长了一张娃娃脸，脸上少有娃娃天真的笑容，整日愁眉苦脸，儿子实在太难带，不仅爱哭还爱生病。除了厕所，尚水晶上得最多的就是医院。儿子生下后，尚水晶没睡过一个好觉，快熬成木乃伊了。

白云翩儿子人见人爱，一般情况下，谁抱都不哭，一逗就笑，一笑两个指头大的酒窝。尚水晶儿子人见人烦，任何情况下，除了尚水晶，谁（包括"大卵泡"）一沾手就哭，好像别人手上带电。不哭的时候一逗就哭，哭的时候一逗更哭，要他小命似的。

没过多久，尚水晶带着儿子住进县城。尚水晶前来道别，白云翩不在家。那时微信尚未出现，手机倒是上山下田都能打。尚水晶给白云翩打手机，一是告诉她，她在县城买了一套拎包入住的九成新二手房，装修豪华，房东出国定居急着出手，叫价不是太高，很划算。更划算的是，房子与县医院直线距离一百米、道路距离三百米，与实验一小直线距离三百米、道路距离六百米，杠杠的"双区房"（病区房和学区房），看病十分方便，将来上学也方便，这是他们最看重的。二是告诉她，不管怎么说，还是要给宝宝吃进口奶粉，你的宝宝看上去虽然白白胖胖很可爱，但我总觉得有些不正常，是不是米奶粉有问题……

白云翩顿时火冒三丈，正要驳斥，话筒里传来歇斯底里的哭声。尚水晶说宝宝又哭了，以后再联系，把电话挂了。白云翩火冒三丈，反拨回去，尚水晶一直没接，本想发条义正词严的抗议短信，写好又犹豫了，终归没发，却把尚水晶的号码删了。

家乡米饭

娘家住三天、婆家住五日，白云翩的产假过得像婚假。尚水晶打电话给她那天，白云翩离开婆家去了娘家。白云翩的婆家上地和娘家下地，深藏于闽西北千山万壑褶皱之中，同属于虾洋镇——一个充满海洋和海鲜气息的镇名。

南宋景定元年（1260年），上地产嘉禾一茎十五穗，皇帝遂诏改其县为嘉禾县，改虾洋镇为嘉禾里。嘉禾里稻米，也就是上地稻米，一度作为贡品上供朝廷。

不知是土质特殊还是水质优良，上地稻米品质卓越。反复淘洗过的大米，倒入铁锅，在沸水和时间作用下，由一粒粒米骨朵怒放成一朵朵米花，笊篱捞出沥干水分，放进饭甑蒸熟。饭甑杉木制作而成，蒸出来的米饭，滑软香甜隽永味蕾。大户人家的饭甑，由名贵红豆杉制成，蒸出的米饭更加香甜，据说还有益寿延年之功效。

饭菜饭菜，吃饭必须有菜，有菜才能下饭，菜越好越下饭。上地米饭既是饭也是菜，不用菜也吃得津津有味。在嘉禾县和嘉禾里改回原名之前，当地人吃饭，每餐必先吃三口白饭方能吃菜。此举有深意：第一口，品尝米饭的原汁原味；第二口，谁知盘中餐粒粒皆辛苦，一粥一饭当思来之不易，感念种田人的艰辛；第三口，半丝半缕恒念物力维艰，思想衣食从何而来。

上地稻米熬出的稀饭，更是一流。稀饭出锅，盛进木盆冷却至微凉，表面结起一层洁白的膜，有如冰肌玉肤，上地人称之为米油。米油营养丰富，爽滑滋润，养颜又养胃。夏天，冷却的米油是解暑的佳饮；冬天，滚烫的米油是驱寒的高汤。

柳耕笙的大学，是在郑州念的，食堂主要供应馒头包子花卷面条，很少供应稀饭米饭。柳耕笙吃不惯面食，寒暑假回家返校，什么也不带，专门带米，在宿舍用钢精锅和电炉开小灶，室友跟着沾光一饱口福。

工作后，柳耕笙节假日回家探亲，返回福州必然带上两袋大米，一袋送给领导一袋留给自己。领导爱吃上地米饭，通过输送这种特殊的糖衣炮弹，柳耕笙和领导建立了鱼水情，自己也当上了领导。可惜领导经营无方，公司很快倒闭，跳槽的柳耕笙和领导渐行渐远。

柳耕笙开始了田径赛事般频繁的跳槽生涯，越跳越糟、越糟越跳，竟然患上厌饭症，曾经一想起就饥肠辘辘的家乡米饭，也提不起他的食欲。柳耕笙的酒量远远高于饭量，可以三日无饭不可一日无酒。但他又不是酒鬼，并不每喝必醉，而是每喝必饱，喝不饱不下桌，喝饱不再喝。四瓶啤酒下肚，基本饱了，不饱多吃菜，饱则少吃菜。柳耕笙喝酒，不排除借酒浇愁或对酒当歌因素，但很大程度是为了充饥。所以他只喝啤酒，啤酒撑肚子，易饱。

那年深秋，很少出远门的柳家齐，表示要专程前往福州看望孙子。柳耕笙和白云翮结婚以来，柳家齐一次福州也没来过。说来难以置信，柳家齐拖拉机、耕田机、收割机开得麻溜，竟然晕车。其实也不奇怪，不少开车多年的人，坐车晕开车不晕。

上地距福州三百多公里，不算太远，但在既未通高速又未通高铁动车的当年，可是"路漫漫其修远兮"，何况柳家齐晕车。

听说父亲要来，柳耕笙和白云翩大喜过望，恨不能箪食壶浆以迎，嘱咐他什么也别带，坐车太辛苦，空手轻松些。说归说做归做，除非家徒四壁，爷爷来看孙子，怎么可能空手，柳家齐还是带来两大瓶鸡蛋和一大袋大米。

鸡蛋装在空塑料油瓶里，就是超市买来的那种装植物油的瓶子。剪断瓶颈，装满鸡蛋套上，透明胶层层粘牢，提携方便还防鸡蛋磕破。米是新米，刚打下的谷子，柳家齐亲自加工，装在编织袋里，足足八十斤。

柳耕笙到车站迎接父亲，打车回家。电梯正好维修，肚子和那袋米差不多大的柳耕笙，一把扛起它奋勇争先，爬到十楼（家在十五楼），八十斤仿佛变成一百八十斤，每上一级台阶，重量增长十斤。

距十二楼还有五级台阶，上衣湿透的柳耕笙终于扛不住，把米袋往楼梯上用力一扔，一边喘气一边埋怨："爸，都什么年代了，大老远带一大袋米来，累不累?! 我不是千叮咛万嘱咐，让您空手来，您就是不听，真是的。"

柳家齐说："你不是喜欢吃家乡米饭吗? 老子大老远来看你们，总不能空着手，那成何体统。"休息了一会，柳耕笙不那么喘了，抹着汗说："现在的福州，只要有钱，什么好吃的买不到? 什么空手不空手的，您来看望我们，就是最好的礼物。再说了，您不是带了鸡蛋嘛，带鸡蛋就行了。"

柳耕笙说罢，欲继续前进，连抱几下，无法将米袋抱上肩。柳家齐把瓶子递给他，掀起帽子，摸了摸头顶那颗特色鲜明的肉瘤："真是没用，一袋米把你累成这样，我来吧。"柳耕笙不甘示弱，拨开父亲有力的大手，大喝一声，终于将米袋扛上肩，一步一个脚印往上爬。

米袋一上肩，柳家齐发现裂开一道小缝，晶莹剔透的大米像一道微型瀑布飞流直下。柳家齐大叫，"米漏了。"伸出双手去接。柳耕笙扭头一看，流量不大，幸灾乐祸道："漏就漏了，正好给我减负。"

爬到十四楼，柳家齐粗糙的双手已经"米满为患"，撒到地上。柳家齐又大叫起来："停下，快给老子停下，米流到地上了。"柳耕笙无动于衷，就要到家了，不能停，一停前功尽弃。柳家齐眼睁睁看着洁白的大米流失在地，脸色顿时难看起来，仿佛刷了一层黑漆。

到了家门口，柳家齐黑着脸不肯进门，除非柳耕笙把落在地上的大米捡起来，少一粒也不行。柳耕笙知道父亲牛脾气上来了，可是他已经瘫坐在地，别说站起来捡米，连句话都说不出来。

迎候在门口的白云翙见状，连忙打圆场："爸，您别生气，您看耕笙现在这副样子，别说捡米，金元宝也捡不起来。我来吧，保证一粒米不落下。"柳家齐脸色和口气有所缓和："飞飞呢？"白云翙说："这个调皮鬼，听说爷爷来了，故意藏了起来，让您去找呢。"

话音刚落，屋里传来柳絮飞欢快的叫声："爷爷，快来找我。"柳家齐顿时喜上眉梢，鞋也来不及脱，一个箭步跨进房间，"臭小子，爷爷来了不出来接我，还跟我捉迷藏，看我怎么收拾你……"

善解人意的白云翙，晚餐特意做了上地米饭，还有包括佛跳墙在内的佳肴。佛跳墙是柳家齐最爱吃的一道福州菜。他们都吃辣，柳家齐更是无辣不欢。福州人一般不吃辣，口味清淡喜甜，佛跳墙历来不加辣椒。白云翙却加入红椒，软嫩、柔润、浓郁清香、味中有味的佛跳墙，多了一味喧嚣的辣味。

一家人吃得津津有味，白云�和柳絮飞比平时多吃了一碗和一碗半饭。白云886一边给柳家齐搛菜，一边说："爸，家乡米煮出来的饭，味道就是不一样，特别香软特别好吃。"柳家齐高兴得端起酒杯一饮而尽："那是，过去皇帝也吃这米。"

柳絮飞偏着脑袋问："爷爷，你种稻子的时候，是不是往田里添加了什么特殊的东西，或者你把稻子做成米的时候，是不是往里面添加了什么特殊的东西，煮成饭后才特别好吃？"柳家齐吃惊道："添加什么特殊的东西？"柳絮飞说："就像我老妈炒菜的时候，往锅里添加鸡精生抽什么的。"柳家齐笑喷，摸着他的脑袋说："爷爷什么都没添加，正因为什么都没添加，煮出来的米饭才特别好吃，其中的道理，等你长大就知道了。"

柳家齐又端起酒杯，一饮而尽。与柳耕笙相反，柳家齐只喝白酒，而且是五十度以上的高度白酒。柳家齐还要往杯里续酒。柳耕笙拦住："爸，您有高血压，适可而止，不能再喝了。"白云886附和："爸，我给您装饭吧。"柳家齐点点头："好，听你们的，不喝就不喝，吃饭。"柳家齐连扒几口饭，问柳耕笙："你怎么不吃饭？"柳耕笙说："我已经喝饱了，吃不下饭。"

柳家齐："你喝酒都不吃饭？"

柳耕笙："习惯了。"

柳家齐："这个习惯不好，'人是铁饭是钢，一顿不吃饿得慌'，我每餐至少三碗饭，你们家这么小的碗，可以吃五碗。"

柳絮飞："爷爷，我爸早就把酒当饭了。"

白云886："他快成神仙了，除了早餐吃点稀饭，经常三四天不吃一碗饭。"

柳家齐："这怎么行，你是不是有什么毛病？"

柳耕笙："爸，您别听他们瞎说，除了胖，我什么毛病没有。"

柳家齐："这样下去，你迟早会出毛病，再说你已经出毛病了，胖就是毛病。"

柳耕笙："胖是毛病不是病，吃饭不是更容易胖吗？"

柳家齐："屁话，从来没听说吃饭吃成胖子，胖子都是大吃大喝好吃懒做成胖子的。喝啤酒最容易发胖，从明天开始，你最好把酒戒了，或者像我一样喝白酒，但也不能多喝。"

柳耕笙："酒戒了，业务就没法做了，很多业务都是在酒桌上达成的。酒杯一端政策放宽，筷子一提可以可以。你当过村干部，不是不知道这个道理。白酒我喝不来，一喝就犯晕犯傻，要坏事的。"

柳家齐："那你就先吃饭再喝酒，或者酒后再吃饭。"

柳耕笙："啤酒不像白酒，啤酒占库容，先吃饭就喝不了啤酒，喝了啤酒就吃不下饭。"

柳家齐猛一拍桌子："哪来那么多废话，不管吃得下吃不下，今晚都得吃碗饭。"柳家齐说罢，亲自装了满满一碗饭塞到他手里大声道："我大老远辛辛苦苦背来的米，今天你怎么也得给老子一个面子，吃得下也得吃，吃不下也得吃，这么好吃的米饭，你怎么就不想吃？"

父亲大人一声吼，儿子心里抖三抖。骨子里敬畏父亲的柳耕笙只好硬着头皮开吃，味同嚼蜡，边吃边想：怪了，家乡米饭怎么变得没有味道？到底是我的口味变了，还是家乡米饭的味道变了？

一番苦大仇深地慢咽细吞之后，柳耕笙终于吃完那碗饭，肚子胀了一个晚上，翻来覆去没睡好。

看他那副难受滑稽的样子，白云翩又好气又好笑。

回乡坐月子坐出乡愁

作为嘉禾里，盛产稻米名不虚传；作为虾洋，盛产鱼虾名不虚传。

小时候，每到夏秋时节，白云翩经常混迹男孩当中，高卷裤腿下河捞虾。捞虾的工具，是口窄肚阔的椭圆竹捞（又称畚箕或者簸箕），有如对半剖开的瓠瓜。竹捞有大有小，大可卧躺一个小孩，小只能容身一只猫咪。

左右手牢牢把住竹捞边沿，撇口戳向茂密水草根部，摇一摇、晃一晃、抖一抖，端起沉重的竹捞脱离水面，水迅速从缝隙流失殆尽，竹捞顿时变轻，大小不一的虾儿活蹦乱跳在捞底，偶尔夹杂一两条泥鳅或黄鳝。大虾小指大小、食指长短、黑色或者褐色，那是虾中元老。中虾筷头粗细、小指长短。小虾略小略长于蜜蜂，灰白色。

据父辈讲，他们小的时候，水草密如头发，放禾水的时候，泥虾逃难般逃进河里，群居草丛的虾儿，有时多如米，短短一顿饭工夫，就能捞上一两碗。白云翩他们小的时候，捞上大半天，只能捞个小半碗。河水脏了，水草少了，虾儿自然少了。

爷辈说："我们小的时候，河水可以直接喝，鱼虾多如现在大城市马路上的汽车，车多了容易车撞车，鱼虾多了容易鱼撞鱼、虾撞虾，看鱼虾打架，有趣得很……"

父辈说："我们小的时候，河水虽然不能直接喝，洗衣洗澡还是可以的，鱼虾虽然不多但没有断子绝孙，偶尔还有意外收获，可以抓到鳗鱼和田鸡。到了你们这一代，河水连牛都不能喝了，只能浇菜，鱼虾像鸟兽一样少了……"

爷辈又说："现如今，河里的鱼虾像山上的鸟兽一样少，山上的鸟兽又像村里的人口一样少，这样发展下去，祖祖辈辈辛辛苦苦开垦出来的良田，又要变成山还给山了，唉，这世道变化太快了……"

父辈再说："等我们死光了，怕是再也没人种田了，没人种田就没有人使用农药化肥，也许到了那个时候，河里的鱼虾又多了起来，可是，鱼虾多了，人却少了没了，那又有什么意义呢……"

虾洋之名，其实与虾无关与洋无关，就像毛病与毛无关。若干年后，白云翮回乡种植有机水稻，家乡的山越来越青、水越来越绿，有一天下河游泳，意外发现岩石上的贝壳化石，醍醐灌顶：亿万年前，家乡曾是一片汪洋大海，虾洋名副其实……

虾洋是镇，白云翮和柳耕笙同镇不同村。白云翮在下地村，柳耕笙在上地村，相隔五里。土芬是嫁到上地的下地人，与亲家母地芳是闺密，亲上加亲。下地是土芬娘家，父母去世哥嫂健在，哥嫂颇有"长兄为父长嫂为母"之风，故而感情深厚来往密切。白云翮回娘家的同时，等于回了婆家的娘家。婆家的娘家跟婆家一样好，好得像娘家一样好。在相隔五里的婆家与婆家的娘家之间，以及相隔五百米的娘家与婆家的娘家之间轮流休产假，白云翮能不舒坦吗？

舒坦的关键在于儿子好带。儿子吃了睡睡了吃，不怎么闹，也不怎么发烧感冒，皮肤瓷白，身子瓷实，唯一不"舒坦"的，就是抱在手上吃力——有分量。

尚水晶说柳絮飞"白得不正常、胖得不正常"，惹得白云翮勃然大怒，认定尚水晶羡慕嫉妒恨，其实自己也曾以为儿子有"毛病"，当然不是"白得不正常、胖得不正常"，而是"好带得不正常"。

白云翽这个混账想法，是在两家聚会时萌芽的，当即被地芳和土芬的"怒火"灰飞烟灭："小孩子越会吃、越能睡越健康，难道你喜欢他哭、喜欢他闹、喜欢他生病？看来不是宝宝有毛病，是你有毛病，舒坦出了毛病！"

白云翽连忙告饶请罪："是我多想了，宝宝这么好带，都是大家的功劳，奶奶功劳最大。"土芬转怒为喜："我的好媳妇，这你就不用过分谦虚了，宝宝好带，主要是因为你生得好。"地芳见昔日闺密如此大度，生怕占了亲家母便宜，连忙插嘴："哪里哪里，生得好还要种得好，关键是柳家种好。"

地芳话一出口，顿觉儿童不宜，老脸红似烈日下熟透的西红柿。土芬满脸自豪："哪里哪里，种得好还要生得好。地不好，再好的种子也长不出好粮食。"柳家齐哈哈大笑："你们都别谦虚了，要我说啊，两边都好，地是好地、种也是好种。"地芳和土芬连连点头："对头，都好，两边都好。"

白云翽父亲早逝，没有说话机会。柳耕笙远在福州，也没有说话机会。没多久，柳耕笙回家探亲，亲热过后，意犹未尽的白云翽，突然想起什么似的，向其复述聚会时的对话。柳耕笙拍了拍白云翽肚皮，嬉皮笑脸道："总而言之、言而总之，还是地好，不管上地还是下地，都是上等好地。"

白云翽嘟了嘟嘴："那我到底算什么地？"柳耕笙说："你是地上之地、地中之地，真正的风水宝地，这么好的地，我可不想撂荒。"柳耕笙说罢，一个翻身，稻浪般覆盖到白云翽身上……

事毕，白云翽若有所思："依我看呀，还是上地米好。好米出好米粉，好米粉出好米糊。宝宝吃了上地米糊，才长得那么健康结实。"柳耕笙说："说到底，还是家乡地好。好地出好米，好米出好米粉，好米粉出好米糊。"

"耕笙，我觉得我的身体出现了一些莫名其妙、不可思议的变化。"

"这很正常，刚生过孩子的女人，都会发生很大的变化。"

"那你说说，我发生了什么变化？"

"腰身变粗了，屁股变宽了，乳房变大了。"

"去你的，这些都是正常变化。"

"那你有什么不正常的变化？"

"说来难以置信。"

"难道你生孩子生出了特异功能？"

"还真给你蒙对了……"

深秋的天空，那么蓝，那么高，是可望而不可即的诗和远方。枫叶火红，稻谷金黄，远山近林、天地万物仿佛染上一层秋的包浆，令人沉醉。

那天，白云翩抱着儿子漫步上地，有的稻子已经收割，有的正在收割，有的还没收割。一台大型挖掘机，喘着粗气，在一块收割过的稻田上作业，泥土大块大块翻起，阵阵熟悉而又陌生的气味，蚯蚓般钻进白云翩鼻腔，挑逗着她的嗅觉。

白云翩打了一连串喷嚏，太香太鲜了，香菇一样香、海鲜一样鲜。白云翩是女孩中的另类，比男孩还喜欢玩泥巴。玩泥巴长大的白云翩，从不觉得泥巴肮脏，认为世界上最干净的就是泥巴，但是她从未感受到泥巴的香鲜。孩童时代的白云翩，对泥土只有触觉没有嗅觉。就像失忆者突然恢复记忆，白云翩突然对泥土有了嗅觉，情不自禁停下慵懒的脚步，用力翕动鼻子，贪婪呼吸着，深深陶醉在泥土深邃的鲜香之中。

与此同时，白云翩丹田深处有股真气龙卷风般扶摇直上，聚积胸腔，无精打采的乳房陡然膨胀发热，内里几乎沸腾。儿子此刻突然哭了，白云翩脑子灵光一闪，掀起衣服，掏出瞬间沉甸甸的乳房，将龙眼般润泽的乳头塞进儿子嘴里，一股热流喷涌而出，儿子贪婪而又甜美地吞咽着。

天老爷，我有奶水了！白云翩禁不住热泪盈眶，兴奋和幸福得全身发抖，强抑住自己的冲动，才没有脱掉鞋袜冲进田里。

白云翩的嗅觉，从此异常灵敏起来，能嗅到架上老南瓜和老冬瓜的清香，能嗅到稻壳里的米香和包衣里的玉米香，甚至能嗅到土里萝卜、地瓜、芋子、山药、荸荠的气息……

白云翩的产假，全部在家乡休完，离开那天，竟然病态般万般不舍，就像小时候舍不得母亲怀抱、父亲臂膀，就像花蕾舍不得花蕊枯萎、花瓣脱落，就像花朵舍不得蝴蝶离去、蜜蜂失踪，就像枫树舍不得枫叶飘零、蒲公英舍不得种子飞散。

返回福州之后，白云翩病上加病患起相思病，之前虽也眷恋，但是远未达到"病"的境界。之前的眷恋，是狭义上的眷恋，主要针对亲人；之后的眷恋，是广义上的眷恋，超越亲人，具体到一山一水一草一木，抽象到天马行空无边无际。

工作不顺、心情不佳、食欲不振的时候，白云翩就想回故乡。感冒的时候，白云翩最想回故乡，她对城市越来越不感冒，嗅觉越来越麻木。柳耕笙老想着跳槽，白云翩老想着回故乡。

乡愁是一种病，白云翩病得不轻。

借奶风波

柳絮飞两岁那年，白云翩和老板大吵一架，大获全胜，乘胜和柳耕笙大吵一架，又获全胜，然后请了半个月病假，带着儿子回到上地。

白云翩确实病了——乡愁病。

回家没几天，尚水晶和"大卵泡"也带着儿子回来，不是回家治疗乡愁，而是操办丧事。"大卵泡"的寡母去世了。"大卵泡"是个孝子，买了二手豪宅后，力邀母亲进城共享荣华富贵。一则故土难离喜欢清静，二则与媳妇不合也不和，母亲死活不进城。"大卵泡"只好作罢。好在母亲年岁不大，没病没痛没烦没恼，生活完全自理，还能下地种菜上山砍柴。"大卵泡"每月给母亲一千块生活费，给邻居二百块照看费，请其关照母亲。

母亲活得自由自在。

那天傍晚，烧火做饭的母亲突感不适，身子沉重得好像灌了铅，拼尽全力爬到床上沉沉睡去。这一睡，再也没有醒来。母亲每天早睡早起，常常起得比鸡早，次日日上三竿，还不见动静，邻居感觉不对劲，过去一看，老人家已经永远醒不了了。

七十二岁而亡，不算高寿，但无疾而终于睡梦之中，于己于子皆是福报，"大卵泡"甚感欣慰，与其说奔丧不如说奔喜。然而儿子的糟糕表现，却让喜丧变了味道。

两年过去，先吃米奶粉后吃母乳的柳絮飞，已经咿呀学语行走自如。"大卵泡"吃洋奶粉的儿子，还在蹒跚学步，爸爸妈妈叫得吞吞吐吐，吐不出个完整词语。

一路上，小家伙昏昏入睡，一到上地就来了精神，着魔似的，这个不吃那个不喝。大哭大闹到半夜，感觉奶奶都要被他吵活过来了，小家伙才断断续续吐出两个字："奶……奶奶……"

别误会，他可不是叫奶奶，而是要吃奶。尚水晶猛一拍脑门，老天，我怎么把这个忘了，真该死。

小家伙有个良好或者不好的习惯，睡前一定要喝杯温牛奶，就像失眠患者一定要吃几粒安定，否则无法安然入睡。行前，该带的都带了，就是忘了带最重要的奶粉，忘得莫名其妙。

"大卵泡"犯难了，三更半夜的，到哪里去找奶粉？村里虽然有个小卖部，但是从来不出售奶粉和牛奶，乡下人不喝牛奶，不是喝不起（当然也喝不起）而是喝不惯。除了婴幼儿，喝牛奶的人寥寥无几。他们宁愿喝低端酒和劣质饮料，也不喝牛奶。育龄青年全部外出打工，村里没有婴幼儿；没有婴幼儿，意味没有人家存有奶粉和牛奶。

在上地找奶粉和牛奶，和找奶牛一样困难。

邻居突然想起，前阵子身体不适，嫁到镇上的女儿，拎了一箱牛奶来看他，一盒没喝完就不喝了，腥，太腥了，实在喝不来。女儿开着一爿食品店，镇里毕竟是镇里，喝牛奶的人虽然不多，毕竟有，店里备着几箱牛奶。

邻居很快把牛奶拎了过来。纯牛奶，做过电视广告的。一箱十二盒，还剩下十一盒。

"大卵泡"大喜过望，要给邻居钱。邻居拿了他两年多"工资"，什么活没干，甚是惭愧，正想借此机会表现一下，无论如何不收钱。丧事办理过程中，他表现得极为积极，入殓的时候，哭得稀里哗啦。"大卵泡"很是感动，硬塞给他一包好烟。

尚水晶连忙打开一盒牛奶，倒入杯子温热，儿子喝了一口不肯再喝，又哇哇大哭起来。以为太热，放冷水里降了降温，还是不喝。以为不够热，放热水里升了升温，依然不喝。

"大卵泡"气得不行，扬起巴掌欲暴力镇压。尚水晶抱着儿子躲开，猛一拍脑门，"我明白了，我全明白了，宝宝喝惯了洋奶粉，嘴巴刁了，肯定喝不惯国产牛奶。我刚才也是病急乱投医，昏了头，别说宝宝不喝，就是喝，也不能让他多喝。该死的，还是宝宝聪明，不会说话就死活不喝，他这是在抗议呢，强烈抗议。"

尚水晶说罢，若有所思拿起包装盒看了看，不看则罢，一看大叫起来，"老天爷，这鬼奶确实不能喝，保质期过了一个多月。这鬼奶绝对不能喝，扔掉，赶快扔掉，我看了都难受，没有安全感。"

"大卵泡"做贼般环顾四周，跺脚道："我的祖宗，你小声点，口口声声鬼奶鬼奶，别让人听见。我妈尸骨未寒，你别说鬼字。"

幸好邻居已经走开，要是被他听见，嘿嘿。

"大卵泡"妹妹见状，一把抢过牛奶："造孽哟，这么好的东西，怎么舍得扔掉，留着我带回家喝。我再不喜欢喝牛奶，也要把它喝掉。我就不信，过期才个把月的牛奶能把人喝坏，又不是过期一年。人家一片好心，不喝就算了，还要扔掉，太对不起人了。"

"大卵泡"妹夫说："嫂子，你别太计较，保质期才过一个多月，绝对吃不坏人。你又不是不知道，我们乡下人买食品，从来不看保质期，农村小卖部卖的食品，不是过了保质期，就是冒牌货、杂牌货，也没见吃坏人吃死人，乡下人肠胃粗糙，没那么金贵，喝农药都不容易死。"

尚水晶冷笑道："我计较？大几万块钱借出去好几年，人家不还，我都不计较。还有，我现在可不是乡下人，我是城里人，不要把我与你们混为一谈。"

妹夫妹妹立时脸红，不吭声了。儿子的哭叫更显豪放。尚水晶面无人色。"大卵泡"急得团团乱转。

好一会儿，妹妹勉强挤出一丝笑容："你们别着急，我再去想想办法。"说罢，走了出去。

半个小时后，妹妹捧着一个陶瓷牙缸回来，里面盛着大半杯奶汁。妹妹告诉他们，这是羊奶，是从村头柳二伯家母羊身上挤来的，全村就他家养了一公一母两头山羊，最近正下崽，宝贝得什么似的。母羊下的是头窝崽，奶水不足，要不是哥你面子大，黑咕隆咚的，给钱人家也不让挤奶。

尚水晶却不领情，羊奶怎么能喝，有没有消过毒？"大卵泡"狠狠瞪了她一眼，端起牙缸，心说：臭小子，你要再不喝，老子灌你，灌你不喝，泼你身上，老子实在忍无可忍。

和刚才一样，儿子喝了一口，死活不肯再喝，哭得浊浪滔天。"大卵泡"想把羊奶泼到儿子身上，终归下不了手，长叹一声，仰脖将羊奶一饮而尽。咂嘴道，兔崽子，这么鲜的羊奶，怎么就不喝呢？

妹妹又勉强挤出一丝笑容，走了出去，半个小时后，又捧回一杯奶来。杯子是玻璃的，肉眼可见里面的奶与众不同。

妹妹告诉他们，这是人奶。大泡卵问："村里生孩子的女人都出去了，哪里弄来的？"尚水晶紧接着问："谁的人奶？"妹妹说："先别管谁的人奶，反正是人奶不假，赶紧让宝宝喝了吧。"

尚水晶犹豫了一下，将带着体温的人奶递到儿子嘴边："宝宝乖乖，这个奶好好喝，快喝吧，喝了睡觉觉。"闹腾大半夜，儿子精力依然旺盛，保持着高度警惕，小鼻子凑近杯子，嗅了嗅，嗯，没什么异味，小心翼翼喝了一口，咂咂嘴舔舔舌，又喝了一口，大家终于松了一口气。

儿子突然把嘴里的奶吐了出来，哭，大哭。

尚水晶狐疑地望着姑子："到底是不是人奶，是不是假奶？你别忽悠我。"妹妹冷笑一声，起身给母亲烧纸，一边烧一边哭，不理她。

"大卵泡"好像听到一声巨大而又熟悉的叹息，看了看母亲，猛然意识到什么，也给母亲烧起纸来，一边烧一边哭，与妹妹、儿子的哭声交织成一片哭海。

那杯人奶的"厂家"，正是白云翩。

"大卵泡"妹妹与白云翩是初中同班同学，曾经要好。前者念完初中辍学，后者念完初中念高中、念完高中念大学；前者近在乡镇，后者远在省城，你走你的阳关道、我走我的独木桥，联系自然少了。

毕竟是同学，多年未见依然如在昨日。"大卵泡"妹妹开口借奶，白云翩一口答应。尚水晶亲自借，白云翩未必不借，但不会借得那么痛快。事后，当白云翩从同学口中得知，尚水晶儿子竟然不喝她的奶，尚水晶竟然怀疑她的奶是不是人奶，心里十分不痛快。本来还想见见尚水晶，现在哪怕她找上门来，也要躲着不见。

"大卵泡"妹妹一边逗柳絮飞，一边说："吃人奶长大的孩子就是不一样，看看我们飞飞，多可爱多健壮，像个金刚葫芦娃，不像那种一口人奶没吃过的孩子，简直就是个小药人，三天打针五天挂瓶，吃药那是家常便饭……"

同学的话，深水炸弹般在白云翩内心掀起滔天巨浪，浑身禁不住微微颤抖起来，一连几天陷入沉思之中。

白云翩辞职

白云翩出了一趟远差，一回来就辞职了。

白云翩就职的那家网络公司，长期半死不活，短期死不了，其岗位根本无差可出。其实她不是出差而是请假，到东北看同学，不是男同学是女同学——最要好的大学同学。

请假的时候，老板眉头皱得像钢丝球，你怎么老是请假，再这样下去……白云翩以迅雷不及掩耳之势打断他，再这样下去，你就把我开掉，不，不用你开，我自己主动离职。老板像离开水的鱼，嘴一张一合，半天蹦出一句话："我不想跟你吵架。"白云翩说："我也不想跟你吵架，你到底准不准假?"老板深深地看了她一眼，挥了挥手："去吧!"

女同学五年前从上海某大公司辞职回乡种植果蔬，成为当地小有名气的农场主。女同学多次邀请，都被白云翩婉言谢绝，这回主动前往，把女同学高兴得以为太阳从西边出来。

瓜果飘香，白云翩去得正是时候。

那阵子，柳耕笙被老板的铁小鞋折磨得痛苦不堪自顾不暇，对妻子的意外出差没有产生任何怀疑，等他起疑心的时候，已经来不及了。白云翩回来没几天，未征求他的意见，就把职辞了。

她要回乡创业。

柳耕笙大为光火，咆哮着"你们准备好心脏，老子要摔杯子"，却未摔："这么大的事情，你居然擅自做主，心里根本没有我和这个家，太不负责任了，太任性了。"白云翾平静道："我这么做，恰恰是心里有你、有家和负责任的表现。"

"你变了，变得不可思议，我听不懂你的话。"

"如果我不擅自做主，你永远不会同意我走出这一步，等你同意了，我要么被温水煮成麻木不仁的青蛙，要么已经老了，三十岁拥有六七十岁的心态。打工不出头，永远立不了业，事业是干出来的，也是逼出来的，我先逼自己回乡创业，再逼你回乡创业，这难道不是心里有你、有家和负责任的表现吗？"

"创业不是逼上梁山，更不是煲心灵鸡汤，你别那么盲目自信，你以为我会跟你回去吗？"

"我等你！"

"男女虽然平等了这么多年，但是我要忠告你，现实中只有夫唱妇随没有妇唱夫随，你不必等我也等不到我。"

"姓柳的，话不要说得那么绝。"

"姓白的，是你做得太绝。"

"反正我等你，来不来是你的事。"

"你要是执意这么做，那只好你走你的阳关道我走我的独木桥。"

"你这话什么意思？"

"我的意思很明白！"

"我不明白！"

"你假装不明白！"

"我真不明白，请你说明白！"

"别装了，不就薄薄一层窗户纸吗？"

"那你把它捅破！"

"事情是你挑起来的，为什么要我来捅破？有种你先捅！"

"哈哈，姓柳的，你这德行，关键时刻总是缺乏勇气和信心。"

"放屁，当年追求你的时候，老子无比勇敢非常自信。"

"那你现在拿出当年一半的勇气和自信，追随我回乡创业。"

"想得美，说来说去，你还是想让老子妇唱夫随，门缝都没有，窗缝都没有，抽屉缝都没有，老子不尿你。"

"哼，别老子老子的，我看你现在就是个孙子。"

"老子是老子还是孙子，老子心里有数，你说了不算。"

"既然这样，那随你便，我们走着瞧……"

女同学的果园，给白云翩留下深刻印象。果园采取立体种植，果蔬套种品类繁多，产量不高品相一般，瓜果大小不一，歪瓜裂枣居多。蔬菜看上去绿油油，却给人"面黄肌瘦"的感觉，就像营养不良素面朝天的村姑。

别看它们貌不惊人，看上去秀色难餐，味道却好得惊人，恨不得多生几个嘴巴、多长几条舌头。白云翩最爱吃葡萄，什么品种葡萄都吃过。同学种植的葡萄品相一般，味道却好过她吃过的任何葡萄，不是好过几倍，是好过十几倍。蔬菜也是这样。

白云翩觉得自己的触觉、视觉、嗅觉，乃至听觉，统统转化成了味觉，此味只应天上有，人间能有几回尝。回家的路上，白云翩觉得应该为"此味地上也应有，人间也能尝几回"。她心目中的"地上"，是上地和下地。

同学告诉白云翩，之所以产量不高品相不好，是因为她从不用农药治虫，而是以虫治虫。见白云翩一脸茫然，同学打开电脑让她看视频：初夏时节，几个工人手脚麻利给果树投放瓢虫卵，虫卵像蚕卵一样，密密麻麻吸附在扑克牌大的硬纸壳上。

同学解释，十几果树投放三四片纸壳虫卵即可，初夏时节最适宜孵化，一星期左右就能成虫。蚜虫是果树杀手，繁殖能力很强，如果不加控制，短短六七天整片果园就可能被蚜虫毁掉。瓢虫是蚜虫的自然天敌，一只成虫一天能吃掉一百多只蚜虫，幼虫一天也能吃四五十只，效果非常好。本来果树上布满蚜虫，放了瓢虫后，蚜虫很快消失，一整年不用打农药，既保证了生态平衡，效果还能保持一两年，去年已经投放二百万只，今年投放二十万只即可。

二百万只瓢虫价格二十万元左右，同等规模果园，若用杀虫药只需五万元上下。以虫治虫成本高，产量只有正常水平一半，品相也不如打药的好看，但是去年果园获得有机认证，果蔬试吃试销后深受北京、广东、上海等地高端客商欢迎，价格持续上涨，是普通果蔬的三四倍，供不应求。这么一来，以虫治虫的成本得以消减，市场前景日趋看好。

白云翻兴奋道："那你还不赶紧扩大种植面积，大赚特赚。"同学笑道："我的经营理念是宁要质量不要产量，物以稀为贵，等管理跟上了，资金充裕了，再扩大规模不迟，有时候，慢也是一种快，快反而是慢，弄不好还要倒退翻车……"

吃着白云翻带回的水果，柳絮飞直叫："天啊，地球上有这么好吃的水果吗？"白云翻说："当然有，我准备回乡下爷爷家种植这么好吃的水果，你同意吗？"儿子说："同意，当然同意，太同意了，我举双手双脚同意。"

怄气中的柳耕笙一口未尝，眼看所剩无几，出于好奇，趁妻儿不在，偷吃了一个桃子和梨子，顿时忐忑不安起来，味道实在好、就是好、特别好，好得无话可说无可争辩。毫无疑问，白云翩已经上瘾"中毒"，与身上潜伏的"癌细胞"一并爆发。

白云翩身上的"癌细胞"，在柳耕笙看来，就是血细胞一样丰富的文艺细胞。文艺细胞丰富的人，对大自然病态般敏感，对故乡酒醉般沉迷，异乡看到一坨热牛屎，都能引发袅袅乡愁。

白云翩身上的文艺细胞，遗传自母亲，她和丈夫的名字，都是地芳取的，足见地芳文艺细胞质量之高。地芳是民办转公办的乡村教师，不会写作但是热爱阅读，长期订阅《当代》《十月》《收获》。参加工作后，逢年过节、过生日，白云翩送给她的礼物当中，文学书籍必不可少。正是受母亲影响，白云翩上大学才选择中文系。

地芳的名字是白云翩外公取的，外公生于旧时代，读过几年私塾，书法不俗，二胡拉得也不错，是村里的文化人，骨血里潜伏着文艺细胞。外公家的春联，总是与众不同，什么"耕读传家躬行久，诗书继世雅韵长"，什么"传家有道唯存厚，处世无奇但率真"，与那些"向阳门第春常在，积善人家庆有余""爆竹声声辞旧岁，梅花点点迎新春"的春联形成鲜明对比。

外公极具个性，这个性在大多人看来是神经有毛病。老人家没有留下遗嘱，也没有遗产可留，却给自己留下挽联，他嫌别人写的字难看，死后"看"着不爽，一再嘱托家人，死后务必张贴他亲手书写的挽联，否则大不孝，死不瞑目。如果这也算遗嘱，那便是他的遗嘱。

我会成功给你们看的

地芳和土芬，一致反对白云翩回乡创业。她们首先是好姐妹然后才是亲家母，心灵相通，反对理由相同：所有人都往城里跑，阿猫阿狗都往城里跑。你倒好，往乡下跑，往城里跑那是人往高处走，往乡下跑，说好听点是水往低处流，说难听点是走投无路，丢脸啊。说什么回乡创业，其实就是种地，种地能有什么出息，种地要是有出息，人们何以宁要城里一张床不要乡下一栋房？

地芳退休不久在县城买了一套拎包入住的二手房。退休之前，地芳加入县城一个名为书田的读书会，每半月举办一场读书分享会，地芳很快成为骨干。交通虽然日益发达，下地距县城毕竟五十多公里，不太方便，地芳却乐此不疲风雨无阻，每会必到。

读书分享会固定周六下午举行，这意味着地芳必须在县城住一晚，花上一百多块住宿费。住宿费总计五千块的时候，地芳动了买房念头。恰好一读友移居福州，要卖掉县城的房子，地芳一看地段、楼层、大小、环境、价格都适合，好像专门为她准备，一咬牙就买了下来。

土芬很是羡慕，略带醋意道："看来我这辈子只能老死乡下了。"地芳连忙安慰她，"看你这话说的，等我贤婿赚了大钱，换套大房子，你和亲家公就可以到福州享儿子的福，顺便也享一下你媳妇我女儿的福。"

白云翩福州房子很小，建筑面积才六十一点七平方米，小两口住宽松，三口之家刚好，四口五口拥挤不堪。孙子出生后，爷爷奶奶很少一起到福州看望，为什么？怕挤！尤其爷爷，乡下房子宽敞无拘无束，住在儿子屁大房子里，动辄交通堵塞，呼吸放屁不畅。尤其卫生间，狭窄得洗澡排泄都觉困难。

土芬撇嘴道："房贷还要十几年才能还清，房子越来越贵，猴年马月才买得起大的。唉，也不能怪他们，爹妈没能耐，帮不上他们。"地芳说："我也没能耐，帮不上他们，我在县城买房子，心里总觉得不安。"土芬赶紧说："你可千万别这么说，买房是男方的事。当时买房子，你也是出了钱的，现在你买房，耕笙没出一分钱，我和家齐也没出一分钱，不安的是我们。"

地芳笑道："谁跟谁呀，你我就别不安来不安去了。我心安处是我家，只生欢喜不生愁，重要的不是房子，是房子里的人。我对贤婿有信心。你对媳妇也要有信心。你就珍惜身体等着享福吧。"土芬也笑了："我的老姐妹，你书读得多，说起话来总是那么中听。我信你的话，两个孩子还年轻，好日子在后头。"

可是现在，两人不约而同不自信起来，对白云翩的怀疑大致相同：是不是跟柳耕笙闹僵了？不管谁对谁不对，就算柳耕笙不对，白云翩这么做，就是她的大不对，嫁鸡随鸡嫁狗随狗，这么不管不顾抛下老公儿子，一个人回来，太不像话。柳耕笙也不像话，怎么也要拖住白云翩，怎么能让她一个人回来？

白云翩的回答掷地有声："不管你们信不信，我和柳耕笙只是意见不合，关系没有闹僵，要是真闹僵，依我的脾气，早就离家出走了，而不是回家创业。创业之初，难免被人怀疑被人嘲笑，你们是我最亲的人，希望你们不要怀疑嘲笑我，请你们尽量支持帮助我，我会证明给你们看，成功给你们看的……"

十来岁的时候，白云翩和地芳大吵一架之后，像个气泡消失了。全村人找了一天一夜没找到，地芳快要急疯之际，白云翩翩然出现。包括白云翩自己，谁也想不到，她竟然在鬼屋藏了一天一夜，实在饿不住才现身。

几乎每个村庄都有一幢鬼屋，屋主要么因为疾病全家死光光，要么因为灾祸远走他乡。屋空鬼驻，平日莫说人，即便棍驱刀撵，鸡鸭羊狗也不敢窜入鬼屋避难。人进了鬼屋，最容易也最怕沾上鬼气倒霉背运。一个小女孩，竟然在黑灯瞎火的鬼屋待了一天一夜，简直匪夷所思。

那是白云翩唯一一次"离家出走"，轰动乡邻，地芳记忆犹新，白云翩一说"离家出走"，她便浑身一颤，不再言语。

有意思的是，从鬼屋出来后，成绩一般的白云翩突飞猛进，顺利考上县一中，然后顺利考上大学。看来鬼气也有好坏，白云翩想必沾上了才华横溢的好鬼气。

"云翩，爸爸相信你，也支持你，你就放手去干吧！"关键时刻，柳家齐一言九鼎。白云翩大为意外，也大为感动，要不是男女有别，要不是公爹和媳妇"授受不亲"，恨不得扑到他怀里大哭一场。

柳家齐长得极具特色，特色体现在脑袋上。脑袋秃了一大半，剩下脑沿一圈头发，好似夏威夷人腰上的草裙。头发又枯又少，头皮却油光发亮熠熠生辉。最引人注目的是，秃顶正中长着一颗鸽蛋大小、艳若仙桃的肉瘤。因为是良性的，没有任何不良反应，而且始终那么大，所以没有切除。

柳家齐之所以不爱出远门，跟这颗肉瘤不无关系。家乡一带，抬头不见低头见，多是熟人，见怪不怪。到了外乡，陌生人难免盯着看稀奇，看得他浑身不自在，不得不戴上一顶帽子。他又不爱戴帽子，热天尤其不爱戴，就尽量避免出门。

除了家人，别人都叫他"佛顶珠"。肉瘤是从娘胎带出来的，一出生就那么大，长了半个多世纪，既未扩张也没缩小，很是安分守己。不过，每当情绪激动血压升高的时候，肉瘤就隐隐焕发红光，情绪越激动血压越高红光越亮。

"佛顶珠"当过多年村主任，其时，年轻人基本进城，留下种田的一个没有，田园荒芜的程度和速度，堪比自己谢顶的程度和速度。尽管"佛顶珠"耕种的田亩村里最多，但是随着年龄的增长和成本的提高，数量也在不断下降。

那一年风特别调雨尤其顺，稻子服了激素似的疯长，稻穗沉重如低垂的脑袋。"佛顶珠"突然想买一台收割机，欲望之强烈，不买就活不下去的那种感觉，哪怕倾家荡产。

家里虽不富裕，买一台收割机尚不至于倾家荡产，土芬反对无效，于是就买了，赶在秋收之前买的。当时收割机尚未进入寻常百姓家，这是村里购进的第一台收割机，镇里也排得上号，一时轰动乡邻。

稻子尚未熟透，"佛顶珠"忙不迭把收割机开进稻田，为的是吸引眼球，都来租用。收割那天，倾村出动看热闹，下地也有不少人专程赶来。天空碧蓝，稻谷金黄，收割机墨绿，"佛顶珠"心里火红、脸上通红、肉瘤赤红，得心应手驾驶着收割机，剃头似的剃着稻穗，一丘篮球场大的稻田，转眼剃个精光。

眼见为实，大家震撼了，纷纷租用收割机。本村村民一律优惠，价格比外村少三分之一。

当选村主任之前，"佛顶珠"是农技员，对各种农机充满激情，像孩童热爱玩具一样热爱。可惜当年农机少之又少，英雄无用武之地。村主任当到第三届，也就是最后一届期间，耕田机多了起来，他就利用职务之便，"霸占"村民耕田机。

所谓"霸占"，并非占为己有，而是随时随地驱赶驾驶员，自己上位过把瘾。"佛顶珠"担任村主任多年，驾驶和修理技术并未荒废，耕田机有没有毛病、有什么毛病，仅凭耳朵听就能听出个八九不离十，若有毛病，手到病除，不收一分一厘修理费。当然，若要更换零件，机主得掏钱去买。

对方巴不得"佛顶珠"到自家耕田机上过瘾，趁机让他听一听有没有毛病。不要以为"佛顶珠"只能小打小闹修理小毛病，专业维修人员解决不了的大毛病，照样轻松解决。就像李云龙有军事天才，"佛顶珠"愣是有"机事"天才，不服不行。

奇怪的是，"佛顶珠"那么热爱耕田机，自己却一直没买。原因很简单，根本不用买，每到耕田时节，打个招呼甚至使个眼色，机主便主动奉献。租金不给，油钱一定给，对方若不收，"佛顶珠"浓眉大眼一瞪："不收下次不用你的，也别想我给你修理。"

对方赶紧点头哈腰收下。

"佛顶珠"的驾驶技术，令人瞠目结舌，竟然可以在田里漂移。耕田的时候，总是有人围观，围观的人越多，他越兴奋，漂移玩得越漂亮，哪里是在耕田，简直是在耍杂技。

耕田机可以漂移，收割机同样可以，当然不是收割之际，而是收割之后，也就是在收割过的田里。收割机好像行驶在凹凸路面上的坦克，时而跳跃时而转圈，时而腾空时而塌陷，波浪起伏波澜壮阔，令人叹为观止。

土芬说："你呀你，就是个老小孩，你不是在开收割机，是在玩收割机。""佛顶珠"大笑："我可没有玩物丧志。"土芬也笑："开个收割机，种几亩薄田，本来就没志，有什么可丧的呢。"

不到三年，收割机本钱收了回来，想要赚钱却难。一方面种田的人和种的田越来越少，另一方面收割机越来越多。尤其微型收割机的兴起，对"佛顶珠"生意冲击很大，用武之地越来越少。

"佛顶珠"经常对土芬说："什么这个梦那个梦的，我最大的梦，就是有一天所有稻田都种满稻子，这么一来，我就可以大显身手。"土芬说："你就做你的春秋白日梦吧，再过几年，老胳膊老腿也种不动了。""佛顶珠"眼神顿时暗淡下来，深深叹口气，确实是个梦。

土芬说："耕笙要是有出息，在福州换套大点的房子，过几年我们也去福州养老。""佛顶珠"冷笑道："你也做你的春秋白日梦吧，就他俩那点工资，能把孙子顺利养大就不错了，还想买大房子……"

土芬没想到自己的梦破灭得这么快，媳妇竟然回乡种田，尽管她说得头头是道，自己只相信一点：白云翩在福州十有八九混不下去，儿子虽然还在福州混着，估计也是泥菩萨过河自身难保，不然怎么会让老婆回家种田，哎哟妈呀，这脸可丢到烂泥田里了。

"佛顶珠"却兴奋不已，肉瘤发着红光，一点不觉得丢脸，隐隐觉得隐形翅膀长出了体外……

土芬拯救了白云翩

"佛顶珠"希望白云翩种稻子,她偏偏种葡萄,"佛顶珠"心里不同意不乐意,嘴上却没说什么,还赞助三千块启动资金。屋后有几丘荒废数年的旱田,长出盘根错节的小径竹,正好利用。"佛顶珠"和白云翩使出九牛二虎之力,将其垦复。

砍竹容易挖根难,尽管戴着手套,才挖半天,白云翩手掌就磨出几个血泡,晚上如厕竟然瘫倒。卫生间没有坐式马桶,白云翩一蹲下就散架了,一屁股坐在蹲便器上,腰又酸又胀、腿又痛又软,好像被老醋泡过的板子打过,扶着墙使出吃奶力气,努力一次又一次,就是起不来,又不好意思求救。

纠结苦痛中,土芬突然敲门,口气很不耐烦:"云翩,怎么搞的,这么久,我憋不住了,快点!"白云翩高声道:"妈,我肚子有点不舒服,稍等,马上就好。"说罢闭上眼睛,深呼吸几口,心里呐喊一声,终于站了起来,激动得热泪盈眶,低头开门。

土芬这时好像不急了,狐疑地盯着她:"你没事吧?"白云翩依然低着头,没说什么,停了几秒钟,突然抬头亲了土芬左脸一口,踉跄而去。土芬愣了几秒,突然想起什么,一个箭步窜进卫生间,用力关上门,稀里哗啦一阵乱响……

回到房间的白云翩,对着镜子无声大笑着,除了小时候亲过母亲,后来亲过丈夫儿子,她没有亲过其他任何人。婆媳关系虽然融洽,但远未融洽到肌肤相亲地步,而且发生在卫生间门口。

莫说土芬，自己都觉得不可思议。

这一亲，是发自内心的感动和冲动。如果土芬不在关键时刻叫门，白云翩就站不起来，站不起来就要求救，一求救就气馁了，极有可能打道回福州。

白云翩瘫倒的时间，一小时左右，却像一生漫长。内心激烈斗争着，坚持还是放弃，有如哈姆雷特"生存还是毁灭"一样折磨。土芬敲门前一分钟，她几乎就要放弃。是土芬拯救了她，给了她力量。那以后，无论遇到什么困难，她都咬牙坚持，从未有过一丝放弃念头。

葡萄生长顺利，次年挂果。白云翩命名葡萄园为"云耕园"，出处有三，一是上地的雾，二是电影《云中漫步》，三是白云翩和柳耕笙的名字。都说一山更比一山高，四面环山的上地，却是一山更比一山凹，情有独钟的暖湿气流在这里凝聚，雾特别大。同样四面环山的下地，却是一山更比一山凸，虽然有雾，浓度和质量远不如上地。

白云翩痴迷好莱坞大片《云中漫步》，百看不厌，每当看到日暮映照下雾霭笼罩中，幻象般迷醉的葡萄园和晚霞里若隐若现的苍山暮霭，就情不自禁想起上地静谧和美的云雾与田园。

各取双方姓名中的一个字，命名葡萄园，说明夫妻关系正常，也蕴含着白云翩"夫妻双双把家还"的期待。白云翩回乡不久，柳絮飞放暑假，母女团聚。暑假过后，柳絮飞不愿回福州，说爸爸做的菜跟方便面一样难吃，老想着绝食。

看着面黄肌瘦的儿子，白云翩内疚又心疼，索性将他转学到县城，地芳房子距学校不远，正好派上用场。外孙乐意，地芳更乐意，含饴弄孙的快乐，任何快乐无法取代。地芳对女儿的"创业"，由反对变为赞同，土芬也是。土芳一周至少进一趟城，媳妇要是不回来"创业",哪能如此多快好省地看望孙子?

白云翩回乡创业,柳耕笙强烈反对;儿子回乡上学,柳耕笙不反对也不赞成,默认了。白云翩回乡不久,柳耕笙也离开公司,不是他炒老板鱿鱼而是老板炒他鱿鱼,这对他是个沉重打击。

做了三个多月家庭妇男,柳耕笙重新就业,不想才离苦海又入深水。老板一样没水平不人道,原先穿的是铁小鞋,现在戴的是金箍;原先没完没了加班,现在没完没了开会。自顾不暇的柳耕笙,无暇顾及儿子,既没有能力让白云翩回心转意,也不打算与她分道扬镳,儿子回乡上学,成了无奈之下的必然选择。

妻子回乡创业,儿子回乡上学,儿子站在妻子一边,父亲站在妻子一边,母亲和岳母也日益倾向妻子那边,家庭局势一边倒,深更半夜独自面对,"大势已去"的悲凉,上地浓雾般笼罩着柳耕笙。他竟然非常小人地巴望妻子创业失败,最好惨败,祈祷自己出人头地最好大富大贵,这样妻子必然夹着尾巴,带着儿子灰溜溜回到自己身边,从此老老实实相夫教子,做个安妥而又幸福的全职太太。

他要买一套很大很大、面朝闽江依山傍水的别墅,房前有花园屋后有菜地,再生一个孩子,把父母和岳母一起接来,莳莳花、种种菜、养养鸡、弄弄孙,共享天伦之乐,乐不思蜀再也不想回乡下。

可是,可是的可是,可是的后面都是屁话,理想很温馨现实很刺骨,柳耕笙出人头地遥遥无期、大富大贵渐行渐远。白云翩的葡萄园却顺风顺水,第二年便硕果累累,味道虽然不及东北同学所种,却也不比一般的差,一家人吃得津津有味。

白云翩特意跑到县城,快递几斤给柳耕笙,问他味道怎么样。柳耕笙故意吸溜着嘴："都说吃不到葡萄说葡萄酸，我怎么吃到了还是觉得酸呢。"

"孩他爸，你这是葡萄不酸话儿酸，你这话对我说说也就罢了，要是直接对着葡萄说，葡萄藤和葡萄根都要酸掉。云耕园是我们共同的葡萄园，军功章里也有你一半功劳呀。"

"孩他妈，这我可不敢抢功，都是你的功劳。"

"也不全是我的功劳，还有爸的功劳。"

"反正你功劳大大的。"

"这么说，你承认我创业成功了?"

"大言不惭，真是大言不惭啊，我可没这么说。"

"孩他爸，你要面对现实。"

"呵呵，现实，现实很难说，不说了，有电话进来了，是老板打来的，我先挂了……"

创业还是流放

在地芳策划下，书田读书会到云耕葡萄园举行了一场别开生面的读书会。地芳一边品尝葡萄，一边品读汪曾祺的《葡萄月令》：

八月，葡萄"着色"。

别以为我这里是把画家的术语借用来了。不是的。这是果农的语言，他们就叫"着色"。

下过大雨，你们来看看葡萄园吧，那叫好看! 白的像白玛瑙，红的像红宝石，紫的像紫水晶，黑的像黑玉。一串一串，饱满、磁棒、挺括，璀璨琳琅。你就把《说文解字》里的玉字偏旁的字都搬了来吧，那也不够用呀！

…………

过不了两天，就下葡萄了。

…………

葡萄装上车，走了。

去吧，葡萄，让人们吃去吧！

九月的果园像一个生过孩子的少妇，宁静、幸福，而慵懒。

我们还给葡萄喷一次波尔多液。哦，下了果子，就不管了？人，总不能这样无情无义吧。

十月，我们有别的农活。我们要去割稻子。葡萄，你愿意怎么长，就怎么长着吧。

　　这是书田读书会首次在户外举办读书会，效果好，反响大，会员们对白云翩和葡萄赞不绝口，销路却没有因此打开，好在种植面积不大，自己吃一点，亲朋好友送一点，剩下的晒成干，没收益也没损失，全当种着好玩。

　　葡萄没有收益，养的五头猪却卖出好价格，供不应求。一位长得肥头大耳肚圆、绰号"土肥圆"（也有叫他"肥总"的）的故香农家土味菜馆老板，给予高度评价："你的猪肉味道没话说，你的猪肠子味道更绝，不用特别洗也可以吃，辣椒、生姜、大蒜爆炒，味道那个好，就像臭豆腐，闻着有点臭，吃着无比香。只有完全吃猪草的猪，才有这样的好肠子，才敢不那么特别洗也能非常好吃。以后你的猪肠子，我全包了，有多少要多少，价格好说。有一点千万记住，杀猪前及时通知我，我连肠带粪一起要，自己拿回去洗，只有我亲自洗，才能达到不那么干净也能吃非常好吃的地步。"

白云翮笑得摇摇晃晃："你把话说清楚，不是我的猪肠子，是我的猪的肠子。""土肥圆"也笑，笑得脖颈上梯田似的赘肉果冻般颤动："对对对，是你的猪的肠子，反正不是你的肠子。"

"土肥圆"的笑极具特色，刚才还在喘——因为太肥，动作稍一剧烈就喘，马桶上站起都喘，甚至拉裤链都喘——突然就笑了，好像气球爆炸。

白云翮忍住笑："你有特异功能，能看出我的猪全是猪草喂养的，还能把猪肠子洗得恰到好处，臭而无毒臭而好吃?""土肥圆"继续笑，笑炸好几个气球："那是当然，这是我的独家秘籍。我告诉你，那些嗜好臭猪肠的吃货，嘴巴刁得很，嗅觉比狗鼻子还灵，味觉比仪器还准，一闻一吃，就知道那肠子是不是吃猪草的肠子……"

葡萄种得不多，耗不了多少精力，白云翮养起了猪，一颗红心两手准备，葡萄种不成功就养猪，养猪不成功怎么办，白云翮没多想。

白云翮没有种出特别的葡萄，却养出了特别的猪。所谓特别的猪，就是不吃饲料只吃猪草。种田的人越来越少，养猪的人也越来越少，少数养猪人家，主人年老体弱，没有气力入沟下田扯猪草，喂的全是饲料，跟超市里的猪肉一样没有猪肉味，如果蒙上眼睛，可能吃不出是什么肉。

白云翮记得，小时候猪肉的味道，跟东北同学种植的果蔬一样美味，这也是她的目标。那时的猪和牛一样，吃的是草，只不过牛吃的是生草，猪吃的是熟草（煮熟的草）。吃熟草长出来的猪肉，和吃生草挤出来的牛奶，才是真正地道的猪肉和牛奶。

白云翩成功实现目标。据"土肥圆"讲，一位来自北京的客人吃后，赞不绝口，说他至少三十年没吃过这么好吃的红烧肉，临走打包两份，带给父母尝尝。"土肥圆"问："坐飞机过不了安检怎么办？"客人说："要是过不了安检，我自己全吃了。"次日，北京客人回"土肥圆"短信，红烧肉顺利通过安检，父母吃得那个香那个高兴，好像一下年轻十岁。

怕白云翩不相信，"土肥圆"特意转发短信给她。那一刻，白云翩下定决心专门养猪。一不愁市场二不愁猪草，养猪大有可为。

天涯何处无芳草，一则说明芳草很多，二则说明芳草很远。猪草也是这样，当年农村家家户户养猪，有的不止养一头，市场上又买不到猪饲料（有也买不起，买得起也舍不得买），猪草供不应求，其生长速度远远跟不上猪的消化速度，想要扯到又多又好的猪草，只能向人迹少至的偏远处进发。

女人天生胆小，做什么事都要结伴，出嫁也要找个伴娘，当年的广大姑娘媳妇们，若非母女姐妹妯娌，扯猪草却很少结伴，鬼鬼祟祟出门，为的是让自家的猪吃上独食；若是满载而归，则打了胜仗似的气宇轩昂。为了抢夺猪草，无形之间有了竞争和挤对，有的甚至反目成仇。

如今人少猪少，扯猪草的人和吃猪草的猪更少，猪草多如牛毛遍地都是，灰灰菜、芨芨菜、小野白菜、婆婆丁、琵琶草、节节草……看着那一片片一丛丛嫩绿葱茏的猪草，白云翩恨不能变成食草动物，浑身充满力量和激情，不知疲倦地扯啊扯，踩着三轮车满载而归。

最累的不是扯猪草，也不是洗猪草，而是剁猪草。白云翩一度剁肿胳膊，刷牙、吃饭的时候，牙刷、筷子握不稳，穿鞋脱衣都困难。土芬心疼白云翙，但肩周炎严重的她力不从心，只能帮忙洗一洗猪草。"佛顶珠"也心疼白云翙，但是作为一个大男人，他放不下架子剁猪草。

五头猪食量惊人，猪草只能解决温饱，冬天百草枯萎，无猪草可扯，想要保障猪的伙食和营养，就得多种些稻子、地瓜、萝卜和芋子。"佛顶珠"以这种方式帮忙。当然不是用米饭喂猪，那太奢侈，宠物猪才这么喂，主要用米糠，谷子打得多，米糠就多。米糠含有丰富的 B 族维生素，非常有利于猪的生长和肉质改善。至于地瓜、萝卜、芋子，无论瓜果、藤梗还是叶子，都是上好"猪草"。就营养而言，米糠之于猪，好比蛋白之于人，不可或缺。

儿媳撇下儿子回来种葡萄养猪，"佛顶珠"不觉得丢脸；帮助儿媳种葡萄，"佛顶珠"不觉得丢脸；帮助儿媳拎猪食喂猪，"佛顶珠"不觉得丢脸；帮助儿媳剁猪草，"佛顶珠"觉得丢脸，就像男人织毛衣洗尿布一样丢脸。

外孙转学之前，地芳经常回来帮忙扯猪草，转学之后回来少了，得照顾外孙的生活起居，送他上下学，辅导他功课，还要参加读书会，忙得团团转。扯猪草这活，白云翙只能独自完成，重金悬赏也找不到伴。

白云翙不怕吃苦，也不怕鬼，却怕蛇。小时候，她在鬼屋待了一天一夜，并没有见到鬼，那以后，她就不相信世上有鬼。有一回，正忘我扯着猪草，一条刀柄粗、扁担长的乌梢，刷地窜过，身子几乎触到双手，把白云翙吓得，先是"哇哇"大叫，继而"哇哇"大哭，连续三天没扯猪草。

春夏之交，正是猪草疯长之际，猪饿得唱起了摇滚，白云翙坐不住了，鼓起勇气复工。在"佛顶珠"的提醒下，白云翙往身上洒了些雄黄粉，同时带根棍子，扯猪草之前，棍子扫一扫捅一捅，这办法还真管用，再没遇到蛇。

那些日子，白云翮汗流浃背、蓬头垢面，头上戴着一顶太阳帽，上身胡乱套着一件衣服，下身穿着一条泛白牛仔裤，腰上系着一个鸭梨大的袋子（袋子十分简单，丝袜打个结即成，里面装雄黄粉效果比直接洒在身上好得多。加上棍子，驱蛇双保险），看上去不似创业者，倒像流放者。

心疼不已的地芳和土芬，忍不住劝她"回头是岸"，到福州继续过"大城市人的生活"。开始是真劝，苦口婆心地劝，气急败坏地劝；后来是假劝，嬉皮笑脸地劝，口是心非地劝。村人也劝，尤其上了年纪的妇人，动辄拉住她的手，一劝老半天，好像她已走到悬崖边上，再不回头就永远回不了头。

不管谁劝，不管真劝还是假劝，白云翮皆笑而不语不为所动。

吹糠见米好艰难

白云翮弃养（猪）种稻，稻子虽然用了化肥农药，但是用量控制极其严格，并佐以秸秆还田和紫云英轮作方式，提高土壤有机质含量和耕地综合生产能力，不断减少化肥农药用量，倡导绿色种植，稻米品质出类拔萃。后来，她认识了一个叫田恒乐的种粮大户，田恒乐种粮，不使用任何化肥农药，品质比白云翮的还高。

白云翾受到启发，选择二十亩插根扁担都会长出竹笋的良田，不使用任何化肥农药，种植纯有机稻，稻米质量果然上乘，丝毫不逊色田恒乐种的稻米，定量供应给 VIP 客户。价格那么高，白云翾和柳耕笙都觉得过意不去，但是不高不行，纯有机稻成本高产量低，不贵就要亏本。

　　白云翾和柳耕笙另辟蹊径，人工和半人工加工部分纯有机大米。人工用土砻磨，半人工用水碓舂。土砻竹篾编圈夯土而成，上下两层，形似石磨，直径一米左右，厚三十至四十厘米。

　　上层锅形，"锅"底留一饭碗大圆口或者方口。上下两层接触面皆为平面，用铁锅和沙子将二指宽皮带厚、上方下尖的竹片炒至黄褐色，钉入夯实的掺有糯米糊的黄土中，稍稍露头，形成一圈圈类似石磨的磨齿，上层八组、下层十二组，上层磨齿顺时针排列，下层磨齿逆时针排列。

　　黄土晾干，干透后，竹片和黄土硬度接近石头，相当耐磨。

　　下层正中竖一根圆木，固定在十字脚架上。上层拦腰居中横穿一四指宽厚板，正中钻一洞，洞略大于下层那根圆木，以便上层套入并旋转。厚板两头突出半尺，各钻一洞，作用是插入拉柄。

　　拉柄锄头形，"锄头"也就是短的那头，头部钉入一截铁棍，露出十厘米左右，插入露出砻外的厚板洞中。"锄柄"也就是长的那头，头部横着榫入一根一尺见长的圆木，两端系在绳子上，绳子呈倒 V 形，绳头固定在两米上方的横木上，以保持平衡。如果房顶不高，可直接固定在房梁上。

　　顺时针推动拉柄，上层土砻便轰隆隆运转起来，"锅"里的谷子缓缓流入"锅"底的口子，卷进磨齿，摩擦几圈后谷米分离，米粒和谷壳溢出磨齿落入磨槽，再从槽口涌入箩筐。

　　土砻成人腰高，这是最适合的高度，矮了或者高了，推起来吃力。下巴够到拉柄或者脑袋高出拉柄一个头的少年，推起来特别吃力，甚至根本推不动，因为腰使不上劲。一米八以上的"高人"，推起来也吃力，因为他必须割稻子一样弯下腰。推砻表面看是手在用力，实则腰在用力。腰与砻平行，最为省力。

"锅"内装有调节枒，类似山地自行车调速器，绑在那根拦腰穿过的厚板上，通过拧紧或放松绳索调节转速。调节枒至关重要，调太紧磨齿摩擦力增大，砻推起来费劲，转速慢，容易把米磨碎，甚至损坏磨齿；调太松磨齿摩擦力减小，砻推起来轻松，转速快，但磨不开谷壳，必须不松不紧恰到好处。

为什么用土垄不用石磨？原因很简单，石磨太沉，推起来费力不说，还容易磨断磨碎谷粒，起不到脱壳作用。谷粒脱不了壳，米就出不来，无法食用。石磨适合于磨米粉豆粉或者米浆豆浆。

推砻耗时耗力，却不能直接出米，只能将谷壳与米粒剥离，米粒粗糙泛黄，还须经过水碓五六个小时的舂击，才能舂出洁白的米粒和细腻的糠粉。

水碓以水为动力，筑坝开渠将水流引至碓坊。水渠尽头，装一木槽，水流通过木槽，形成一道落差一米上下的瀑布，冲入水车水斗，水车转动，横穿过车轴的木板（俗称拨子），反复拍打水碓，水碓反复起跳，舂打糍粑那样舂打石臼里的谷子，直到米粒舂白、谷壳舂成糠粉。

开始舂打的时候，速度要快，随着米粒变白，速度就要放缓。木槽上有一活动插板，调整插板高度可控制水流，从而控制水车转速和水碓节奏。水流不能太大也不能太小，太大水车转速太快，水碓舂打节奏太快，容易毁坏水车水碓和石臼；水流太小水车转速太慢，水碓舂打节奏太慢，效率不高。

枯水期，水流太小带不动水车；丰水期，水流太大可能毁坏水车。为减少流量，必须打开水渠一侧的限流阀，如果打开所有限流阀水流还是太大，只好停转停产。种稻子靠天吃饭，碓坊何尝不是靠天吃饭，风调雨顺多产稻，风调水顺多出米。

风调水顺时，碓坊日夜运转，一家家排队舂米。等米下锅一时又排不上队的，要么借米，要么用脚碓。脚碓就是以脚为动力的舂米装置，和水碓一样，使用的都是杠杆原理。脚碓舂米比土砻磨谷更吃力。

强调一点，谷子不能直接舂，必须土砻磨过再舂，直接舂必将谷子拦腰舂断舂碎，无法剥离谷壳和米粒，最后玉石俱焚，一起舂成糠粉和米粉，难以食用，只能喂禽畜。土砻磨过的、壳米分离的谷壳和米粒，越舂米越白，越舂糠越细，无论怎么舂，舂多久，都不会将米舂碎，因为谷壳和糠粉层层包裹保护了米粒。杵头杵在米糠上，就像棍子敲在棉被上，几乎伤害不了被子里的人，反倒起了按摩作用，越按摩米越白、糠越细。

石臼埋在碓坊地里，一般两个，最多四个，等距离一字排开。水碓形状与打糍粑的木杵相同，但更粗更长，柄尤长。木杵下头，也就是舂击谷子的那头，镶着一块坚硬的花岗岩锥石，铁条固定，一方面保护杵头不被撞烂，一方面增加摩擦力。

杵柄三分之一处（杵头方向），钻一手腕粗的洞，插入一根一米见长的圆木，铆紧，两头穿过两根半截埋在土里、平行对立的方料孔洞。孔洞略大于圆木，嵌入铁片，一是方便转动，二是避免孔洞扩大变形。长柄伸出碓坊，与水车车轴保持 T 状。

脚碓也是这种制作和安装方法，一只脚踩踏在长柄尾部，木杵翘起，松开脚，木杵落下。也可双脚踩踏，踩踏时弯腰产生重力，木杵翘起，直腰消减重力，木杵落下。双脚踩踏身体容易失去平衡，两旁各竖一棍，两手握棍即可保持平衡，还能增加重力。也有前方安装栏杆的，上身匍匐其上，踩踏起来省力一些。

水碓长长的杵柄，伸出碓坊，尾部正对车轴上的拨子，形成一尺上下的垂直落差，水车转动，砧板厚的拨子打耳光般重重拍打柄尾，发出整个村庄都能听见的巨大响声。木杵受力抬头，然后落下，车轴旋转一圈，拨子再次拍打柄尾，木杵受力再次抬头，然后落下，如此周而复始。

柄尾受力面，镶有铁板，拨子两头的拍打面，亦嵌有铁板，以提高使用寿命。若不镶嵌铁板，用不了一个月，柄尾和拨子就可能断（开）裂变形，拨子更换比较方便，就两尺来长，成本也不高。更换柄尾就麻烦了，锯掉一截吧，短了，拨子够不着，只能整根换掉，成本太高。

一口石臼可容纳八十至一百斤谷壳和米粒，每隔两三个小时，人工将溅出的米糠扫入石臼，否则溅出太多，臼内空虚，杵头和臼底直接撞击，必然头碎臼裂，甚至杵柄和拨子也会断裂，继而损坏水车。

糠粉越细，米粒越白，藏得越深，筛去糠粉，米粒才脱颖而出。筛糠有两种方式，一种是用簸箕筛，一种是用风车筛。后者无疑比前者省时省力，摇转风扇，米糠分道扬镳，糠从风车尾部飞出，米从风车底部泄下。

"谁知盘中餐，粒粒皆辛苦。"种禾割稻辛劳，砻谷舂米亦辛苦。禾黄稻熟漫长，吹糠见米缓慢。路漫漫其修远兮，经过几番忙碌，终于吹糠见米。

就像剪不断理还乱的情丝，粘在米粒上的糠粉筛不净也洗不净。米里的糠并非越少越好，米也不是淘洗得越干净越好，糠里含有丰富的 B 族维生素，是人体必需的营养素。机器加工出来的精米，太干净了，加水即可煮食，根本不用淘洗，干净得只剩下碳水化合物，只有口味没有营养，或者口味大于营养。

文字难以准确描述古老复杂的砻（舂）米设备和过程，即使描述到位，未有亲身经历和体验，也难以理解。日后"云耕者农耕博物馆"以实物和直播方式展现，一目了然。土砻磨谷不受场地限制，可直接在博物馆展（演）示。水碓舂米需要水车和水流，无法建在博物馆里。好在碓坊离博物馆不远，有兴趣的游客可到现场观赏。

二十世纪八十年代之前，上地还在使用水碓舂米，碓坊遗址尚存，重建即可。有一回，轮到"佛顶珠"家舂米，年轻的"佛顶珠"半夜打着火把去碓坊清扫米糠，看到一条拖着长长尾巴的火球滑落天空，吓得他转头往回跑。上地那一带人叫它布袋星，说布袋星出现必有天灾人祸，果不其然，当年即将开镰的稻子遭到罕见的大冰雹袭击，最大个有鸡蛋大，砸死多只地上觅食的鸡、河里游泳的鸭。

后来，云耕者农场发展乡村旅游，将云耕者博物馆纳入旅游项目，受到游客欢迎。随着游客的增多，柳耕笙升级改造了碓坊，以提高其观赏性和舒适性，游客可以一边在包厢喝茶一边追忆似水年华。"大师兄""二师兄"加盟后，开设了"乡村造梦师"抖音号，经常推出土砻磨谷和水碓舂米的视频，有时还做直播，吸引众多粉丝，也吸引了不少消费者，慕名而来的游客更多，某剧组也慕名而来，将碓坊作为外景地。

随着特殊消费群体的增多，柳耕笙在水碓坊旁边建造了一座电碓坊，同时配备两台电砻，增加纯有机稻米加工产量。除了动力系统不一样，其他都一样，石臼木杵一样，黄土竹片一样，工艺流程一样，米糠质量一样（略胜一筹）。这么一来，产品更受欢迎，供不应求。

三道招牌菜

故香农家菜馆有三道招牌菜，俗称"三绝"，一是爆炒猪大肠，二是饭奶茄子，三是霉乳田螺。三者的主要原料，都是白云翮提供的。

饭奶就是饭汤，上地那一带人不叫饭汤叫饭奶，就像香港人不叫父母爹妈而叫爹地妈咪。

饭奶跟米奶粉一样营养甚至更营养，要不是不易保存携带不便不能随时熬制，白云翮当年会弃米奶粉而喂儿子饭奶。

饭奶是饭奶茄子的灵魂，没有纯正的饭奶，茄子再地道，也是枉然。土砻和水碓加工出来的大米，粗糙耐淘洗，淘洗五六遍，米水依然"浑浊"，只有这种粗糙的大米和"浑浊"的米水，才能煮出牛奶般浓稠的饭奶。"浑浊"的米水，饱含丰富的 B 族维生素。

机器精加工出来的大米，即便用土灶大锅熬，也熬不出地道饭奶。大米越"干净"饭奶越稀淡。

饭奶茄子做法极其简单：将青皮茄子削成拇指宽、篾片厚的片状或者菱状，泉水沉浸半个小时，去腥气，沥干，倒入滚烫油锅爆炒片刻，注入适量新鲜饭奶，除了盐，不加任何调料，千万别加味精、酱油、料酒，否则破坏原汁原味。开锅后，盖上锅盖文火焖煮五六分钟，即可起锅食用，润滑清香，味道鲜得令人抓狂。青（清）白分明的饭奶茄子冷却后，表面结起一层洁白的膜，仿佛冰肌玉肤，不忍下口。

饭奶茄子不仅下饭，还是防暑解渴佳饮。少年时代的"佛顶珠"们，中午放牛砍柴回家，捧起冷却的饭奶茄子（饭奶早上熬制，饭奶茄子自然早上烹煮，这样才新鲜），"稀里哗啦"倒进肚子，那个爽，没喝过的人无法体会。

故香农家菜馆纯有机大米需求最大，"土肥圆"饭桶之意不在饭在乎米饭之奶也。饭奶煲茄子味道绝佳，煲笋子、煲鱼、煲泥鳅、煲黄鳝、煲猪肚猪心，味道同样美佳佳。

霉乳田螺的原料田螺，产自那二十亩纯有机稻田。

民间有这样一种说法：螃蟹是阳春白雪，田螺是下里巴人。对于山里长大的土著而言，田螺就是他们的螃蟹对虾。小时候，白云翩他们最爱吃田螺，也爱捡田螺。

上地是亚高寒山区，端午之后天气才真正转暖，村人立夏前夕才开始犁田。犁过的水田，歇上个把月，养一养地气，让泥土充分滋润并吸收养料，过了端午才开始耙田插秧。开春时节，村人已将混合着稻草茅草的猪粪牛粪以及草木灰堆放水田，经过三四个月的发酵，肥力深深吃进泥里。

养地气这个月里，是田螺生长的黄金季节。拇指大的田螺随处可见，大多形单影只匍匐着，也有叠加抱团、并排，或者碰头唇吻的（毫无疑问是情侣）。秧苗插下后，虽然还有田螺，但不宜下田拾捡，容易踩倒禾苗。随着气温水温的升高，田螺往往吸附稻根或者攀爬到稻秆上"歇凉"。稻谷转黄之际必须放干田水，水一放干，田螺便无影无踪，打着灯笼也找不到。

田螺怕光怕雨，白天和下雨时潜伏泥里饕餮微生物，夕阳西下光线暗弱之际，气泡一样冒出泥面透风乘凉，饱餐一顿浮游植物和幼嫩水生植物，所谓"太阳落山，田螺摆摊"。

放学后，孩子们打着赤脚，卷起裤管挎上腰篓，嘻嘻哈哈奔向一丘丘散发着泥土清香的水田。爬行在水下的田螺，在泥面留下一条宽一厘米左右的光滑轨迹，轨迹消失在哪里田螺就出现在哪里。

有的田螺窝藏在稻草和水草里，肉眼难以发现，得用手摸，有时一摸一把，偶尔摸出一条水蛇来，吓得摸者发出漫长的尖叫，鸭子般飞奔而逃，搅起道道浑水。好在水蛇没有毒性，一般不咬人，有惊无险。

当年，白云翩柳耕笙他们放学的时候，不去捡田螺，不是娇生惯养亦非懒惰怕冷，而是父辈已经不再往田里堆积混合着稻草茅草的猪粪牛粪，以及草木灰，直接使用化肥农药，田螺、泥鳅、黄鳝、泥虾基本灭绝，无田螺可捡。

田螺捡回，清水养一夜一天，吐净泥沙和螺仔（放入少许植物油和盐巴，有催吐功能）。田螺入锅沸水煮一会儿，捞出剔除螺帽，晾去水渍下油锅爆炒，佐以盐巴、白糖、生抽、料酒、生姜、蒜头、辣椒、青葱、桂皮、八角。

上地人炒田螺，必放霉乳和薄荷。霉乳就是霉豆腐，冬季制作的霉豆腐，可贮存到春季，立夏之后，霉豆腐吃得差不多了，仅剩残汤。残汤过了保质期，有点变质，有点腐臭，但十分入味，可谓超级老汤，是爆炒田螺的最佳佐料，香里夹着一丝调皮的臭，闻起来有点臭，吃起来非常香。

薄荷则锦上添花，将这种与众不同的香挥发到极致，简直香得没有王法。霉豆腐汤红白相间，佐以童话般翠绿的薄荷丝，造就了色香味俱佳的爆炒田螺。

现在的人肺活量似乎不够，为方便吸吮，炒田螺之前，往往要将田螺屁股斩除。田里有田螺的时代吃田螺，从不斩屁股，那么做是暴殄天物。如今的田螺多为养殖，品质不如野生田螺，螺肉僵硬无弹性，不斩除螺尾难以吸出，螺尾有粪便残余和其他残留，务必一并去除。

"佛顶珠"记得，小时候一个田螺配三口饭：田螺脑袋一口、田螺身子一口、田螺壳里的汤汁一口。如果父母发现少配一口饭，筷子就敲到你头上了。一个田螺配三口饭，不知不觉已经达到"螺蛳壳里做道场"的境界。

上地有个叫伙叔的人，是个暴父兼酒鬼，家里有四个孩子，全是男的。伙叔是个吃田螺的高手。田螺刚端上桌的时候，还放在桌子中间，等四个如狼似虎的儿子下了两次筷后，伙叔就把它端到自己下巴壳前。

这时候，除了伙婶，谁胆敢把筷子伸过去，谁要付出相应代价。伙叔轻则瞪眼呵斥，重则屈起中指关节，猛敲脑壳，让他吃指螺。伙叔瘦骨嶙峋，手指本来就硬，如果说他的手指硬如木头，那么屈起来的指关节则硬如石头。儿子们对伙叔充满深仇大恨。

伙叔吃田螺的过程，简直就是一种行为艺术：握着筷子的右手，准确从碗里夹起一颗头朝上尾朝下荡漾着汤汁的田螺，左手拇指和食指紧捏螺臀，送至嘴唇，先把汤汁吸干，抿一口酒；然后气贯长虹，猛地一吸，发出一声哨响的同时，螺肉反弹进嘴，嚼烂，右手端起酒杯，吱的一声，抿第二口酒；螺壳却还捏在左手，放下酒杯的右手，拿起筷子，夹住螺壳，伸进碗里，蜻蜓点水般舀起一壳汤汁，左手拇指和食指小心翼翼捏住螺臀，闭着眼睛，吱的一声，吸汤汁进嘴，手一扬，螺壳掷地有声，右手再端起酒杯，同样闭着眼睛，吱的一声，抿第三口酒。

一颗田螺配三口饭或者三口酒，经济又实惠，节俭且美气。那不仅是舌尖上的享受，也是舌尖上的功夫，更是舌尖上的美德！

荒唐的是，伙叔竟然死于田螺。那年，六十九岁的伙叔，正气势磅礴吸食着田螺，意外将一颗田螺连壳带肉吸进深喉，吞又吞不下，吐也吐不出，活活憋死了。

白云翩曾经看过一段越剧，里面有个尖嘴猴腮、门牙暴凸的男人表演吃田螺。她对越剧没有什么兴趣，对尖嘴猴腮尤其门牙暴凸的人，没有什么好感，但是，当她看了这个演员惟妙惟肖的表演之后，不仅流下香喷喷的口水，还对越剧产生一定兴趣，对尖嘴猴腮、门牙暴凸的男人也不再那么反感。

"土肥圆"虽然肥头大耳，却滑稽而又猥琐地长着一张樱桃小口——难以想象那么小的嘴巴，能够发出那么大的笑声——两只兔牙般茁壮的门牙暴凸而出，简直就是那位越剧演员那张嘴那口牙的翻版。"土肥圆"吃田螺的水平，与越剧演员和伙叔虽然有一定差距，但气势和气质不凡，足以让人刮目相看。

"土肥圆"吃田螺的水平不如越剧演员和伙叔，吃鱼水平却堪与他们媲美。只要鱼的体积不超过小嘴，整条放进嘴里，囫囵几下，就吐出一条完整的鱼骨架来，不沾一丝鱼肉，令人叹为观止。白云翩觉得"土肥圆"既好笑又好玩，还有一丝莫名其妙的可爱，从没觉得他猥琐。

说来你可能不信，"土肥圆"是伙叔小儿子，他是上地最早走出去最先富起来并且一直富着的人——没有大富暴富却富得均衡持久。只可惜，他富起来的时候，伙叔早已去世，没享到儿子的福。小时候，"土肥圆"最贪吃最调皮，父亲的"指螺"自然吃得最多。

有田螺就有泥鳅，就稻田生态而言，田螺和泥鳅是拴在一根绳子上的蚂蚱，一生俱生、一亡俱亡。随着生态的不断改善，这根绳子又拴上黄鳝、泥虾这两对蚂蚱，但是它们的存量尤其黄鳝的存量，远远少于田螺和泥鳅，也许是黄鳝繁殖能力不如前者。

泥土真是神奇，只要保持它的纯洁性，佐以光和水以及有机肥料，就能创造和生长万物。即便脱离大地，运到完全不接地气的楼板上，依然能够生出蚯蚓、蜗牛。女娲泥土造人，真是用对了原料，凡人没有掌握秘诀只能被造，向土而生。

纯有机田里的田螺、泥鳅、黄鳝、泥虾，主要供应给故香农家菜馆。白云翩并不送货上门。"土肥圆"自己派人，每隔数日到田里捕捞，既保持了新鲜度，又不至于捕捞过度，影响它们繁衍。

天气特别好又不那么忙的时候，"土肥圆"会亲自下田捕捞。如果恰好白云翩也不那么忙，就跟他一起下田捕捞。一个人捕捞，"土肥圆"干劲不足；白云翩一起捕捞，"土肥圆"则干劲十足。

"土肥圆"主要肥在脑袋圆于肚子，两腿短而细，走路尤其上下楼梯的时候，几乎看不到腿。都说一手遮天，他是一肚遮腿。行走在陆地上的"土肥圆"活像一只肥鹅，行走在田里的"土肥圆"活像一只企鹅。"行走在田里"的"行走"其实用词不当，捕捞运动量极大，得不断弯腰、奔跑、腾挪、移转，"田径在田里"才相对准确。"田径"这里作动词用。

田径在田里的"土肥圆"，笨拙吃力却乐此不疲，嘴里哼着不成调的《捉泥鳅》："池塘的水满了，雨也停了，田边的稀泥里到处是泥鳅。天天我等着你，等着你捉泥鳅；大哥哥好不好，咱们去捉泥鳅……"

"土肥圆"全身心沉浸在捕捞快乐中。白云翩则一半沉浸在捕捞快乐中，一半沉浸在"土肥圆"的滑稽可乐中。

补充一句："土肥圆"只在白云翩一起捕捞的情况下，才哼唱《捉泥鳅》。

我只有种地天赋

二月里来是新春，杀完年猪过完年，养猪量增加到十头。要不要扩大葡萄种植面积？白云翩拿不定主意，征求"佛顶珠"意见。"佛顶珠"抽了半支烟才开口："去年你妈在葡萄园里说'十月，我们有别的农活。我们要去割稻子。葡萄，你愿意怎么长，就怎么长吧。'是什么意思？"

"爸，这话不是我妈说的，是一位著名作家说的。您的记性真好，大半年过去，还记得这句话。"

"这个作家会种葡萄？"

"他年轻的时候下放农村，种过葡萄，去世十几年了。"

"他是知青？"

"不是，好像是右派。"

"那他还种过田、割过稻子？"

"不太清楚，他的家乡也是鱼米之乡，应该种过割过。爸，难道您对他有兴趣？他的文章写得可好了。"

"我听了听，确实写得好，他把葡萄写得跟贤妻良母一样好。"

"爸，您这话说得太有水平了，看来您有文学天赋呢。"

"我只有种地天赋。云翩，明年跟我一起种稻吧，国家出台了政策，种田有补贴，土地流转也有补贴，现在是种稻最划算的时候，但是一定要上规模，上规模才有效益，小打小闹不行，亏本。"

"种稻子，那葡萄怎么办？"

"葡萄嘛，它愿意怎么长，就怎么长吧。种葡萄的人太多，没什么前景，你应该体会到了。"

"种稻就种稻，我听您的，爸。"

"种稻比种葡萄辛苦多了，你要有心理准备。"

"爸，我能不能吃苦，难道您还看不出来吗？"

"锄禾日当午，汗滴禾下土咧。"

"爸，您这是怎么了？现在种田机械化程度很高，哪有那么辛苦，您不都早用上耕田机和收割机了吗。爸，我有一点不明白，您为什么不让我一回来就种稻子？"

"哈哈，有些路，必须拐个弯，才能走得通、走得远……"

"佛顶珠"一口气流转六十亩稻田。

白云翾深感意外："爸，这么多田，就我们两个人，种得过来吗？""佛顶珠"不动声色道："所以我要你做好心理准备。"白云翾说："爸，只要您有心理准备，我就有心理准备。"

"云翾，听你这话，心里好像有点虚。"

"爸，不瞒您说，确实有点虚。您事先也没跟我商量一下。"

"你当初回来，也没跟我商量，我可没吱你一声，有些事情，一商量反而没得做、做不成。"

"谢谢您一直以来对我的理解和支持。"

"说老实话，我心里也有点虚，要是不虚，就不是六十亩而是一百亩。"

"这还虚？您太不虚了！"

"再说句老实话吧，我的虚与不虚，都是建立在你虚与不虚的基础上。"

"我不明白您的话。"

"你如果虚，我只敢流转六十亩；你如果不虚，我就敢流转一百亩。"

"爸，我明白您的话了，谢谢您的信任，我一定好好努力。"

"哈哈，这就好，这样我就不虚了。"

老天爷似乎要断白云翩后路，迫使她一心一意种稻子。正月过后，新买的十头猪仔一周之内先后染上猪瘟，全猪覆没。白云翩伤心得掉了一斤肉，一头平均一两。"佛顶珠"安慰她，现在环保抓得越来越严，猪养得越多污染越大，又容易得病，养猪这条路怕是走不通。

"土肥圆"特地跑来安慰白云翩："你的猪死了，最难受的是我；你不再养猪，最难受的是我，是我是我还是我，让我们一起节哀。"白云翩一下被他逗笑："谢谢你，我一定会化悲痛为力量的。"

"说心里话，我实在舍不得你的猪，活了五十多岁，还从来没有这么不舍过一种动物。"

"嘻嘻，你舍不得的，不是猪命，而是猪肉和猪肠子，杀猪的时候，你可从来没有心疼过它们。"

"呵呵，知我者白云翩也，你一不养猪，我的招牌菜就歇菜了。"

"肥总少安毋躁，不要过于悲观失望，猪会有的，猪肉会有的，猪肠子会有的，一切都会有的。"

"怎么，你还打算养猪？要是这样，我立马给你烧高香。"

"也许吧，在不久的将来，我会建一座全新的现代化养猪场，现代到何种程度，我还没想好，反正很现代很现代。"

"你可不要让我等得肚子都小了啊。"

"那敢情好啊，祝你减肥早日成功。"

"也祝你全新的很现代很现代的现代化养猪场早日建成。"

希望的田野

流转的六十亩稻田，三分之二是荒田，一半全荒一半半荒。半荒指的是两三年前复垦又被抛荒，未来得及全荒的田；全荒指的是连续五六年以上未耕种的田。半荒田长着细草矮草，稍作垦复即可耕种，捡了个便宜。全荒田长着手指粗、甘蔗高的茅草，有的还长着小毛竹、小树木和荆棘，再过几年要长成树林了。仅凭两人之力，短期无力复垦，不得不雇人帮忙，这个人就是"大卵泡"。

"大卵泡"那个从未吃过人奶的儿子，初二那年猝死在体育课上，学校的赔偿，正好用来偿还"大卵泡"欠下的债务，略有余钱。儿子读四年级的时候，"大卵泡"破产，那套二手学区房暨病区房资不抵债被拍卖。"大卵泡"基本不敢露面，一露面就被债主揪住不放，县城没法混、上地回不去，于是带着妻儿流亡福州。

儿子死后，尚水晶从此精神分裂，动辄披头散发、衣冠不整去学校讨要儿子。去儿子生前学校讨要，尚属正常，不正常的是，只要是学校，哪怕幼儿园，她都奋不顾身，一哭二求三撒泼，成为各校重点联防对象，门卫保安一看她来了，狼来了一样紧张。

对"大卵泡"而言，福州不是福地而是祸地，待不下去也不想待，债务已经还清，可以在家乡露脸，于是带着尚水晶灰溜溜回到上地，凄凄惶惶住进老屋。老屋虽老，并不破败，当年母亲死活不肯进城享福，"大卵泡"于是把老屋翻修一新以便她安居。原以为这辈子不可能回来居住，没想到这么快打道回府。若是没有当年这份孝心，等待他的将是屋漏偏逢连夜雨的破屋，难以安居。

推开大门的刹那，"大卵泡"似乎听到母亲锈迹斑斑、灰尘滚滚的沉重叹息。他抬头看了看镜框里白发苍苍的母亲，泪水顿时模糊了双眼。母亲生前形只、死后影单，挂在墙上也没个伴。父亲在世期间，普通人照相相当困难，父亲又不爱照相，死后没有留下遗像，"大卵泡"都不记得他长什么样了。"大卵泡"摘下孤单的母亲，用衣襟擦拭着玻璃，擦着拭着，玻璃竟然湿了，不知是自己还是母亲的眼泪，打湿了玻璃。

生源稀缺的上地小学早在三年前撤销，但凡有点能力的家长，宁到镇上城里租房陪读，也不愿子女在家门口就读。下地小学比上地小学早一年撤销，幸运的是，地芳在撤销前一年退休，否则要"发配"到其他学校执教。上地小学撤销之前有那么几年，老师比学生多，一度五比二。

校舍闲着也是闲着，有人在里面养起了鸡。学校变成鸡舍，琅琅书声被喔喔和咕咕鸡鸣取代。尚水晶找儿无门，病情奇迹般不治而愈，除了祥林嫂般念叨着儿子，不再到处乱跑。

"大卵泡"原本爱说爱笑，即便欠了一屁股债，依然不改天性，略有收敛而已，儿子的死似乎泯灭了他的天性，时常两三天不说一句话，就知道拼命干活。这些年，农村人口虽少基建却不少，道路拓宽、桥梁改造，水利工程毁了建、建了修，都需要工人，泥工供不应求。

"大卵泡"不会泥工，只能做小工。"大卵泡"并不五大三粗，体能一般，儿子死后，似乎有用不完的力气，干活特别卖力，成为最受欢迎的小工。与其说"大卵泡"化悲痛为力量，还不如说化力量去悲痛，每天把自己累得筋疲力尽，倒头便睡，以此麻木丧子之痛。

上地、下地正在拓宽公路，村里稍有点体力的，无不到工地做小工。"佛顶珠"雇不到人，想来想去想到"大卵泡"。"佛顶珠"当最后一届村主任的时候，帮过"大卵泡"一个大忙，"大卵泡"口口声声涌泉相报，却光打雷不下雨，不是不下雨，而是没有下雨机会。这么多年，"佛顶珠"一家顺风顺水，无忙可帮。

"佛顶珠"本想雇台挖掘机，但是成本太高，工钱不是按天而是按小时计算，一小时工钱比人工一天工钱还高，承担不起。

人情像天气，有时旱来有时涝，事情过去多年，"大卵泡"感恩的泉眼，怕是早已干涸，"佛顶珠"也不抱多大希望。虽然"佛顶珠"开的工钱比工地高出十元，却被"大卵泡"一口拒绝——不是拒绝"佛顶珠"的请求，而是拒绝高出的工钱。

"佛顶珠"颇感意外。

"大卵泡"说："老主任，当年你帮了我大忙，现在你又帮了我大忙，我欠你太多，你这个忙我肯定帮，而且一帮到底，工钱绝对不要，管饭就行。你答应条件，我明天就去帮忙，不答应不去。""佛顶珠"感动得好一阵才说出话来："当年帮你什么大忙，我早不记得了，现在我是帮了你大忙可你也帮了我大忙，等于是互帮互助了，你不欠我我也不欠你，你要欠我我也欠你，如果不要工钱，我就不请你帮忙，这样一来你反倒欠我了。"

两人到底互帮互助了什么忙，下文将会提及。

"大卵泡"只好答应，但有两个条件，一是工钱低于工地十元，二是只拿十天工钱，十天之后义务。"佛顶珠"答应了。

创业艰难百战多，摩拳擦掌向荒田，荒田竟然藏野猪。

一丘茅草茂密苗壮如甘蔗的荒田，横躺着一头大野猪，目光凶狠又乞怜，嘴里哼哼着，一副痛苦不堪的样子。人类侵入领地，野猪要么迅速逃走要么奋起攻击，它却一动不动——想动动不了，几番挣扎着想站起来怎么也站不起来，仰头的力气都没有，稍一仰起又落下。

"大卵泡"二话不说，抡起锄头砸向野猪脑袋。"佛顶珠"眼疾手快拦住："不能随便打杀，把它赶走吧。""佛顶珠"说罢，举起锄头虚张声势。野猪益加惶恐愤怒，也益加可怜无助，眼里竟然流出泪来。

白云翮说："看它痛苦难受的样子，是不是病了？""佛顶珠"说："野猪那么强壮，不太可能生病。"白云翮说："那是不是受伤了？""佛顶珠"说："身上没流血，四条腿好好的，看不出哪条折了还是断了，不像受伤的样子。"

白云翮说："它是公的还是母的？""佛顶珠"说："它嘴里虽然有獠牙，但是没有外露，应该是母的。"白云翮"哎哟"一声大叫："你们看它肚子那么大，里头好像有东西在拱动。天啊，它是不是要生小野猪了？"话音刚落，野猪发出一声犀利而又喜悦的叫喊，屁股咪溜挤出一头小野猪，然后第二、第三、第四、第五、第六头，不到半小时顺利出肚。小野猪毛茸茸肉嘟嘟，尚未开目，凭着本能爬到妈妈肚子旁边吃奶。

三人目瞪口呆，还是"大卵泡"先开口："大喜事大好事，老话说得好，看到野猪生崽娃，好事一茬又一茬。"白云翮疑道："有这样的老话吗，我怎么从未听说过？""大卵泡"说："你年轻，当然没听说过。""佛顶珠"也表示怀疑："我大你好多岁，怎么也没听说过？""大卵泡"说："不管你们有没有听说过，这是好事，六胎啊，六六大顺，你们等着瞧好吧。老主任，刚才幸好你拦住，不然我这一锄头下去就是七条猪命，罪过可就大了，大野猪该死小野猪不该死啊。"

一致决定不动这块田，等野猪走了再说。第二天，白云翮带来丰盛的剩饭剩菜慰劳，却已猪去窝空。"佛顶珠"说："母野猪估计在我们离开不久，就带着小野猪挪窝了，它意识到了危险，不会久留的。"白云翮笑道："还是野猪妈妈厉害，一天月子都不坐。"

"佛顶珠"和"大卵泡"的粗手糙掌都磨出血泡，白云翮自然不能幸免，尽管戴着加厚手套，血泡还是前赴后继冒了出来，数量和质量均高于上回。白云翮一一挑破，每挑破一个，战胜一回自我。挑着挑着，痛苦变成痛快；挑着挑着，每一个破灭的血泡，燃起一朵希望的火苗。

除净茅草、竹木、荆棘的荒田，有如剃尽胡须和理去长发的流浪汉，面貌焕然一新。"佛顶珠"开着维修一新的耕田机大显身手，泥浪海浪般翻腾，开天辟地一般。村里有户人家，原先种了十几亩地，去年举家进城定居，把八成新的耕田机半卖半送给了"佛顶珠"，也把上好的田地租让给了他。

耕田机唤醒土地引来飞禽，喜鹊、乌鸦、白鹭成群结队蹁跹而至，耕田机冲到跟前，才哄的一下夎翅而起，却不远走高飞，而是奋不顾身看着热闹蹭着热度。有一只喜鹊，锲而不舍地盘旋在"佛顶珠"头顶，直到射出一泡白屎，才如释重负般振翅远去。那泡白屎不偏不倚，正好落在肉瘤上，"佛顶珠"非但不生气，反而中了头彩似的兴高采烈。喜鹊落枝头是喜事，喜鹊屎落人头想必也是好事。

白云翩深受感染，也想体验一番。"佛顶珠"欣然传授。不到半天，有着五年驾龄的白云翩便熟练掌握，虽然玩不了漂移，却兴奋得飘飘然。机车轰鸣鸟雀啾鸣，不时有飞机掠过蓝天，有一架屁股后面拖着一条麻花状的"白云"，白云翩情不自禁哼唱起她出生那年诞生的歌曲《希望的田野》。

> 我们的家乡
>
> 在希望的田野上
>
> 炊烟在新建的住宅上飘荡
>
> 小河在美丽的村庄旁流淌
>
> 一片冬麦，（那个）一片高粱
>
> 十里（哟）荷塘，十里果香
>
> 哎咳哟嗬呀儿咿儿哟
>
> 我们世世代代在这田野上生活
>
> 为她富裕
>
> 为她兴旺
>
> 我们的理想
>
> 在希望的田野上
>
> 禾苗在农民的汗水里抽穗
>
> …………

我妈是村里的小芳

　　白云翩和柳耕笙既没有夫唱妇随也没有妇唱夫随，和"佛顶珠"却公唱媳随、媳唱公随，公媳之间虽配合默契，但在插秧方式上却产生很大分歧。

　　二十世纪七十年代，虾洋改传统插秧为抛秧，到了二十一世纪初年，又出现射秧。射秧其实是抛秧升级版，并不能完全取代抛秧。抛像天女散花，将秧苗抛到田里；射似扔飞镖，垂直向下将秧苗射进田里。两者皆省工、省时、省力、省腰，区别在于，抛可以远距离操作，篮球场大的一丘田，站在田埂上即可完成；射只能近距离进行，房间大的一块田，也必须站在田里，像插秧一边插一边后退那样，一边射一边后退。抛秧距离远，抛下的秧苗疏密不一；射秧距离近，射下的秧苗错落有致，仅次于插下的秧苗，有利于后期管理。

　　布袋和尚有首《插秧诗》：手把青秧插满田，低头便见水中天。六根清净方为道，退步原来是向前。《插秧诗》充满禅意，插秧毫无诗意，一天下来，腰几乎酸没了，真可谓插秧如此多艰，引无数稻农竞折腰。

　　高手插秧，不拉线也插得笔直，速度极快，鸡啄米似的，充满了节奏感，甚是好看。中年时代的"佛顶珠"是插秧高手，一口气插出二三十米才直腰休息半至一分钟，腰好似弹簧。新手插秧必须拉线，否则秧行歪如蛇行。新手也像鸡啄米，但啄得犹犹豫豫，好像田里有螃蟹和毒蛇，怕被钳被咬，节奏紊乱，插个三五米就直腰歇息，一不小心两腿交叉失去重心，四仰八叉躺在田里。

插秧机发明和推广之前，抛秧和射秧让稻农站了起来；随着收割机的发明和推广，种稻基本不用弯腰，稻农彻底翻身得解放，腰板直了起来。稻农的腰越来越直，稻穗却越来越弯，这是科技的进步，也是农业的进步。

抛秧和射秧所用秧苗，与插秧所用秧苗培育方式不同。后者把浸泡好的种子，撒在平整好的秧田里，为了便于管理，秧田分割成一米多宽的长方形行子。前者在平整好的秧田上铺一层"席梦思"，也就是塑料软盘即秧盘，铺好后轻轻按压，使秧孔突起部分约四分之一陷入泥土，再往盘内装满泥浆，扫把扫平，最后撒上浸泡好的种子。

插秧所用秧苗，不仅要拔，还要洗。就像鱼儿离不开水，植物离不开水土，长途运输的苗木，根部褴褛般裹得严严实实，以避免水分和泥土流失。插秧所用秧苗恰恰相反，拔起要洗净根部泥土，否则插下后容易腐烂，影响生长和收成。它好像有洁癖，要与秧田撇清关系，以清白的根须重新扎根泥土。

拔秧很讲究技巧，熟练者左右开弓双手齐拔，秧苗分夹在双手指间，夹满了，合在一起，水里来回拖动根部，俗称"打秧"，洗净根上泥巴，也就是洗秧，稻草或者撕成条状的春笋壳一扎，身后一扔，大功告成。扎时系活结，以便插秧时轻易解脱，省时省力。

拔秧洗秧虽是两个环节，却同步进行。腰腿不好的人，可以借助秧凳。秧凳是特制的，上下各用一块长约一尺、宽二十厘米的木板作凳面凳脚，中间用一段方木或者圆木上下固定，人坐其上不会陷进烂泥，从而解放腰腿。秧凳同样适合插秧，但是速度缓慢，得不断往后移动。拔秧也要移动凳子，往前移。秧苗密集，可左右开弓而拔，插秧只能单手进行，左手握一大把秧苗，右手分出几枝插入，活动半径有限，凳子移动频率高于拔秧。有聪明人和懒人，凳面两端钻一小孔，系绳挽在肩上，人移凳也移，方便省力多了。

怕蚂蟥叮咬的女人，拔秧时带个脚盆，双脚放入脚盆，蚂蟥纵有天大本事也奈何不了，但是效率大大降低。脚盆较大，连人带凳坐在里头，盆里放两根短棍，撑船一样撑着移动。

带脚盆拔秧的女人，或是不怕老公且受家人宠爱的女人，或是地位高于老公和家人的女人，否则根本不允许带，即使带了，也会被他们扔掉，原因是丢人现眼磨洋工。

土芬曾是带脚盆拔秧的女人，倒不是她不怕"佛顶珠"或者地位高于"佛顶珠"，也不是"佛顶珠"怕她或者地位低于她，而是真正做到夫妻平等，男女各顶半边天。当然，大多时候，"佛顶珠"顶的是屋外那片天，土芬顶的是屋里那片天。

雨鞋普及后，脚盆被淘汰，秧凳却保留下来。雨鞋还是高档用品的年代，一个村子找不出几双雨鞋。谁拥有一双高筒雨鞋，咣当咣当、嘎吱嘎吱走在雨季里，相当气派，雨鞋踩过的路面都觉得脸上有光。

抛秧和射秧所用秧苗，不用拔洗也不用捆扎，反而要在根部保持一定泥量，尤其射秧秧苗，秧盘特意做成蜂窝状，以便根部裹上泥团，增加抛射和下坠力度，有利秧苗扎根。

虾洋不仅是全省著名的稻米之乡，还是全省著名的抛秧之乡。"佛顶珠"打算六十亩全部抛秧。以往耕种的六亩口粮田，都是抛秧，收成一直不错，和乡亲一样，抛秧抛习惯了，射秧也懒得体验。

成为全省抛秧第一乡之前，虾洋只是全县稻米第一乡；成为全省抛秧第一乡之后，又被称为县里的乌克兰。乌克兰是世界第三大粮食出口国，号称欧洲粮仓。虾洋号称县里的乌克兰，当然是县里的最大粮仓，只是随着村民不断外流，粮仓越来越小。

白云翩的计划，是六十亩全部插秧。她通过网上网下充分咨询得知，在许多地方，抛秧和射秧流行一阵之后，慢慢被稻农抛弃，原因前面已经提及，射秧尤其抛秧落苗不均匀，密的密、疏的疏，需要人工整理，表面省力省工，其实更费时间，所需肥料也多，产量不一定高。

六亩稻田管理起来简单轻松，六十亩就繁重麻烦了。白云翩搞不太懂，"佛顶珠"和乡亲们为何如此热衷抛秧，收成不错只是没有减产而已，她认为，要想高产优产稳产，还得插秧，当然不是人工而是机械。

意见虽然不合，并没有发生冲突，双方做出让步：一半插秧一半抛秧。出于尊重"佛顶珠"，白云翩多让步五亩，三十五亩抛秧；出于支持白云翩，"佛顶珠"没有接受这五亩。两人和而不同：如果插秧高产优产，往后全部插秧；如果抛秧高产优产，往后全部抛秧；如果同样高产优产，往后全部抛秧。

冲突是在春耕之际发生的，和解是在育秧之前达成的，同时达成机插。两者育秧方式不同，即便插秧，手插和机插秧苗育苗方式也不尽相同。机插秧苗育秧方式有泥浆双膜育秧、双膜细土育秧、软盘细土育秧和硬盘基质育秧四种，常用的软盘细土育秧和双膜细土育出的秧苗，跟抛秧秧苗一样，不用拔也不用洗。

插秧机是白云翩掏钱买的，倒不是"佛顶珠"出不起或者不想出这个钱——尽管步入老年，他对机械依然有着孩童对玩具般的浓厚兴趣——白云翩坚持出钱，不是赌气而是明志，明扎根创业之志，"佛顶珠"只得随她。

白云翩其实没钱，悄悄变卖首饰，加上政府补贴，所得正好购置一台中型插秧机。

抛秧和机插虽然省时省工省力，育秧却无法机械操作，无论何种植秧方式，秧苗都必须人工培育。育秧要经过浸种、消毒、晾干、营养土选择、培肥、粉碎、过筛、秧盘准备、铺土、洒水、播种等多道工序。浸种、消毒、晾干等工序一人或几人可完成，六十亩的规模，营养土选择、培肥、粉碎、过筛、秧盘准备、铺土、洒水、播种、盖土等工序，绝非一人或者数人短时能够完成。

凡是家里有人的，"佛顶珠"挨家挨户上门求助，并电话求助周边亲朋好友。"一年之计在于春，一日之计在于晨。"对于种田大户而言，一年和一春之计在于育秧，必须采用人海战术。约定俗成，春播春种和红白喜事一样，皆属义务范畴，但须提供伙食。

为了节省时间和劳力，"佛顶珠"自家不做饭，一个电话请来乡厨，全部搞定。流动乡厨的装备，早已武装到牙齿，除了水电，什么都自配自带，锅灶、燃料、碗碟、杯盘、桌椅、菜肴，大卡装满一车。东家唯一要做的，就是提供场地，给出伙食标准，然后付钱。

但凡有点劳动力的，都出动了。流水席一摆三天，每餐五桌，人声鼎沸，上地好久没有这么热闹过了。细心的白云翩数了数，有五十二人之多。在人口和家庭日益外流外迁的上地，一次性汇聚这么多人，相当不易。

当下农村，除了红白喜事，逢年过节也没几个人。以往儿女回乡陪父母过年，如今父母进城跟儿女过年。年夜饭越来越丰盛却越吃越不香，不仅少了故乡之香、泥土之香、草木之香、乡愁之香，也少了香火之香。城里的房子，没有灵位没有香案供桌，不能烧香燃纸不能祭祀，祖宗连个冷板凳都没得坐。儿女再孝顺，总有一种"寄人篱下"的失落和惆怅。

对"佛顶珠"和白云翩而言，春播就是大喜事，春播一粒种，秋收万颗粮。望着和自己一样汗流浃背、裤腿上沾满泥浆的乡亲，白云翩心里升起一股莫名其妙的幸福感、责任感和使命感。

尚水晶也来帮忙，她的帮忙，是象征性的，拔不了秧也洗不了秧。尚水晶现在不那么唠叨了，但是动辄走神，吃饭吃着吃着不吃了，端着碗、握着筷子出神，有时嘴里还含着饭，筷上还揶着菜；走路走着走着不走了，站在路中间出神，有时两只脚依然保持着行走姿势；洗澡洗着洗着不洗了，挺在卫生间出神，有时头上还涂着洗发精、身上还抹着沐浴液。

如果有人跟着时刻提醒监督，尚水晶则恢复常态。负责运送秧苗的"大卵泡"，让尚水晶跟自己一块干，先从秧田把一盘盘秧苗搬到三轮车上，运至稻田再一盘盘卸下，干得机器人一样有序连贯。"大卵泡"一离开，她就像被按下暂停键一样，端着一盘秧苗走神。突然，尚水晶拽起两株秧苗插向鼻子，边插边叫，插秧了插秧了，丰收了丰收了。大家笑得前合后偃，白云翩没笑，却很感动，莫名其妙地感动，对她的成见和厌恶顿时烟消云散。

最后的晚餐最为丰盛，送走酒足饭饱的乡亲，微醺的"佛顶珠"突然冒出一句："我看云翩越来越像村姑了。"白云翩愣了一下："爸，您这是表扬我还是批评我？""佛顶珠"笑而不语。土芬说："那还用说，当然是表扬你，你爸经常在我面前夸你，前两天还夸你比男儿还顶用。""佛顶珠"的原话是白云翩比儿子顶用，到了土芬口中，儿子变成男儿。白云翩笑道："婆婆是村姑，妈妈是村姑，我当然是村姑，比村姑还村姑。"

地芳抿嘴道："这就叫青出于蓝胜于蓝。""佛顶珠"又冒出一句："亲家母可不是村姑，是城里人。"地芳咧嘴道："亲家公，你就别笑话我了，云翩一回来，我就身在城里心在乡下了。不过，话又说回来，宝贝外孙回来后，我的身心既在城里又在乡下，恨不得像《分成两半的子爵》里的子爵，把自己分成两半，一半在乡下一半在城里。"

土芬奇道："什么分成两半的知觉，知觉还能分成两半？我听不懂你的话。"地芳忙说："不好意思，我又卖弄了，那是一本外国书，绝大多数人没看过，甚至没听说过，你听不懂是正常的，要是我换成你，也听不懂的，不说这个……"

那天周六，地芳带着柳絮飞回来帮忙。埋头手机游戏的絮飞突然插嘴："你们说得都不对，我妈不是村姑，是村里的小芳。"说到这里，他唱了起来："村里有个姑娘叫小芳，长得好看又善良，一双美丽的大眼睛，辫子粗又长……"地芳笑道："你妈妈是村里的小芳，你奶奶就是村里的老芳，咦，奇了怪了，现在小孩子怎么都唱大人的歌，还是老掉牙的歌。"

土芬差点笑掉假牙："你才是老芳，老来俏的老芳。"柳絮飞不解道："奶奶，你为什么叫外婆老芳？她又不姓芳，百家姓里好像没有这个姓。"土芬笑得直捶胸："外婆名字里有个芳字嘛。"白云翩脱口而出："那外婆不能叫老芳，叫老地芳最恰当不过。"

一家人笑成一团……

但愿能够柳成荫

插下和抛下的秧苗，比着赛生长，长势良好。长着长着，长了一个多月，抛秧的稻田出现烂苗，像敌人那样一天天烂下去，也不是全烂，鬼剃头似的，这里烂一丛、那里烂一块，速度之快令人措手不及，近二十亩变成秃田。

早稻秧苗已经过季，无秧苗可补种，只能补种晚稻。补种没分歧，补种什么品种有分歧，"佛顶珠"意欲补种往年种植的优质晚稻，白云翩建议补种其他品种，颜色也改变一下，反其道而行，比如红稻或者黑稻。

"佛顶珠"抬起头、睁大眼睛、抚摸着肉瘤："你这么做，有什么科学依据？"

白云翩勾下脑袋、垂下眼帘、抠着指甲里的泥："没有任何科学依据。"

"佛顶珠"："没有科学依据，那就要依据经验。"

白云翩："可是根据您的经验，抛秧出现了烂苗。"

"佛顶珠"："这是意外情况，我没想到也不想出现这种情况。"

白云翩："爸，有句话叫'有心栽花花不开，无心插柳柳成荫'。您知道挽救了亿万人生命的青霉素，是怎么发明出来的吗？有一天，重感冒的发明家正在做试验，鼻涕不小心滴入器皿，几天后他意外发现这个忘了盖盖子的器皿，里面的细菌慢慢长了出来，青色的霉花周围没有细菌生长，远处的细菌却正常生长。也就是说，青色霉菌有杀死其他毒菌的效果。于是他开始培养霉菌，最后发明了青霉素。"

"佛顶珠"："这只是个别现象，不能说明什么问题。"

白云翮："这样的意外发明多去了，糖精、冰棒、火柴都是意外发明的。您爱吃的福州名菜佛跳墙，也是意外发明的。有一天，一位酒店老板出门，闻到街头一缕奇香飘来，香味竟然来自乞丐破瓦罐中混在一起的残羹剩饭和酒水。老板深受启发，回店把各种原料放在锅里一起煮，加入料酒，就这样发明了佛跳墙。"

"佛顶珠"："那你觉得补种红稻或者黑糯会有成效吗？"

白云翮："凭直觉会，但是没有把握。爸，那您觉得补种黄稻会有成效吗？"

"佛顶珠"："这个嘛，凭直觉会，但也没有把握。"

白云翮："我了解过了，红稻和黑稻产量虽然不高，但在市场上蛮受欢迎，卖价也高，属于小众产品。就当作一回试验，成功了，以后可以扩大种植面积，失败也没什么损失，反正都这样了，说不定这是老天爷给我们一次意外收获的机会。当然，您是一家之主，经验丰富，到底补种什么，您说了算。"

"佛顶珠"："云翮啊，你是个聪明人，我也不笨，话说到这份上，我还好意思自己说了算吗？就按你的意思办吧。"

白云翮："爸，谢谢您，您真是个好爸爸。"

"佛顶珠"："你就别拍我马屁了，但愿能够无心插柳柳成荫。"

白云翮："爸，我这可是有心插柳，不过您姓柳，可能性很大。"

补种红稻还是黑稻，两人达成一致，各种一半，果然"柳成荫",双双丰收。插秧的三十亩稻田,也获得丰收,丰收程度远远超出"佛顶珠"预想。

吃新的时候,"大卵泡"趁着酒兴,一只手搂着"佛顶珠"臂膀,一只手指着白云翩,再次出语惊人:"我说得没错吧,看到野猪生崽娃,好事一茬又一茬。这不,丰收一茬又一茬,以后我也不做小工了,专门跟着你们干……"

作为上地种粮大户、虾洋镇首位返乡创业大学生、全县首位返乡种田大学生,白云翩翩的创举,先是引起媒体关注,而后引起政府重视,得知她种粮大获丰收,第二年种植面积增加一倍,政府划拨资金,资助其平整山垅田(梯田),修建机耕道铺设水泥渠道,以便机械化作业、灌溉和运输。

城郊和城市,虽一步之遥,差距往往不可以道理计。平田和山垅田也是如此,农耕时代没什么不便,机耕时代则大不方便。农耕时代使用耕牛和人力,再高的落差再小的路也能抵达田里;机耕时代用的是机械,没有机耕道,再先进的农机也派不上用场。平田大都靠近平路,偶有小沟小壑阻断,搭块木板填几块石头,农机便通畅无阻。

平田因为平整,好似平端在碗里的水,灌溉均衡。山垅田不平整,同等面积同样水量,由于没法端平碗,往往中间凹(低)来两头翘(高),翘(高)处旱来凹(低)处涝。田平整了,土沟土渠不硬化也是白整。上善若水,水固然上善,却小人般欺软怕硬爱钻空子,土沟土渠泥土松软漏洞百出,水就削尖脑袋流失渗透。

大河有水小河满,但是大河水一到土沟土渠就锐减成小溪,一到田里就锐减成小泉;小河水一到土沟土渠则锐减成小泉,一到田里则锐减成小便。水稻水稻,无水难成稻,水源一旦不足,就像奶水不足的婴孩,轻则病变、重则夭折。土沟土渠一旦穿上水泥盔甲，水就老实了，无法逃跑开小差，乖乖流进田里，平整过的山垅田就一碗水端平了。

在稻穗上打滚

农田改造加上风调雨顺，次年稻子大获丰收，绺绺稻穗沉重似狼狗下垂的尾巴，捧在手里它还不老实，轻轻颤动着。

白云翩突发奇想，划出一块两平方米的稻田，四周每隔二十厘米打下一根与稻子等高的木桩，上中下用三根有弹性的尼龙绳牢系一圈，再将旁边的稻子扯起密密麻麻插进，直到手掌难以插进为止。

然后，白云翩爬了上去。体重九十六斤的她，相当于四个小孩的重量，如果这四个小孩个头大些，肯定超过她的体重。白云翩站在稻子上，一下陷了进去。白云翩摇摇头，有些沮丧，铺上一块塑料彩布，改站立为躺平，奇迹发生了，稻子竟然承受住了她的体重。

身下软绵绵的，不是躺在沙滩上那种软绵绵的感觉，而是躺在席梦思上那种软绵绵的感觉。白云翩小心翼翼打了一个滚，稻子没有凹陷，于是放肆起来，一连打了几个滚，然后摘下一尾稻穗叼在嘴里，一动不动地躺着，望着蓝天白云，轻轻地静静地呼吸着稻谷和泥土的芳香。

白云翩突然想起什么，将稻穗放在胸口，掏出手机点开 QQ 音乐，找到《听妈妈讲那过去的事情》，跟着哼唱起来。

月亮在白莲花般的云朵里穿行

晚风吹来一阵阵快乐的歌声

我们坐在高高的谷堆旁边

听妈妈讲那过去的事情

那时候妈妈没有土地

全部生活都在两只手上

汗水流在地主火热的田野里

妈妈却吃着野菜和谷糠

…………

　　唱着唱着，白云翩坐了起来，无比深情地打量着手中的稻穗，眼角莫名其妙淌下两行滚烫的热泪，洒在稻穗上。成熟的谷子不需要雨露，被热泪打湿的那几粒谷子，却如久旱逢甘霖的种子般蠢蠢欲动，恨不能立刻发出芽来。

　　白云翩白天在稻子上打滚，野猪深夜到稻田打滚，重点糟蹋了她"围"出来的那块稻田，倒伏折断并陷入泥土的稻秆稻穗，仿佛发廊地上践踏过的头发，惨不忍睹令人反胃。

　　稻田相隔村子不到一里，野猪真是大胆。从蹄印判断，两头大野猪三头小野猪，可能是一家子。白云翩下意识趴下身子，嗅了嗅蹄印和粪便，隐隐嗅到一股若有若无、熟悉而又陌生的味道。白云翩豁然开朗，是当年那头野猪妈妈和小野猪的味道，野猪妈妈你不该啊，你这不是恩将仇报吗？

　　白云翩心想：猪不犯我我不犯猪，猪若一再犯我，我就不得不犯猪了。

　　白云翩小时候没有见过野猪，那时村村寨寨是人，家家户户种田，只有荒山没有荒田，林子疏少动物自然稀少，野兔也难得一见。猎人并未因此金盆洗手，猎枪也未束之高阁，野味物以稀为贵，打到一头大野猪，顶大半年收入。

当年，有人巴结村主任"佛顶珠"，送给他两斤野猪肉，土芬有福不忘与地芳同享，送她一斤。地芳自己舍不得吃，做好用四瓶冰冻矿泉水降温防馊，专程送到县一中，给进入高考冲刺阶段的白云翩增加营养。

白云翩没有独吞，与同级不同班的柳耕笙同享。得知野猪肉是母亲送给地芳的，柳耕笙心理不平衡，酸气冲天道："我妈真是不如你妈，我妈想到你妈却没想到我。"白云翩说："我妈可是想到了你，让我叫你一起吃。"

"真的假的？"

"信不信由你。"

"翩翩，你妈说不定已经知道我俩的事。"

"什么事？"

"明知故问。"

"柳耕笙同学，我俩到底有什么事？"

"白云翩同学，别给我玩幽默好不好，你一点都不幽默。不过也没关系，你的妈迟早会成为我的妈，我的妈迟早也会成为你的妈。"

"某人真不害臊，脸皮比字典还厚。你妈是你妈，我妈是我妈。"

"归根结底是我们的妈。"

"那可要看你能不能考上大学。"

"你确保你能考上？"

"那当然，吃了我妈做的野猪肉还考不上，还有什么脸见她？"

"这是什么逻辑，考得上考不上，跟吃了你妈做的野猪肉有什么关系？不过只要你能考上，我就一定能考上！"

"嘻嘻，那你要多吃一块野猪肉。"

"哈哈，那你也要多吃一块野猪肉。"

"好吃不好吃？"

"太好吃了，这是我吃过的最好吃的野猪肉。"

"你以前吃过？"

"没，没有。"

"那你撒谎。"

"那我修正一下，这是我吃过的最好吃的猪肉，野猪也是猪，野猪肉也是猪肉。反正不管什么肉，只要是你妈做的，只要是你给我吃的，就是世界上最好吃的肉，也是世界上最神奇的肉，吃了智商噌噌噌往上蹿，猪也能考上大学。"

"嘻嘻，这还差不多，不过我可不是猪。"

"还说你不是猪，你不是属猪吗？"

"那你也是猪，你不也属猪吗？没什么不一样。"

"哈哈，当然不一样，我是公猪，你是母猪……"

重返村庄的野猪

林子大了什么鸟都有，说明林子茂密生态良好。植被茂密生态良好什么鸟都有的林子，肯定少不了野猪。遥想当年，每个村子只有一两个猎人一两杆猎枪，无论如何斩尽杀绝不了茫茫森林里的野猪，冥冥之中有股神奇力量维持着生态平衡。始于二十世纪八十年代的乱砍滥伐，致使绝大多数野生动物失去家园，数量锐减直至灭绝，野猪首当其冲。乱砍滥伐招致的洪灾，也让许多人失去家园和田园。

一九八八年国家将野猪列入二级保护动物，严禁民间持有猎枪，经过近二三十年的保护，植被逐步恢复，野生动物尤其野猪，数量不断增多，以至于二〇二二年被移出保护名录。在森林覆盖率高达百分之七十以上的闽西北，野猪甚至泛滥成灾。

有一头野猪，竟然溜进上地一户村民家里安居乐业。那是一幢主人进城多年、独门独院的空屋。空屋坐落在村尾山脚，四周长满一人多高的野草，木门破了一个大洞，野猪就是从这个洞里钻进去的。

那是一头长着獠牙的公野猪，是被狗发现的。上地的狗和人一样少，有种的狗更少。这条上地最强壮的土狗，那晚偶然经过空屋，嗅到浓烈的野猪气息，立时发情般亢奋起来。从小到大从未接触过野猪的它，根本不知野猪为何物，非常陌生野猪气息。正因为陌生，才异常兴奋，壮着狗胆狂吠起来，跃跃欲入，只是那气息太过浓烈强悍，下不了决心又不愿放弃。

吃饱稻谷回来的公野猪，正在梦里与心爱的妾猪卿卿我我。它是方圆三十里的野猪王，妻妾成群，那阵子，它最心爱的一头妾猪，跟实力仅次于它、时时觊觎其王位的另一头公野猪私奔了。野猪王久寻未果，有些心灰意冷，就在这户人家里住下了，日出而食日落而息。

野猪王之所以赖在此屋不走，是它发现这是个做梦的好地方，夜夜梦见妾猪，野外很少梦见。偶尔梦见也非常短暂，就像悬停水中的游鱼，刚才还明晃晃清晰可见，一摆尾一转眼消失得无影无踪。在屋里做梦，一梦就是半个晚上，妾猪久久缱绻在它梦里，无论梦的数量还是质量，都远远高于野外自己建造的野猪窝。沉醉在温柔梦里的野猪王，难以自拔了。

该死的土狗破坏了野猪王的春梦，岂能不恼，咆哮着炮弹般射出门洞，两只拇指粗巴掌长的獠牙，在皎洁的月光下匕首般闪闪发光。土狗顿时魂飞魄散，虽然有四条腿，还是恨狗妈少生了腿，恨不能尾巴都变成腿。那是它有生以来跑得最快的一次，绕着村子跑了三圈才跑脱。其实不是跑脱，而是野猪王追了三圈懒得追，蹿入山林消失了。

野猪王可能意识到某种危险，既然被土狗发现，接下来就有可能被人发现。好男不跟女斗，好猪不跟人斗，识时务者为俊猪是也。它的担心纯属多余，时过境迁，上地一个猎人没有、一杆猎枪没有、一条猎狗没有，除了"佛顶珠"，一个壮实汉子没有，根本奈何不了它。其实危险对它而言是次要的，主要是追着追着突然心灰意冷起来，就像一个人活着活着突然觉得特别没劲，于是归隐山林。

土狗是"佛顶珠"的，从此吓破胆，尾巴再未竖起，脑袋再未抬起，看到母狗再未雄起，一天到晚絮絮叨叨、幽幽怨怨呜咽着，好像在述说它的惊恐遭遇，蜕变成一条祥林嫂式的糟糠之狗。它的食欲也在不断下降，瘦骨嶙峋、步履蹒跚。"佛顶珠"既怜悯又鄙视，遂将其打死结束它的痛苦，没吃它的肉，直接埋了。不是嫌它肉少，而是担心吃了会传染它的怯弱。

"佛顶珠"目睹了野猪追赶家狗的部分过程。已经入睡但未睡熟的他，听到家狗发出的前所未有的巨大哀鸣，以及不知什么动物发出的巨大咆哮，鞋子也来不及穿，赤脚跑到二楼阳台（他是上地当时唯一拥有楼房的人家），恰好看到那惊心动魄的一幕。

围墙墙角有个洞，那是"佛顶珠"为家狗开设的自由通道。一则野猪追得太紧，家狗来不及钻洞；二则家狗吓破胆动作变形，忘记了这个洞，只顾绕着村子狂奔。它的尾巴夹得有多紧，野猪的尾巴竖得就有多高。如果不是亲眼所见，"佛顶珠"万万不敢相信这一幕是真的。

长着那么粗那么长獠牙的野猪，狮子老虎也要避让三分。别说手无寸铁，就是有把钢枪，如果一枪不能命中命门，中弹的野猪愈加狂暴，你还来不及拉枪栓开第二枪，它早已冲了上来，那对獠牙可是开山斧般所向披靡。

在"佛顶珠"的记忆里，这是野猪第二次闯进村庄。"佛顶珠"十来岁的时候，一天清晨，一头野猪闯进一户人家猪圈，也长着獠牙，但是没有这头粗长，个头也没有这头大。它把那户人家母猪生下不久的七头猪仔捅死四头捅伤三头，母猪也受了重伤。

当时村里有两位猎人两杆猎枪，五条猎狗。猎人猎狗闻风而动，猎狗将野猪团团围住，甲猎人朝野猪开了一枪，没打中要害，野猪冲出猪圈，脑袋左右上下晃了晃，两条冲在最前头的猎狗，一条膛破肚开，肠子流了一地，另一条脖子穿了一个洞，鲜血泉涌。其他猎狗吓尿了，只敢远吠不敢上前，幸好乙猎人瞅准时机将铁弹射进脑门，野猪这才倒地抽搐而亡。

"佛顶珠"的家狗，是五条猎狗中某狗的子孙，胆子一代比一代小，只长个不长胆，日后被野猪王一吓，魂飞魄散，胆子彻底吓破吓没了。

野猪之于稻子，好比色狼之于美女，看到就要糟蹋。一头野猪吃不了多少谷子，但是破坏性极大，那张冬笋都能轻易拱出的利嘴，犁耙般将稻株连根翻起，乐此不疲，有如趣味田径比赛。如果两只或者两只以上野猪同时入侵同一丘稻田，比赛积极性更高，横冲直撞、你来我往，四蹄与利嘴齐下，卷起千堆泥，该田基本绝收。

野猪侵袭稻田的频率，与种植规模成正比。往年野猪稻子成熟期间才下山作案，今年才抽穗灌浆，就迫不及待出脚出嘴，把绿油油齐整整的稻田，糟蹋得犹如千军万马践踏过的草地，几乎气炸气裂白云翩和"佛顶珠"心肺。

气归气，一没猎人二没猎枪三没猎狗，愣是拿它们没有办法。有枪有人有狗也不能随便捕杀。

稻田里的江洋大盗和美丽小偷

上地三十公里外有个叫西排的村子，邻县地界，比上地更山区，林子比上地更密，生态比上地更好，野猪比上地更猖獗。西排有个种粮大户，名叫田恒乐，前文提过。他也是返乡创业大学生，这些年深受野猪之苦之害。

田恒乐二十世纪九十年代初期大学毕业，就职于大上海某国企，混得一官半职，新世纪初年辞职经商，一度赚了不少，几番折腾又赔了不少，但没有赔光。有一天突然厌倦了灯红酒绿尔虞我诈，夫妻双双把乡还。

田恒乐最风光的时候，多次想把父母接到上海享福，无奈父母死活不同意，跟"大卵泡"母亲一样，一根筋要老死故乡。如今反过来，儿子回故乡跟父母一起变老直至老死。田恒乐的兄弟，先后进城落户，与儿媳矛盾重重的父母，同样不愿去次子和小儿子那两座城市，不愿到他们家受罪。

次子家在本县城，小儿子家在邻县城，也就是白云翩那座县城，两县相隔一百多公里。次子和小儿子的房子都小，心眼更小，小得不能同时容下父母。如果父母进城，不能同时住在一家，必须分开，比如父亲住在次子家、母亲只能住在小儿子家，父亲住在小儿子家、母亲就得住在次子家。待在农村二老好歹能朝夕相守，到了城里却要分居两地。弟弟买房子，田恒乐有过资助，他们却嫌他资助得不够，非但不感激反而心生不满，并且把不满转嫁到父母身上。

田恒乐要是不回来，父母真要老无所依了。

长子长媳双双归来，父母简直受宠若惊，觉得自己不是父母他们才是。田恒乐有个女儿，留学国外找了外籍男友，不打算回国。对田恒乐夫妇而言，无论身在上海还是西排，女儿都在异国他乡，都是天涯。既然父（母）女不能常相见，不如与父母和公婆最后相守，反正妻子父母已经去世。

妻子患有哮喘，越来越不适合上海的天气和空气，越来越向往婆家的天气和空气。由此种种，夫唱妇随一拍即合，卖掉早年购置的两套房子中的一套，回到老家。只卖一套并非给自己而是给女儿留后路，万一她将来回上海，好歹有个落脚点，自己回上海办个事访个友什么的，也有个住处。

瘦死的骆驼比马大，田恒乐这只半死不活的骆驼比象大，在大上海是贫上中农，在西排是地主富农，怎么说也是富贵还乡衣锦荣归。

妻子一心养病，无病也无事的田恒乐总得干点什么，思来想去，种起了稻子，种的是纯有机稻，按照他的说法，是古代种法。所谓古代种法，就是不用任何化肥农药。改革开放之前，农村多采用古代或者准古代种法，化肥稀缺农药珍贵，田里化肥农药的含量，比糖尿病患者饮食中的含糖量还少，主要使用农家肥。

好长一段岁月，政府不准农民私自养猪养牛，鸡鸭鹅限量饲养，禽便畜粪有限，人粪更有限，肚子吃不饱，能有多少粪便？土地那个营养不良，野草都长得面黄肌瘦。于是就炼山，炼山就是烧山，秋收过后，将山垅田两边山坡上的林子付之一炬。放火之前，山不高的，山顶砍开一条防火道；山高的，半山腰砍开一条防火道，以免过度烧山和造成火灾。

大火过后，坡上积下厚厚一层草木灰。将冷却的草木灰挑入稻田均匀分布，随着雨水融入泥土，奶粉般营养滋润。残存的草木灰，一部分随雨水冲下坡流入稻田，一部分融入山体落灰归根。炼一次山，稻田可保持数年肥效和地力，产量提高，山上重新生长的树木也更加葳蕤。

田恒乐当然不能炼山积肥，过去这么做，是"大干快上多快好省"；现在这么做，是破坏森林违法犯罪，只能使用农家肥。田恒乐返乡之际，村人虽然外流一半，农家肥却没有减少。农家肥总量确实少了，但是大家为图方便省事，种什么都用化肥，农家肥基本没人用，他就收集起来肥田。

村里有人放养上百头山羊，山上有着啃不完的青草绿叶，羊儿每天吃得肚儿滚圆，不喂任何饲料。羊群跟着脖上系着铃铛的头羊，早出晚归生命不息吃草不已。羊圈是座离地两米的阁楼，楼板之间留着手指粗的缝隙，以便颗粒状羊粪跌落。楼上楼下羊儿羊粪，羊与羊粪自动分离，无须打扫羊圈。

日积月累，地上羊粪越积越多、越积越高，高到接近楼板，就必须清理，否则影响山羊健康。清理非常简单，扒拉倒到附近即可。到处都是荒地，羊圈建在荒地上，不会造成任何污染。羊圈和羊粪四周的植物，享尽了口福，营养严重过剩，大多患有肥胖症。且举一例：狗尾巴草叶子有玉米叶那么宽那么长，狗尾巴有高粱穗那么粗。

　　自从来了田恒乐，无人问津的羊粪，来不及发酵就被他及时清理，运到农场发酵池储存，掺入燃烧过的谷壳和竹锯末，加工成上乘的纯有机肥。羊圈和羊粪四周的植物，渐渐恢复到正常形态。

　　谷壳一部分自产，一部分购买，竹锯末全部购买。西排盛产毛竹，村里有个毛竹加工厂，田恒乐就地取材，成本不高。

　　羊主人是位年近六旬的鳏夫，儿女都在城里。他不愿进城，儿女也不欢迎他进城，他就留在村里专心养羊，专心得几乎懒惰，鸡鸭不养、稻菜不种，全靠买，经常有商贩开着微型货车或者三轮摩托车走村入庄卖这卖那，方便得很。

　　羊主人不种稻不种菜，用不着羊粪，巴不得送给田恒乐。田恒乐不白要，每次清理羊粪，送他一条好烟两瓶好酒，把他高兴得天上掉馅饼似的。

　　田恒乐不仅种稻，还种菜，种得不多，自给自足。打下新米长出新菜，田恒乐总要送些给羊主人尝鲜。羊主人赞不绝口："我这辈子从没吃过这么好吃的米饭和蔬菜，你是怎么种出来的，是不是偷偷往地里放了什么高级肥料？"

　　田恒乐哈哈大笑："我说你是装傻还是真傻，你一辈子待在农村，还不明白往地里放什么肥料才能长出好稻米好蔬菜吗？我放的都是你的羊粪。"羊主人也笑："话虽这么说，你种出来的东西还是不一样就是不一样，肯定跟你在上海待过有关，上海人多聪明。我要是用羊粪种菜，包准没有你用羊粪种出来的菜好吃。"

羊主人投桃报李，逢年过节送他羊肉羊杂。田恒乐故意模仿他的口吻："我这辈子从没吃过这么好吃的羊肉羊杂，你是怎么养的，是不是给羊偷吃了什么高级饲料？"

羊主人哈哈大笑："你这不是明知故问嘛，我的羊什么饲料也不吃，就吃带露水的青草绿叶，只喝清澈甘甜的山泉水。"田恒乐连连点头："一方水土养一方人养一方羊，一方水土种一方稻种一方菜，只有青山绿水才能养出好人好羊，才能种出好稻好菜。"

羊主人皱起眉头："絮絮叨叨的，你在念经啊？"田恒乐说："没错，我就是在念经，念山水经三农经。"羊主人说："我只知道《三字经》，'人之初，性本善。性相近，习相远'。"田恒乐说："《三字经》里也说到了飞禽走兽草木粮食，'地所生，有草木。此植物，遍水陆。有虫鱼，有鸟兽。此动物，能飞走。稻粱菽，麦黍稷。此六谷，人所食'。"羊主人朝田恒乐竖起右手大拇指："我只知道开头几句，还是你厉害，知道那么多，难怪你种的稻米和青菜那么好吃，真是没白在上海待过那么久……"

田恒乐走的是小众路线，消费者全是高端客户，大部分是上海商界朋友，只要品相佳口感好，再贵他们也吃得起。都说酒是粮食的精，田恒乐种植加工的稻米，是稻米的精。

白云翩是在一次稻米博览会上第二次跟田恒乐见面的。第一次见面，白云翩主动找上门，有求于他，田恒乐帮了她大忙。见面之前，白云翩通过网络联系上他。

那届稻米博览会办得极具特色。一只只形态各异五颜六色的袖珍饭碗里，盛着五颜六色、虫甬般圆润的米饭，香气伴随着热气，炊烟般袅袅升起。这哪里是在吃饭，简直是在品饭，不，也不是品饭，是在跟米饭谈情说爱。

品尝田恒乐的米饭时，白云翩怔住了，或者说鲜住了，她不愿却又不得不承认，那是她在那届博览会上吃到的最好吃的米饭，也是有生以来吃到的最好吃的米饭，比她的米饭还好吃。羡慕嫉妒没有恨，只有敬佩，共同的事业和爱好（文学），使得他们相见恨晚。虽然之前见过一面，因为没有深谈，也没有品尝他的米饭，没有相见恨晚的感觉，这回是在刮目相看的前提下相见恨晚。

田恒乐的稻田，最早受到野猪侵袭。开始野猪不多，侵袭频率也不高，损失不算太大，也就忍了。随着野猪数量增多侵袭频率上升，损失越来越大，不得不奋起反抗。理工出身的他使出浑身解数，和雇工一起，连续一月使用绝缘木签、电丝网将稻田围起来，通过电瓶、逆变器、警报器等设备，一举捕获大小十只野猪，宰杀分解后储存冰柜，慢慢食用。野猪吃他的稻子，他就吃野猪的肉，以牙还牙。

除了野猪，偷吃稻谷的还有寒鸡。好在寒鸡食量不大，只吃不糟蹋，损失不大。野猪既吃又糟蹋，损失巨大。野猪光顾过的稻田，就像铁蹄践踏的草地，满目疮痍一片狼藉，会把你气出和疼出心脏病。如果说寒鸡是小偷，野猪则是江洋大盗，是刽子手！

雇工非常爱吃寒鸡肉，每年到了寒鸡出没季节，不吃上几回，浑身就不得劲。雇工擅长烹饪寒鸡肉，味道那个好，恨不能骨头也嚼碎吞下。吃了一回，田恒乐便深深好上这口，欲罢不能。可惜助手没有猎枪，仅以陷阱捕鸟，成功率不高捕获有限，两人常常望锅兴叹。

何以解馋？唯有寒鸡！

猎人出身的雇工，在田恒乐的默许下，自制一杆鸟铳。鸟铳姓鸟，当然是打鸟神器，神在铳管可填入铁砂，对着鸟群砰地一铳，铁砂四面开花，百发百中。钢枪百发百中，一次只能命中一个目标；鸟铳百发百中，一次命中多个目标。

成年寒鸡五六斤重，羽毛多为白色和黑色，也有灰色和褐红色。若为白色则一身纯白雪白；若为黑色则黑白相间半白半黑，上身白下身黑，但尾巴一定是白的。不管羽毛什么颜色，腿和爪多为红色。尾巴那束羽毛犹如马尾，最长可达两尺，裙裾般拖曳在地，美极了。能够与它尾巴媲美的，恐怕只有孔雀和传说中的凤凰。

小时候，村里猎人打到寒鸡，田恒乐他们就向他要一两根尾羽，当作玩具或者插在花瓶当摆设。田恒乐家的古旧花瓶里，至今还插着两根陈年寒鸡羽毛。寒鸡羽管很粗，最粗的有筷头粗，将一头斜切，掏空里面塑料泡沫状的东西，沾着墨水可以写字。钢笔和铅笔发明之前，外国人都是用羽毛笔写字。

寒鸡走起路来步伐不紧不慢，脑袋一伸一缩，好像在走太空步。若一群寒鸡在林间空地散步，有如集体漫步太空，滑稽而又壮观。

稻子成熟期间，是捕猎寒鸡最佳时机。太阳落山时分，寒鸡下山到田里吃谷子，雇工埋伏在稻田附近，耐心等待。天黑时分，寒鸡勾着拳头般沉重的脑袋（嗉囊填满谷粒，脖子直不起来），垂着奶牛乳房般沉重的肚子（前胃和砂囊也填满谷粒），企鹅般摇摇晃晃踱进山林。

吃太饱的寒鸡走不远，就近择一棵阔叶木栖息。这棵树也许很大但不高，即便很高，它也飞不高。沉重的身体油门加到最大，也只能飞上最低枝头。

寒鸡是鸟类中的帅哥美女，爱美且有洁癖，雨天绝不下树活动，生怕雨水和泥水弄脏美丽的长尾巴。稻谷成熟期间，天气晴好稻田干燥（净），是寒鸡活动的黄金季节。其他季节食物不充足，寒鸡处于半饥半饱状态，飞行自如栖身高枝。雨天栖得更高，雨连下几天，它们就一连几天蹲在高枝上一动不动，实在饿得不行，啄叶充饥。寒鸡栖身在高大的常青阔叶木上，树叶充足，不至于也不容易饿死。除了树叶，它还可以吃幼芽、花（蕾）、浆果、苔藓，也可以吃蚂蚁、甲虫、蜗牛等昆虫。但是雨天它们宁愿饿死，也不下树觅食。

寒鸡喜群居，一棵树上少则五六只多则十几只。雇工跟踪至树下，做好标记，不紧不慢回家。吃过晚饭，雇工扛着鸟铳，优哉游哉来到树下，打开雪亮的头灯往树上一照，一目了然。寒鸡遭强光照射呆若木鸡，绝不飞走，眼睛都懒得眨一下。

雇工深吸一口气，端起鸟铳瞄准射击。砰的一声巨响，中弹的寒鸡扑通扑通接二连三落地，死了的一动不动，受伤的拍打着翅膀，一时间羽毛和落叶一起狂舞，飞沙走石声若波涛，那场景甚是骇人。

有了鸟铳，不仅能打寒鸡，还能打野猪。打野猪的时候，铳管填入的不是铁砂，而是手指粗的铁锻，击中脑袋必然毙命，击中身子也挨不了多久。

大开杀戒之际被人举报，经林业部门上诉，法院以破坏野生动物资源、侵害社会公共利益、非法狩猎三项罪名，分别判处田恒乐有期徒刑一年半缓刑一年半、雇工有期徒刑一年缓刑一年；非法狩猎枪具予以没收，非法狩猎获取的野猪肉没收销毁并罚款五千元，同时责令两人出具悔过书。

判决不久，田恒乐父亲就去世了，尽管父亲无疾而终，田恒乐却总觉得跟这事有关。

田恒乐从此有些萎靡不振，野猪却精神抖擞，怀着深仇大恨，疯狂侵袭稻田。束手无策之际，林业部门成立了专业打猪队，并请缓刑期满的田恒乐担任名誉顾问。

田恒乐顿时像打了鸡血似的，撸起袖子大干起来，增加了十亩种植量。

打猪队并不能大开杀戒，根据林业部门指标限量捕杀。狩猎开始那天一大早，林业部门在田恒乐农场举行了简短的开猎仪式，现场悬挂着一条"野猪来了有猎枪，朋友来了有好饭"的大红标语。

打猪队每年打一次猪，野猪数量很快下降。幸存下来的野猪，可能惊吓过度，胆子和繁殖能力双双受到影响，田恒乐的稻田基本不见猪迹。

野猪肉作为酬劳的一部分，归打猪队所有。每次打猪归来，田恒乐都犒劳打猪队一顿盛宴，打猪队不好意思白吃，回报他一些野猪肉。野猪肉还能打上牙祭，"何以解馋唯有寒鸡"彻底不可能，田恒乐于是养了一百多头吃谷子和虫子的土鸡，将口味从寒鸡转移到土鸡上。

雇工烹饪寒鸡粗暴简单——红烧，但是佐料不简单，他放了一种生长在深山老林的珍稀中药材。药材祛除寒鸡腥味的同时，还能诱引和激发其肉鲜美到极致。雇工将药材运用到红烧土鸡和卤土鸡蛋中，取得同样效果，味道好得嘴里能孵出小鸡来。他还独创了"树叶包鸡"和"竹筒烧鸡"，味道奇佳堪称双绝。

何以解馋？唯有土鸡，还有卤蛋。

赶尽不杀绝，留得野猪与青山同在

白云翩那个县尚未成立专业打猪队，经报备县林业局同意，白云翩自费邀请田恒乐那个县的打猪队前来捕杀野猪。

在田恒乐的建议下，白云翩也举办了简短的开猎仪式，发表了简短讲话，简短到只有一分钟：

国家法律保护每个守法公民，但要惩罚不法分子，不保护害群之马。野猪是国家保护动物，但为了保卫粮食保卫收成，对于为非作歹的不法野猪，也要依法严惩。我宣布，首届上地农场野猪捕杀行动正式开始，出发！

现场也悬挂了一条大红标语，内容是"赶尽不杀绝，留得野猪与青山同在"。天气好得令人心旌摇曳，白云翩忍不住加入打猪队，打不了野猪看着别人打，也过瘾解恨。

打猪队由九名队员十三头猎狗组成，清一色土狗。别看土狗个头小于洋犬和警犬，翻山越岭纵沟跃坑的耐力和能力，却远胜它们。洋犬和警犬适合平地不适合山地追捕，山地追捕小半天便有气无力，舌头尾巴皆似霜打茄子。土猎狗则不然，斗志始终昂扬，体力一直充沛。

牛皮不是吹的、狗皮不是披的，果不其然，一进深山老林，猎狗就发现一头大野猪和五头小野猪，围追堵截之下，慌不择路的野猪从陡峭溪涧滑落。溪涧挂在石壁上，落差五米有余，中间有条冬瓜大的凹槽，不大不小的水流汇集凹槽倾泻而下，下面是个五六平方米的浅潭。野猪妈妈身先士卒，以坐滑滑梯的方式滑落浅潭，小野猪们仿效，有惊无险。

猎狗怕水，绕路而下。

队长示意大家别开枪，放过它们，同时吩咐大家喝止猎狗别再追赶。白云翩问他为什么放猪归山，队长说："虎毒尚且不食子，猎人也要讲猎道和兽道，我们不杀小野兽。"白云翩又问："大野猪为什么不杀掉？"队长口气里露出一丝不满，"你这不是明知故问嘛，杀了大野猪，小野猪还活得了吗？你看小野猪那么小，估计还没满月。"白云翩吐了吐舌头，不再说话。

土猎狗极具团队精神，擅长围猎，百斤以下的野猪，三四条土猎狗即可围堵咬伤咬死。像刚才那种没满月、体重十来斤的小野猪，一条猎狗就能咬死一头，要不是主人喝止，小野猪一头也跑不掉。所有动物都恃强欺弱，猎狗也不例外，遇到小野猪下嘴特狠，追捕起来激情高昂。

面对大野猪，尤其长着獠牙的公野猪，情况则大相径庭，再凶猛的猎狗，这时也成了乌合之狗，只敢远围、远堵、远吠、远跳，不敢近前动嘴撕咬。但是它们不会放弃，野猪近前则后退，野猪后退则近前，类似"敌进我退，敌驻我扰，敌疲我打，敌退我追"的游击战术，始终将其包围在时而扩大时而缩小的包围圈里。

野猪虽然强悍，但经不起久围久堵，体力渐渐消耗，奔跑缓慢冲撞无力。一旁观战的猎人瞅准时机喝退众狗，近前将其击毙。有时非常近，近到枪口几乎抵住野猪脑门，确保一枪毙命。若不能一枪毙命，受伤的野猪会爆发出难以想象的凶猛和力量，闪电般近前，用獠牙捅伤捅死猎狗和猎人。

晌午时分，猎狗围住一头两百多斤的公野猪，又粗又长的獠牙有如两道弯钩凸出下颚，众猎狗若即若离围堵着它，勇武者乘其不备，朝后腿或者屁股飞快咬上一口，使其难以瞻前顾后。有条猎狗初生牛犊不怕虎，竟然正面强攻，结果被公野猪一头拱倒在地。尽管现场战场般嘈杂，白云翩还是听到类似绸缎猛烈撕开的响声，然后看见内脏喷涌而出，心脏还在跳动，肺叶还起伏着。

与此同时，三杆猎枪同时响起，公野猪倒地毙命，獠牙上鲜血直滴，死不瞑目。

当日击毙七头大野猪，残阳如血，大家抬着战利品返回。与有说有笑情绪高昂的猎人相反，一路上，众猎狗吐出舌头夹着尾巴垂头丧气。队长对白云翩说："它们可能吓坏了胆子，以后很难派上用场，这次打猎，损失惨重得不偿失。"

白云翩赔笑道："你们是我心目中的英雄，都有一颗虎胆，英雄的狗肯定也有一颗狼胆，胆子不可能那么容易吓坏，可能只是发炎了，回去犒赏它们几块野猪肉，就恢复了。"队长大笑："白总，你可真会说话，不过你有所不知，狗虽然喜欢吃肉，却不喜欢吃野猪肉，喜欢吃牛羊肉，最爱吃家猪肉，越瘦越好。"

白云翩说："真的吗？这我还是第一次听说，原以为它们什么肉都爱吃。"队长说："是真的，我干吗骗你。"白云翩说："那我请客，回去请它们吃瘦猪肉。"队长说："只请狗，不请人吗？"白云翩愣了一下，随即笑道："当然要请，一起请，狗在地上请，人在桌上请，一起给你们压惊祝贺，这次真是大开眼界，太惊险了，幸好没人受伤。"

话音刚落，走在最前面的猎人，"哎哟"大叫一声蹲在地上，抬着野猪的竹竿滑落肩头。他不是被绊倒的，而是踩到捕兽夹，受惊之后下意识蹲下。之前已经发现五个捕兽夹，还发现一头右后腿被夹住、肚皮肿得老高、身上爬满苍蝇的死野猪。那些脑袋葱绿的苍蝇，好像不是从别处飞来，而是从野猪肚子里钻出来的。

捕兽夹安装得非常隐蔽，经验丰富的猎人也防不胜防。幸好他们穿着高帮硬实的登山鞋，这位猎人的鞋头还嵌着钢片，可承受重击和重压，撬开捕兽夹后，脚并未受伤。

撬开捕兽夹的猎人却惊叫起来："快看，那是什么玩意。"随着他手指的方向，一米开外的石头缝里，藏着一个茶杯大的透明塑料瓶，里面有个圆形绿色电池、一块集成电路，电池与电路板连着红黄蓝绿四根电线，电路板上有发光装置，闪烁着红绿交替的光。

"会不会是定时炸弹，炸野猪的微型炸弹？"一个队员大声道。队长连忙说："大家小心，赶快散开往后退，蹲下！"

大家纷纷散开后退至十米开外，三分钟过去了，没动静；五分钟过去了，还是没有动静；十分钟过去了，依然没动静。白云翩突然上前，在众人惊叫声中拿起瓶子，笑道："大家别紧张，我突然想到，这可能是个与手机相连的定位发射系统。野猪一被夹住，它就自动感应，然后向捕猎者手机发射信号。大家想啊，捕猎者设下夹子，不知道野猪什么时候被夹，天天上山巡逻太费事，有了这种装置，他就能守株待'猪'，一收到信号马上上山，免得白跑路，也避免了野猪被夹住未能及时发现而腐烂。"

大家觉得白云翩说得有理，纷纷上前围观。有的说："这些家伙虽然没有猎枪，却有比我们更先进的装备。"有的说："这真是武装到手机了。"有的说："队长，看来我们的装备太落后了，要升级换代，听说浙江那边的狩猎队，配备了热成像夜视仪，戴上那玩意，晚上黑灯瞎火的也能看到野猪。"队长说："打野猪嘛，最先进的装备还是猎枪和猎狗，当然还有枪法，回去好好把枪法练好，比什么都强，反正我们晚上又不打野猪，不需要什么夜视仪。"

有人说："说不定那个家伙收到信号，以为捕到了野猪，正往山上赶呢。"队长说："那太好了，正好将他一网打尽，今天既打了野猪又抓了偷猎者，双丰收。"大家大笑起来，一路沉默的猎狗似乎受到感染，也大叫起来。白云翩对队长说："听这叫声，多么有力，狗胆肯定没被吓坏。"队长说："你是不是不想请客了？"白云翩心里一动："请，当然要请！红口白牙说话怎么能不算数，不过我有一个小小的要求。"队长问什么要求。白云翩说："能不能把那头野猪的獠牙送给我？"

队长颇感意外："你要那玩意儿干什么，不能吃不能用的。"白云翩自己也莫名其妙，刚才心里一动，这下灵机一动："我想送给儿子当玩具，怎么，你不舍得？"队长说："这有什么不舍得的，你要是肯要，我把野猪满嘴牙齿都送给你。"白云翩说："我就要那两颗獠牙，其他贴钱送我都不要。"

说罢，白云翩离开队长，跟在抬着那头二百多斤公野猪的队员身后，走着走着，突然发现野猪眼睛狠狠盯着她，以为看花眼，擦眼再看，却是闭着的但感觉又像睁着的。白云翩突然不想要它的獠牙，又不好意思说，快步走到前头，脑海不断浮出当年母野猪产仔的情景。

哭得大雨一样猛烈的白云翩

耕田用上耕田机，插秧用上插秧机，收割用上收割机，施肥喷药用上无人机，种田虽然日益机械化现代化，但是很大程度上还得靠天吃饭。种稻不像种蔬菜草莓，可以通过塑料大棚，人工干预天气营造小气候。

生长期间，有风有雨是好天气，有利稻子生长；收割期间，是坏天气，谷子可能泡汤。稻穗转黄之后，最怕刮风下雨。大风造成稻秆倒伏稻穗折断，收割机无法作业，人工收割也变得艰难；雨水过多致使谷子霉变发黑，腐朽垂落成毒米。

搞社（人民公社）的时候，每到收割季节，生产队提前开辟晒谷场，为谷子备好"床铺"。晒谷期间，一怕连日下雨，二怕整日下雨，三怕突然下雨。连日和整日下雨固然可怕，毕竟可以预防，不晒即可。最怕晒到一半风云突变大雨骤至，把已经晒了几天、再晒一两个太阳就可入库的干谷淋成湿谷，前功尽弃。

最纠结的，是欲雨不雨、不雨却雨、不晴不雨，或瞬晴瞬雨、瞬雨瞬晴、时晴时雨，或欲晴不晴、欲晴却雨、欲雨却晴，晒也不是、不晒也不是。社员们就像二八天气里的女人，难以决定穿什么衣服，好不容易决定，出门已经迟了，误时又误事。

好在当时人多力量大，广大社员冲锋陷阵般冲向晒谷场，总能赶在雨滴落下或者完全淋湿之前，将谷子抢收回仓库。晒谷席上暴晒半天突遭雨淋的谷子，会顿时升起袅袅"轻烟"，那是谷子在"感冒发烧"。屏息谛听,能听到它们此起彼伏、无声却又剧烈的咳嗽,仿佛血战过后伤兵的哀号。

唯一的良药就是太阳,晒上一两天基本痊愈。

倘若第二天、第三天连续阴天或者下雨,病情则会急剧恶化。等到第四第五天太阳姗姗来迟,谷子已经病入膏肓,晒得再干也是黑的,加工出来的米是碎的,且有黑斑,有股挥之不去洗之不净的怪味,类似梅雨季节晾干的衣服上面的那种怪味,无论做成干饭还是稀饭,皆难以下咽。人吃多了容易中毒,除非等米下锅饥不择食,一般拿来喂猪。

人民公社解散,分田到户单干,房前屋后就是晒谷场,老天爷变脸之际,一家人狼奔豕突一番,总能将淋雨程度降到最低。当时进城潮尚未出现,开始施行的计划生育政策二十年后才影响到劳动力,除了天生不能生的,各家各户香火旺盛不缺人口。人口多分到的田就多,分到的田多打下的谷子就多,谷子多盯着的眼睛就多,岂容雨水侵袭。

晒谷子有老人孩子站岗放哨,一是防止和驱赶偷吃的鸡和鸟,二是防止老天爷变脸。步入深秋的老天爷,似乎返老还童,老脸孩童般变幻莫测,上午阳光灿烂笑容满面,下午乌云滚滚阵雨骤至。一旦变脸,岗哨立即将谷子拢成一堆,堆在晒谷席中间,翻起席子覆盖其上。

干这活不费力气,老人孩子即可胜任。家里条件好的,直接将薄膜覆盖到谷子上,边沿用石头压住,方便省力。薄膜是紧俏物资,晒谷席那么大的薄膜,没有几家买得到买得起。大家庭谷子一晒三四床甚至五六床席子,更买不到买不起。不管怎样,有老人孩子值守,谷子不容易"湿身"。

乌云就是险情,乌云就是命令,田间地头劳作的劳力一看乌云汹涌，立即撩开双腿奔向晒谷场，以最快速度将谷子装进箩筐挑进家里。如果岗哨手脚再利索些、能力再强些，谷子已经装进箩筐，劳力直接挑进家里。往往前脚挑进家门，后脚雨就下来。如果没有岗哨抢先拢好、盖好、装好谷子，谷子很可能"晚节不保"。

搞社晒谷，也有人站岗放哨，但是除了生产队长，无论岗哨还是社员，抢收积极性并不高涨，心怀不满者甚至故意磨洋工，反正是吃了上顿愁下顿、怎么也吃不饱的大锅饭，能偷懒就偷懒、能省力就省力。单干是全家老少齐上阵，搞社是拿工分的社员才上阵，见过为了抢收自家谷子摔得鼻青脸肿的家庭成员，鲜见为了抢收集体谷子奋不顾身的生产队员。

单干若干年，农人发现种田只能解决温饱，难以发家致富，于是进城，开弓没有回头箭。农业税取消了，公粮不用交了，依然阻止不了人们进城的步伐。万般皆下品，唯有进城高。

还在种田的人，只种一点口粮，就那么一两席谷子，总有办法晒干。有些人索性不种稻子，买米吃，老天爷奈我何。

云耕者农场（和"云耕园"一样，"云耕"二字各取白云翩和柳耕笙姓名中的一个字，既蕴含田园风光诗情画意，又有辛勤耕耘、风调雨顺、五谷丰登之寓意）的谷子，可以晒满上百床晒谷席，即便老天爷天天露好脸，也没有那么大的晒谷场和那么多的晒谷席。谷子不及时晒干，即使不淋雨晾在屋里，也可能发霉变黑。

晒谷席是竹制的，六张双人床大。白云翩记得，小时候每到农闲，篾匠就忙碌起来、吃香起来，走村串户上门制作和修补竹器。晒谷席是最重要的竹器，是谷子的席梦思。篾匠手艺高超，破竹削篾如庖丁解牛、大厨抻面，编席织筐则似女人飞针走线，看得人眼花缭乱。

青山常在，翠竹长绿，篾匠却不知何时消失了，竹器被塑料制品取代，晒谷席被塑料彩布取代。乡村道路全面硬化后，塑料彩布也用不上，谷子直接晒在公路上。交规不允许并没有强行禁止此举，晒半边不至于影响交通，车辆交会则碾过谷子，反正轮胎也碾不碎谷子。

问题是，你得把谷子运上公路，即便用车，也需要人力，装卸需要人力，铺陈需要人力，翻晒需要人力。几万十几万斤谷子，那得需要多少人力？

翻晒就是用类似锄禾的工具，将晒在晒谷席上的谷子翻个身，均匀晾晒。锄禾的工具俗称禾耙，翻晒谷子的工具俗称谷耙，十余米长的竹竿一头钉着一个耙头。前者铁片制成，略大于巴掌，状似锄头仅锄头一半或三分之一长；后者杉木制成，一尺来长一寸多宽，类似猪八戒的兵器九齿钉耙，不过耙齿短得多，只一寸左右。

锄禾日当午，翻谷亦要日当午，此时翻晒谷子，受晒时间最为均衡，当然也最晒人，头上骄阳似火、地上热浪炙烤，汗滴席上谷的艰辛，不亚于汗滴禾下土。

天气预报再准，预报连续一周晴好无雨，也没有勇气和信心让谷子在公路上宿营，不是担心被盗，现在谁还偷谷子？主要还是害怕下雨，不怕一万就怕万一，万一下雨，那么多谷子根本来不及抢收。云耕者农场打下的谷子有多多？产量最低那年，晒在公路上也长达一公里！

不下雨也得防露，秋露虽然没有春露重，"腐蚀"能力却超过春露。这意味着早晚还得将谷子晒出又收回，不收回也得用塑料布盖上，这得花多少力气？最最可怕的，若突然下雨，根本没有人力和能力抢收，只能眼睁睁看着一年的收成毁于一雨。

那年，"佛顶珠"和白云翩就是眼睁睁看着一年三分之一的收成毁于一雨，才痛下决心建造烘干房。那场雨来得异常诡异，天气预报连续十天晴空万里，第六天突然魔术般下了一场持续半天的大雨，抢收不及的谷子一半泡汤，一半被雨水冲下公路。

白云翩大哭，哭得大雨一样猛烈。先是穿着雨衣站在谷子上捶胸顿足地哭，哭着哭着扯掉雨衣，躺在谷子上打着滚哭，无论"佛顶珠"和土芬怎么劝阻，死活不肯起来，疯了似的。土芬边劝边哭、边哭边劝，心疼似产痛。"佛顶珠"虽然强忍着没哭，心里却洪水滔天。

这样淋下去怎么得了，"佛顶珠"顾不得公媳之嫌，果断扛起白云翩冲向家里，速度之快，土芬空手跑步也跟不上。冲了个热水澡喝下一大碗生姜水，白云翩昏昏睡去。这一睡就是一夜一天又一夜，醒来时浑身软如油条，病了五天才好转。

白云翩醒来第一句话就是："爸，明年我们一定要建烘干房，砸锅卖铁也得建。"那一刻，"佛顶珠"突然泪如雨下："建，一定要建，砸锅卖铁也要建，我们想到一块了。"

有了烘干房，谷子不必露天晾晒，烂秋也不怕。购买烘干设备和建造烘干房，享受国家补贴，不至于砸锅卖铁。农场购置的烘干设备相当先进，传输和烘干电脑控制自动完成。烘干机一机两用，即可烘干又可作粮仓，防鼠防虫。人工要做的，就是用铲车将田间运来的谷子，铲入传输带。

"大卵泡"是烘干厂第一位员工，尚水晶是第二位，没有第三位，两位足矣。之后"大卵泡"又成为厂长，员工只有尚水晶一人，没有第二位，用不着。尚水晶好似"大卵泡"身上的关键零件，他是车头她就是车厢，他是发动机她就是轮胎，车头不坏车厢就不会坏，发动机不熄火轮胎就不停，配合密切运转到位。

"大卵泡"不会开汽车但会开摩托车，在"佛顶珠"的指导下，很快触类旁通，铲车开得得心应手，水平不亚于"佛顶珠"开农机。

烘干厂一建，多少谷子都能烘干，解决了晾晒的后顾之忧，种植面积不断扩大，效益不断增加。白云翩的影响也不断扩大，劳模、三八红旗手、巾帼建功标兵、大学生回乡创业楷模、新型职业农民典型等荣誉，纷至沓来。

妻子雨中大哭、雨后大病的事，经父母添油加醋传到柳耕笙耳里。柳耕笙既难过又敬佩，又见她日益出人头地，依然灰头土脸的他，终于下定决心妇唱夫随。怕柳耕笙抹不开面子，白云翩给他铺设了豪华台阶，不仅有地毯鲜花，还有请求呼吁："每个成功男人背后都有一个了不起的女人，你之前之所以没有成功，是因为我一点都了不起，从今以后，我要努力成为一个了不起的女人。"

柳耕笙本来可以大摇大摆走下台阶，白云翩这么一说，就跟跟跄跄了。他压根没想到妻子这么说这么能说，格局境界远在自己之上，连忙说："每一个成功女人背后也有一个了不起的男人，这个男人不是我，是我爸。"

白云翩说："你说得没错，我能够走到今天，有爸爸的汗马功劳。他在我心目中，首先是个了不起的爸爸，然后才是一个了不起的男人。但是随着爸爸年龄的增长，我要继续走下去走得更远，必须得到你的支持，你必须了不起起来，我相信你能够了不起起来。"

柳耕笙低下头："我不能确定我是否能够了不起起来，但是我保证今后妇唱夫随，你指向哪里我就打向哪里，一切行动听指挥。"白云翩脸上笑出大丽花："不是妇唱夫随，是夫唱妇随，夫唱妇随是男人了不起的前提。"

柳耕笙抬起头："那以后我说了算?"白云翩盯着他说："正确的事情，你说了算我说了也算；不正确的事情，谁说了都不算。不管是妇唱夫随还是夫唱妇随，都不能萧规曹随。"柳耕笙朝她竖起双手拇指，"亲爱的，你正在成为了不起的女人。"

白云翩脸红道："亲爱的，这么吹捧老婆，有点肉麻吧。"柳耕笙一本正经道："要想成为一个了不起的男人，首先从吹捧老婆开始，适当的吹捧是先进的生产力，一定程度的肉麻是有趣也是情趣。"

两人笑成一团，抱成一团……

被"姜"军的"大卵泡"

柳耕笙回乡第二年，云耕者农场正式成立，初步形成生产、加工、销售、服务为一体的完整产业链，阔步走上规模化、规范化、机械化的现代农业之路。上地土地不够用了，种植规模扩大和辐射到下地等周边村庄，加盟的种植户越来越多。

最大的一户，是"大卵泡"。"大卵泡"当了两年烘干厂厂长，也种起了稻子。烘干厂平时不开机，只在秋收期间高度运转两个月，之前之后还要参与农场田间管理，除了工资还有租金——他自己的稻田也租赁给了农场。

跟大多农民一样，"大卵泡"压根不相信种稻能够赚钱，但只要"佛顶珠"给发工资，他就会卖力地干下去，即使有几个月，"佛顶珠"将工资拖欠到年底才发，出于仁义，他也没有一句怨言，依然挥汗如雨，从未想到离开——有尚水晶这个"拖油瓶"拖累，他也没有好去处。眼见农场规模越来越大效益越来越好，"佛顶珠"开给他的工资越来越高，同时还给尚水晶开了工资，"大卵泡"才真正意识到种稻子有钱赚，甚至能赚大钱，于是生出种稻念头。

种稻念头的生出，不只是因为有钱可赚，更重要的是因为"大卵泡"看了电视剧《白鹿原》。

"大卵泡"其实是个有想法的人，也搞过种植。

刚回上地的时候，"大卵泡"并没有去工地做小工，而是企图东山再起。他虽然两三天不说一句话，偶尔一天却把一个月的话说完了。这不，他竟然用一天时间，说服一个久未来往的朋友，和他一起合资到上地发展种植。伙伴出大头他出小头，他的"小头"就是儿子赔命钱还掉债务后的"余钱"。

朋友叫官财营，早年四处架设高压线，收入高、风险也高，不止一次遇险，做梦老是从高空坠落，坠入无边无际的深渊，怎么也坠不到底，然后大汗淋漓醒来。二胎出生后，官财营告别高空作业生活，也告别了噩梦，回到老家县城陪伴老婆孩子，之前官财营已在县城买房，颇有积蓄。无所事事的他，经朋友介绍，做起了啤酒推销员，之后投资三十万元转为经销商，名为财营却不善营财，不到半年亏了一半。就在这个时候，"大卵泡"殷勤上门，奇迹般说服他一起到上地发展种植，不是种植水稻而是种植生姜。

那几年，大蒜、绿豆、生姜等农产品价格变态似的大幅上涨，超出合理范围，也催生了"蒜你狠""豆你玩""姜你军""葱击波""糖高宗"等一系列网络热词，形成"此消彼长"的市场规律：今年大涨、明年大跌，后年又大涨、大后年再大跌。

大蒜涨价叫"蒜你狠"，绿豆、红豆、黑豆涨价叫"豆你玩"。继大蒜价格突飞猛涨超过猪肉之后，黑豆价格又离奇攀升，一度超过肉价。往年二三元卖不出去的黑豆，俨然成为市场新晋明星，一斤最贵卖到十九块九。

关于"蒜你狠"和"豆你玩"，网上有三种传言：一是大蒜的价格涨幅达到百倍，二是大蒜价格上涨是因为产量大幅下降，三是大蒜、绿豆接替住房股票成为投资致富的工具。"姜一军""葱击波""糖高宗"的传言也大致如此。

返乡当年，正值生姜价格大涨，"大卵泡"就化悲痛为智慧和力量，决定明年种生姜，奇货可居一年，后年价格大涨时，定能赚大钱。官财营就是这样被他说服的，毅然告别啤酒经销商生涯，踌躇满志投资二十万准备狠狠"姜一军"。

上地人少地广，有的是荒田，他们以极其低廉的价格租下二十亩垦复。次年生姜价格果然大跌，第三年没大涨但也涨了不少。可是人算不如天算，由于缺乏经验和储存技术，丰收的生姜烂掉大半，不得不提前抛售，血本无归。

二十世纪六七十年代，上地曾有部队驻扎，不是战斗部队，是对台广播的通信兵部队。设备器材安装在防空洞里，严禁村民进入，部队营房允许进入。部队经常放映露天电影举办文艺演出，上地及周边村民皆可前往观看，军医有时还免费为村民义诊，军民鱼水情就是这么建立的。

相当一部分村民，尤其中青年男村民，醉翁之意不在酒，在乎女广播员也。说心里话，那些女广播员长得还算周正，谈不上太漂亮，对村民而言却是天仙，是不少男村民的梦中情人。"大卵泡"尚未发育，却喜欢盯着她们看，看着看着，就提前发育了。

每当远远看见广播员进出那个隐蔽而又神秘的防空洞，"大卵泡"他们就觉得她们是洞府里的仙女，心想此生要是早上进一回防空洞，晚上死掉都没有遗憾。

八十年代中期一个夏天，部队突然撤离，留下空洞洞的防空洞。"大卵泡"第一时间冲进洞里，被它的高大宽敞、阴凉阴森所震撼，久久不愿离去，隐隐嗅到女兵残留洞内的体香。之后多年，"大卵泡"经常一个人打着手电进洞做春梦，抽着鼻子嗅吸那若有若无的陈年体香，直到娶了长得有点像那个他最喜欢的女兵的尚水晶。

"大卵泡"原以为，废弃的防空洞是天造地设的生姜储存室。在广阔的闽西北，农民皆把地瓜、芋子、山药等根茎瓜果储存山洞（亦称地窖）过冬。只不过那洞没有浇筑钢筋混凝土，不作任何加固和装饰，不是挖在屋里，也不是竖着向下挖，而是挖在屋后或者对面向阳的山坡，像防空洞那样横着往里挖，但是远没有防空洞高大宽敞，最多只能蜷曲两个大人，洞口安装活动门板，以防动物进入。

地窖掘在麻沙土质的山上，麻沙土吸水，储存之前，地上铺上一层厚厚的草木灰吸潮，再铺上一层厚厚的稻草防潮，有的还要放些木炭，加上日照充足，窖内不易生潮，储品可保存至春分前后。

防空洞挖在岩层里，比较潮湿。漫长冬天才拉开序幕，生姜就争先恐后发霉腐烂，霉毛比狗毛还长。"大卵泡"当然想不到，洞里原本装有通风除湿设施，部队撤离时设施拆除。如果设施保留并正常运转，生姜储存半年没有问题。

生姜下面铺上草木灰、稻草、木炭，应该能延长保质期，但肯定储存不了半年，一个季度恐怕都困难。洞里体积太大，潮气氤氲，铺那么一小块地方作用有限，全部铺上又不可能，成本太高——何况根本没铺。

生姜霉烂之前，"大卵泡"偶尔想起女兵模糊的面容。生姜霉烂之后，"大卵泡"在洞里撒了一大泡黄尿，再也没有想起，再也没有进洞，直到几年后"姜心"不死又种起生姜。

血本无归的官财营，恨不能杀掉"大卵泡"再杀掉自己。不用他动手，羞愧无比的"大卵泡"已在心里杀死自己一百遍。土地租赁期十年，每年还得支付租金，血本无归还要出血。一筹莫展之际，在白云翩和"佛顶珠"开始种植水稻时，将田转租。前者丢掉烫手山芋，后者免去复垦成本，双赢，不用谁感激谁，双方却都很感激，尤其是"大卵泡"。

"佛顶珠"早年帮过"大卵泡"大忙，这次又帮了他大忙。当前文提到的"佛顶珠"请他帮忙垦复荒田时，"大卵泡"二话没说就答应了，玩命一样帮，一帮一个多月。然后，"大卵泡"继续埋头做小工。一天，"大卵泡"被工地上一颗锈迹斑斑结满（水）泥垢的钉子扎中脚板，创可贴一贴止住了血，没往心里去，轻伤不下火线，继续干活。第二天，伤口开始发炎溃烂，脚板肿似面包，痛得站也不是、坐也不是、躺也不是，不得不住院治疗。住院费是"佛顶珠"出的，住院期间，白云翩把尚水晶接到家里照看。

这样的话，就不是帮忙而是救命了，"大卵泡"恨不得掏出心来感谢"佛顶珠"，当时说住院的钱他一定会还的，加倍还。"佛顶珠"轻轻按住激动感动得坐立不安的出了院的"大卵泡"，"这钱本来就是你的，你帮我复垦荒田，只拿了十天工钱，剩下二十多天没拿，你把事情搞反了，不是你还我而是我还你。说句玩笑话，你要是伤得重点、院住得久点，我还还不起呢。"

天好热，"大卵泡"眼角的泪和脸上的汗滚滚滴落，是泪又不是泪，是汗又不是汗，那是液态的语言。

"佛顶珠"有些尴尬，转身离去，没走多远，停下，转身缓缓回走几步，又停下，迟疑着往前走，没走多远，又停下，这回停得久些，又一跺脚，疾步走到"大卵泡"跟前。

"大卵泡"疑惑地望着他。

"佛顶珠"掏出烟盒，抽出一支递给"大卵泡"，帮他点上，自己也抽出一支点上，一连抽了几口才开口："先发，今后有什么打算?""大卵泡"一连抽了几口，却不开口。

"先发，我那里缺人手，缺你这样的人手，你要是不嫌弃，到我那里去做如何?"

"大卵泡"还是不说话，向他伸出手。

"你要什么?"

"大卵泡"依然不说话，指了指"佛顶珠"裤子右口袋。"佛顶珠"掏出烟盒，抽出一支，正要递给"大卵泡"，突然改变主意，把烟盒递给他，里头还有十来根香烟。

"大卵泡"接过烟盒，抽出一支递给"佛顶珠"，给他点上，然后自己抽出一支点上，深吸一口，吐出一口浓烟，迸出一个沉甸甸的"去"字。

"先发，不说你也知道，我还处在创业阶段，工资不高，有时候一个人要干两个人活。"

"大卵泡"举起烟盒晃了晃："说定了，这半盒烟算是定金，哈哈哈。"

大泡卵被自己的笑声吓了一跳。"佛顶珠"也被这笑声吓了一跳，他已经很久没笑出声了。

握锄头的最高境界

干了一个月，"佛顶珠"就不得不给"大卵泡"加工资，他岂止把自己当两个人用，简直把自己当三个人用，当两个人用是家常便饭，当三个人用是点心夜宵，总之很频繁。创业艰难百事多，一个雇工不这么用根本忙不过来。"大卵泡"甘当杨白劳，"佛顶珠"可不忍做黄世仁。

因为资金紧张，创业之初，除了耕田，许多田间管理只能人工进行。耕田之所以机械化，得益于"佛顶珠"娴熟高超的驾驶和修理技能，不，不是技能，是技艺，上文已有详尽描述。他驾驶耕田机的水平，已经上升到艺术层面。耕田机是现成的，自驾自修，油耗是唯一成本。其他农机，或要租赁或要购买，不得不考虑成本。

有些田间管理，比如"做埂坎"，根本没有这种机械，必须人工。"埂"就是田埂，田埂相当于碗沿或者堤坝，起蓄水作用。即便一马平川的平田，超过篮球场大，就要筑田埂隔开，否则碗太大一碗水难以端平，水量分布不均，影响灌溉和稻子生长。

田越宽越长，越方便耕田机作业。连成一片的大块平田，有着棋谱般纵横交错的田埂，难免被横冲直撞的耕田机破坏，需要人工恢复。即使没被破坏，经雨水一年的浸泡腐蚀，田埂也会变瘦变细甚至塌陷，漏洞百出，春耕之后春播之前必须修复，以防跑冒滴漏。

"坎"就是下一丘梯田与上一丘梯田之间的落差，俗称"田坎"，也称"田背"。田坎或高或矮或陡或缓，平原地带一马平川，都是平田，不存在田坎。山区多为梯田，有梯田才有田坎。春耕之前，连泥带草斩草除根掉田坎上枯死和生长着的草，耕田时把它们卷入泥里，沤烂成有机肥。也可以火烧，直接烧成草木灰。

　　夏末秋初，稻子抽穗期间，田坎上的野草一岁一枯荣，得再做一次田坎，不然遮挡阳光影响田坎下方的稻子生长。青草烧不着，烧得着也不能烧，会殃及稻子，只能割。

　　割草有三种方式，一是全人工，用柴刀割。这个办法最辛苦，且有一定风险，草丛里潜伏着毒蛇和马蜂；二是半人工，用割草机割，轻松简单；三是用除草剂，效果最佳。

　　柴刀和割草机能斩草不能除根，稻子收割完毕，草又长得跟原来一样茂盛，次年春耕之前还要收拾它们一次。除草剂虽然不能完全除根，但大大破坏了草的繁殖和生长能力，当年难以恢复生机。当年恢复不了生机，田坎上的草就不多，次年做起来田坎来就轻松，甚至不用做也能应付。

　　"佛顶珠"和白云翻绝对不使用除草剂，不是成本问题——实际上，柴刀和割草机割草成本高于除草剂——而是环保问题，使用除草剂肯定影响稻米品质。

　　遥想当年，"大卵泡"毛手毛脚种了两年田，就外出闯荡。按照他爸的话说，锄头都握不清楚。"大卵泡"觉得委屈，质问父亲："我怎么握不清楚，我握得跟你一样清楚。"父亲答非所问："你身在田里心在田外。""大卵泡"朝田里吐了口痰："这跟锄头握得清不清楚有什么关系。"

　　那天，父子一起做田埂。父亲不再说话，停下锄头，朝左右掌心各吐了一口口水，搓了两下，重新握起锄头。"大卵泡"心里一动，也许父亲说他握不清楚锄头，指的是没往掌心吐口水。他其实知道，往掌心吐口水，不是起润滑而是起增加阻力作用。有一句成语叫挥汗如雨，锄头握久了，掌心不断摩擦锄头柄，手心出汗，锄头柄本来光滑，汗水一濡更滑，握不牢，握不牢就使不上劲。砍柴也是这样，手心出汗使不上劲，一不小心刀柄脱手而出，柴刀成了飞刀。

吐一两口口水到掌心，搓几下，手心变涩，锄柄握牢实了，才用得上劲，才能得心应手。

唾液和汗水一样，都是体液，为什么一个滑一个涩？原因很简单，唾液搓过之后产生摩擦力，就像数钱的时候用舌头舔一下手指。唾液搓过之后处于半干状态，所以能产生摩擦力。汗水越搓越多，自然越搓越滑，除非搓干。问题是，搓干没多久又冒出来，而且汗水含有盐分，一搓搓出垢来，非常麻烦，不如搓口水方便实用。

"大卵泡"也想模仿像父亲，就是下不了决心，总觉得脏。好不容易下定决心，没吐出口水却吐出痰来，倍觉得脏，哪里敢搓，连忙洗手，再也不想吐不想搓了。

做埂坎分两个步骤，父亲首先用类似猪八戒使用的那种耙齿，将烂泥一耙耙拎起铺上田埂。待到整条田埂铺满烂泥，父亲回到田埂尽头，拎起锄头，锄背贴着烂泥，泥工抹水泥一样抹平，丰满鲜亮的田埂在他锄下蛇一般蜿蜒。

铺烂泥是单纯的体力活，抹烂泥既是体力活又是技术活。抹的时候，锄背不能贴太紧也不能贴太松，太紧烂泥大量溢出损耗太大，太松抹不平抹不实，用的是巧劲，讲究的是恰到好处。抹水泥可以反复抹，直到抹得镜面一样光滑平整；抹烂泥不能一抹再抹，否则越抹越烂、越抹越不平，必须一气呵成，最多二气呵成。

抹水泥可以蹲着抹、站着抹，甚至可以卧着抹、躺着抹，无论什么姿势，都是一只手抹。抹烂泥只能站着抹，双手抹。双手握锄柄，锄背抵在烂泥上，面对田埂快步向前，就像滑雪板在雪地滑过。所谓巧劲和恰到好处，就是用力均匀。用力均匀考验臂力，就像悬腕书写正楷大字，肩不能垮、臂不能松、手不能颤、气不能泄，如此方能一气呵成。

用力不均匀，势必造成田埂起伏不平。一般情况下，一次（一气）抹十来米，长了体力不支，短了不能一鼓作气。长田埂分成数次、数气、数段完成，短田埂一次、一气、一段完成。

梯田田埂一般抹两面，一面是上面，就是可以行走的那面，相当于路面，这也是田埂一大功能。另一面是正面，就是几近垂直到水里的那一面，之所以不完全垂直，是为了稳固埂基。梯田田埂只有上面和正面两面，背面是田坎；平田田埂平行横亘在两田之间，有三面，一个上面，两个正面。或者一个上面，一个左面一个右面。

抹平面垂直拎锄平行平抹，抹直面斜锄斜抹，更吃力也更考验平衡能力。抹平面有如桌上书正楷大字，抹直面好似墙上写正楷大字，孰难孰易可想而知。

动作笨拙迟缓的父亲，抹起田埂是那样轻松轻巧，那么的潇洒好看。没有扎实臂力、耐力、平衡力，是难以胜任的。也许，那就是握锄头的最高境界。

父亲还有一手绝招：将锄头直竖在耙平的田里，双手一上一下握住锄柄，舒展双臂，随便那么一推，锄头就直直滑出去十几米，画出一道长长的泥浪，优雅至极，好看至极。

父亲是村里唯一掌握这门绝技的人，每到春耕耕间休息，大家就怂恿他表演，用香烟和喝彩以资鼓励。这时候，父亲特别享受，"大卵泡"也特别为父亲感到骄傲和自豪。

"大卵泡"无论如何想不到，父亲融入大地若干年后，在"佛顶珠"的指导下，自己很快娴熟掌握做埂坎的技巧，握锄头的样子比父亲还父亲。是他变聪明了，还是变得对土地有感情了？

更让他想不到的是，他竟然不可思议地掌握了当年怎么也学不会的父亲的那手绝技。有人将其拍成视频，发布到"乡村造梦师"抖音号上，点击超过千万，点赞超过六百万，收获粉丝十二万之多。

有一天，"大卵泡"突发奇想，买来一把抹泥刀，抹地抹墙那样抹田埂。做了一段时间小工，"大卵泡"学会了抹地抹墙，虽然不够专业，但也八九不离十。抹泥刀抹田埂，效果果然好于锄头，但得蹲着抹，腿和腰很快就麻了酸了。抹墙抹地，脚下是硬的，左手可以撑着墙面地面节省力气，缓解腰部压力。抹田埂，脚下是软的，左手没地方撑，节省不了力气也缓解不了腰部压力。

再用锄头，感觉更轻松，境界也更高，有一种在大地上挥毫泼墨的感觉。

雇工的觉醒

从雇工到合作伙伴，"大卵泡"的角色转换很快。

其实，"佛顶珠"和白云翩从未把他当雇工，而是视他为兄弟和兄长。工资虽然不高，却管吃，不仅管他的吃，还管他老婆尚水晶的吃，如果没有房子，还会管他们的住。吃是同吃，"佛顶珠"他们吃什么，"大卵泡"夫妇也吃什么。

儿子猝死导致尚水晶精神分裂，到处乱走随时走神，吃个饭、刷个牙、上个厕所、洗个澡都走神，吃着吃着、刷着刷着、上着上着、洗着洗着，突然被武林高手点穴似的，不动了，必须有人看着她唤醒她，不然容易走失和发生意外。如果走在马路上，一辆汽车飞驶而来，尚水晶突然走神呆立不动，后果不堪设想。

尚水晶在马路上两次遇险，第一次是十轮重卡，司机紧急刹车，轮胎摩擦出两道又粗又黑的印痕，发出刺鼻的焦味，车头剧烈晃动着，差半米就撞上尚水晶。司机吓得头发直竖，尚水晶却无动于衷，真是"泰山崩于前而色不变，麋鹿兴于左而目不瞬"。

第二次是轿车，驾驶员是个新手，面对突然出现在马路中间岿然不动的尚水晶，吓慌手脚和手指脚趾，竟然忘记踩刹车，鬼使神差打了一把方向盘，即将撞上尚水晶的刹那，翻进左侧稻田。尚水晶安然无恙，司机身受重伤，ICU 躺了五天才醒来。要不是尚水晶精神有毛病，是要承担法律责任的。

农村人口的减少，导致车辆减少，路好人车又少，驾驶员警惕性松弛下来，即使村口有减速带，经过村子也不大减速。无论橡胶减速带、水泥减速带还是铸铁减速带，不管厂家怎么吹嘘坚固耐用，都是短命鬼。刚铺好的时候，尚能减速，用不了多久便分崩离析，减速带更新之前，司机便有恃无恐如入无人之境。公路部门要么不作为要么赌气，迟迟不更换。按理，尚水晶第一次遇险之后，公路部门就该及时更换减速带，可是直到她第二次遇险，也迟迟不见更换。

连续两次差点出事，"大卵泡"害怕了，将自己和老婆拴在一根三米长绳的两头，成了真正的捆绑夫妻。之前外出，"大卵泡"把尚水晶拴在家里，拴了三次就不敢拴了。"大卵泡"的房子全木质构造，后来被他改造成砖木结构，拆去木壁砌上砖墙，保留柱子。"大卵泡"在厅堂一根柱子上锲进一个离地两米的铁环，用一根五米长绳，一头拴在尚水晶腰上，打死结；一头拴在铁环上，打活结。

第一次就出事了，尚水晶用头撞柱子，撞得头破血流。"大卵泡"用海绵包裹柱子，将绳子缩短至三米，以防她撞旁边的柱子。尚水晶就撞墙。"大卵泡"在墙上铺上海绵，尚水晶就撞地。"大卵泡"将绳子缩短到二米五，尚水晶就脱掉鞋子摩擦脚板，磨得皮开肉绽，还拔秧一样拔自己的头发。

"大卵泡"惊骇了没辙了，没钱也不想送尚水晶去精神病院，不敢又不忍把她拴家里，于是把她拴自己腰上。他隐隐觉得，妻子虽然疯了，疯得并没有那么严重，不然为何拴家里疯狂自虐，拴自己腰上却老老实实。

为了解决"大卵泡"的后顾之忧安心劳动，"佛顶珠"把尚水晶接到家里，让土芬照看她。土芬和白云翮都有顾虑，怕她撞墙自残什么的，试了几天，安然无恙。在土芬精心照料下，尚水晶病情有所好转，走神发呆的频率有所降低，甚至能帮她做一些力所能及的家务，比如洗菜洗碗、喂鸡扫地，但是很少开口说话，比"大卵泡"说得还少。偶尔说几句，也是不着边际不着调调的话，什么"风把太阳吹跑了""公狗跟母鸡生了一窝猪仔""昨晚我梦见自己生了一个儿子，一生出来就下地跑了，跑得无影无踪"……

"大卵泡"也不把自己当雇工，当半个主人。将心比心，"佛顶珠"一家把他家的事当成自己的事，把他和尚水晶当成自己家人；"大卵泡"自然要把他们家的事当成自己的事，把他们一家人当成自家人。

那晚一起看电视剧《白鹿原》。白云翩是陈忠实的忠实读者，之前已经读过原著，开始没怎么关注电视剧，有一集没一集看了十来集，被牢牢吸引，再忙也没落下，不仅自己看，还推荐给家人和"大卵泡"。

白云翩家有两台电视，"佛顶珠"他们穷追《芈月传》，在白云翩强烈推荐下，"佛顶珠"和"大卵泡"先后离开播放《芈月传》的那台电视，加入播放《白鹿原》这台电视前，一看就喜新厌旧，弃前者追后者，追到最后一集。

平时不怎么看电视的柳耕笙，也有滋有味看起了《白鹿原》，还发表了一通高论——

你们看白嘉轩对长工鹿三多好，给了工钱和粮食还包住包吃。遇到饥年，鹿三的粮食优先供应，赚了钱，主动给鹿三分红。鹿三生病了，请冷先生给他看，这就是医保啊，病有所医。

你们再看，鹿三受了白孝文言语上的凌辱，思想有波动，想离开老白家另谋出路。时刻把鹿三放在心头的白嘉轩发现了苗头，严厉批评了白孝文，对鹿三动之以情晓之以理，还让最疼爱的女儿白灵拜他为干爹，白孝武也跟着白灵一起叫鹿三"干大"。

换了别的地主，三条腿的猫不好找，两条腿的长工多得是，要走便走，绝不挽留，弄不好还要唤狗驱赶。白嘉轩这招实在厉害，鹿三哪里还好意思走，从此铁心做了老白家的终身长工。

白嘉轩还教导白孝武，今后有我们锅里的就有三伯碗里的，三伯老了，干不动了，你得养着他，不准冲他发脾气，不准支使他干这干那，他想干就干、不想干就不干。这就是社保啊，老有所养。

鹿三儿子黑娃不想念书，白嘉轩逼他念，这就是人才培训啊。不仅如此，白嘉轩还打算帮黑娃娶亲，如果黑娃放弃田小娥的话。

白嘉轩对鹿三的友谊，从父辈就延续下来。鹿三的媳妇儿就是白嘉轩父亲白秉德帮忙娶的。可惜黑娃烂泥扶不上墙，后来当了土匪，恩将仇报打折白嘉轩的腰，白嘉轩大人不记小人过，得知白孝文陷害黑娃，竟然大义灭亲告发他。鹿三死了，白嘉轩给他送终，死前还同睡一炕，喝烧刀子，掏心窝子。

有网友说，你白嘉轩对鹿三那么好，为什么不分块田给他？其实虚伪得很，就是想收买鹿三，让他一辈子死心塌地做白家的长工。这话实在太过了，难道白嘉轩对鹿三还不够好？如果分了田给他，是不是还要把家财分一半给他？如果还不够意思，是不是要身份转换，让鹿三当东家白嘉轩当长工？

白家的打工环境宽松宽厚宽容，在白家打工有安全感、归属感、荣誉感、幸福感、成就感，这就是无字的企业文化啊。不像有些企业，比如我干过的那些企业，墙上纸上贴满写满企业文化，实则说得冠冕堂皇做起来丧尽天良，员工犯了头发丝细的错误，老板便放大至钢筋粗，让你吃不了兜着走。你要到鹿子霖家做长工看看，不死也要脱层皮，干不了十天半月就得翻墙逃跑。

白嘉轩仁义且仗义，鹿三同样仗义。闹"交农"的时候，鹿三冲锋陷阵在前头。白嘉轩吩咐的事，鹿三不折不扣完成，随叫随到忠心耿耿。白嘉轩也不含糊，主动上衙门给鹿三顶罪，白白挨了一顿毒打。这样的老板和员工多一些，无论什么时代，社会都多一分和谐。

说老实话，我要是长工，一定想方设法到白嘉轩家里干活，首先看中的是他的为人，然后才是他家的待遇，他就是一时困难发不出工钱，我也愿意跟着他干下去。

白嘉轩是个好老板，他老婆仙草也不错，嘘寒问暖三伯长三伯短的，好像鹿三不是长工而是大哥。

白嘉轩可不是土豪，从某种程度上讲，他是乡绅，有道德、有操守、有担当，不赌博、不嫖娼、不纳妾，是摆脱了低级趣味的地主，还有现代工业意识，比如购买轧花机。如果不是生不逢时，他一定会成为一个了不起的农民企业家……

柳耕笙发表高论那晚，晚饭时喝了点酒。"佛顶珠"那天血压偏高，没敢喝。"大卵泡"陪他喝，两人都有点喝高，柳耕笙更高些。喝完就追《白鹿原》，然后就发表了那通高论。此时《白鹿原》已经播出五十多集。

柳耕笙的高论赢得大家阵阵喝彩，白云翮更是给予高度评价。"大卵泡"一直不表态，在柳耕笙的追问下，才迸出一句："鹿三是我学习的榜样！"柳耕笙先是一愣，继而哈哈大笑："先发叔，您是不是喝高了？不要对号入座嘛，千万不要对号入座！"

"大卵泡"也笑:"当然要对号入座。我要对号入座。你也要对号入座。我们大家都要对号入座……"

土芬和尚水晶则痴心不改追《芈月传》。尚水晶其实不是痴心而是忠心,土芬身上似乎有股魔力征服了她,土芬做什么,尚水晶就做什么,土芬让她怎么做她就怎么做,简直成了土芬的跟屁虫。尚水晶不是在追《芈月传》,而是跟着土芬追《芈月传》。

白云翩没有这个魔力,尚水晶没有跟着她追《白鹿原》。当然,"佛顶珠"和"大卵泡"跟着白云翩追《白鹿原》,不是她有什么魔力,而是《白鹿原》的魔力。

看罢全剧,"佛顶珠"感慨万千,发表比柳耕笙更高的高论:

这部电视剧反映了很多问题,有权力争斗问题,有党派争斗问题,有利益争斗问题,有男女争斗问题,但是说一千道一万,最重要的问题就是粮食问题,吃不饱饭,什么问题都来了,民以食为天啊!

那晚看到接近尾声那一集,也就是鹿三死的那一集——

鹿三死的那天晚上,白嘉轩来到马号看他,一起喝酒。

白嘉轩:"三哥哇,我一个人你一个人都孤清,我今黑跟你合套睡马号。"

鹿三:"你不嫌我这炕上失脏?有你这句话就够了!咱喝一口!"

两人喝着说着,白嘉轩突然想起一件事:"你走时候咋就没看我一眼呢?"

鹿三:"我是怕看见你哭!"

白嘉轩想起的那件事,是指当年鹿三无端受了白孝文的侮辱，决定离开白家。

这是那晚最后说的两句话，也是鹿三生前说的最后一句话。此时夜已深，两人都醉了，胡乱拽着被子躺在鹿三的炕上睡去了。

天色微明中，白嘉轩醒来一看，鹿三翻跌在炕下地上，身体已经僵硬，摸摸鼻根，早已闭气了。

白嘉轩双膝一软，扑倒在鹿三身上，涕泗横流："白鹿原上最好的一个长工去世了！"

"佛顶珠"和白云翩忍不住泪流满面，"大卵泡"却号啕大哭，本集结束才止住。

就在那一晚，"大卵泡"提出，明年他也想种稻，先种五十亩。"佛顶珠"和白云翩先是愣了愣，之后不约而同地表示大力支持。"大卵泡"抹着尚未干透的眼泪，说了一句莫名其妙的话："姓白的都是好人，姓柳的也是好人。"

"佛顶珠"一时没反应过来，不知说什么好。白云翩连忙说："你也是好人，我们都是好人，好人一生丰收。""佛顶珠"有些摸不着头脑："应该是好人一生平安吧。"白云翩咮咮直笑："爸，种田的人，当然先求丰收，风调雨顺五谷丰登了，自然就平安了呗。"

"佛顶珠"直竖右手大拇指："说得好，说得真好，有道理，太有道理了。先发啊，你明年就要单干了，预祝你风调雨顺五谷丰登，当然了，也预祝我风调雨顺五谷丰登。""大卵泡"连连点头。白云翩说："爸，先发叔，我们分开不分心，以后许多事情还要互相配合互相帮忙。"

"大卵泡"满脸笑容，笑得像炸裂的石榴，"那是那是，不过以后只有你们帮我的份，没有我帮你们的份，耕田机，插秧机，收割机，这些都要借你们用你们的，稻子打下来，还要你们帮我卖。"说到这里，"大卵泡"伸出粗糙的双掌，紧紧捂住脸，上下搓动，没搓几下，滚烫热泪溢出指缝，哽咽道："我这么做，是不是太黄目狗（忘恩负义没良心）？"

这半年过来，随着尚水晶病情好转，尤其怀上孕后，"大卵泡"的笑容和话儿多了起来。

"佛顶珠"握住他湿漉漉的手："先发，你可千万别这么说，我活了大半辈子，你是我见过的最讲情义的人。"白云翩也说："先发叔，说老实话，你要无情无义，我们也不会让你单干。让你单干，也是我们对你的报答，让你像你的名字一样，先发起来。不过，这事我们还得跟耕笙商量一下，他出差了，等他一回来我就跟他说，他是个通情达理的人，平时也很尊重你，应该没有问题的……"

尚水晶不治而愈

柳耕笙回到上地"妇唱夫随"当天，尚水晶的孕情被证实。尚水晶的孕情迟不证实早不证实，柳耕笙一回来就被证实，跟他没有任何关系，纯属巧合。"大卵泡"却不认为这是巧合，对柳耕笙感恩戴德："你一回来，尚水晶就怀上孩子，是你给我带来好运和希望。"

听起来荒唐，却是"大卵泡"的心里话，他太想儿子，太想要儿子。儿子尸骨未寒，"大卵泡"就化悲痛为力量，在尚水晶身上辛勤耕耘，时刻想再造一个儿子。然而，尚水晶的子宫跟脑子一样，似乎也出现故障，无论"大卵泡"怎么投入，就是不产出。

实际上，尚水晶在柳耕笙回来前一个月就有了，不过，"大卵泡"是在柳耕笙回来前三天发现尚水晶有了的，证据是她没来月经。尚水晶脑子虽然紊乱，月经却相当正常，误差不超过十六个小时。按理，一个大老爷们，不关注也不了解妻子月经运行情况，但是"大卵泡"太想要孩子，不得不关注了解。就像一个农民，要想五谷丰登，就必须关注天气、了解节气。

那个月，尚水晶月经迟到三天，伴有轻呕微吐。"大卵泡"心头揣着一只兔子，带她去医院检查，果然有了。

欣喜若狂的"大卵泡"，一把抱起尚水晶，一口气抱出医院，两口气抱上公交车，下了公交将她抱上中巴，到了上地将她抱下中巴抱进屋里。当年迎接新娘，也没这么抱过尚水晶。

整个过程，尚水晶像一头安静的猫咪。

"大卵泡"抱着尚水晶前脚进屋，柳耕笙后脚从福州返回，这下"大卵泡"真是高兴得爆炸了，对柳耕笙口出惊人之语。柳耕笙当然为他高兴，却也哭笑不得："先发叔，这是哪跟哪，八竿子打不着嘛。""大卵泡"手舞足蹈："打着了，打得正着，一笔写不出两个柳字，跟着你们柳家，我这个柳字，越写越像个柳字。"

在场的人笑得风狂柳枝横。柳耕笙把嘴附到白云翩耳边："白总，今后我这个柳字，要跟着白字写呢。"白云翩伸出手指，在空中写了个白字："柳总，白字笔画简单易写，柳字笔画复杂难写，谁跟谁写还很难说。"

柳耕笙顿时脸红，红得发烫持久，红得莫名其妙。

也就在这一天，"大卵泡"萌生种稻念头，但只是念头，就像一粒种子，可能生根发芽，也可能烂在土里。柳家的水稻种植初具规模，即使有"大卵泡"鼎力相助，"佛顶珠"和白云翩依然力不从心，柳耕笙的归来，不是坐享其成，而是拾柴添火，不仅拾柴添火，还要把锅灶做得更大更先进。

种稻念头捂在心里，"大卵泡"没有心理负担，一出口就后悔了，生怕柳家人说他忘恩负义，没想到"佛顶珠"和白云翩痛快答应了，也想不到白云翩打了个"征求柳耕笙意见"的伏笔，更想不到的是，"大卵泡"以为柳耕笙同意却不同意，理由如下：一是正值用人之际，农场离不开他需要他；二是时机不成熟，尚水晶就要生了，更需要你的关心和照护，这时候单干，哪来那么多精力？三是单干不仅需要精力还需要财力，我们可以在技术上支持你，但是没法在财力上支持你，不是不支持，而是爱莫能助，心有余而力不足。

"大卵泡"汗颜了，沉默了。

柳耕笙又说："先发叔，你这么做，有点过河拆桥啊。""大卵泡"更加汗颜，脸上的污垢被大汗冲得一道一道的，想解释两句又不知如何开口。柳耕笙接下来的话更让他无法开口。

柳耕笙说："先发叔，我说你过河拆桥。不是说你不好不对，也不是不同意你过河拆桥。我的意思是，等我把桥墩夯实了，你再拆不迟，到时你不拆我也要逼你拆，你明白我的话吗？""大卵泡"点点头又摇摇头。柳耕笙笑道："到时你会明白的。"

似懂非懂的"大卵泡"，心里虽然略有情绪，并没有抵触，干起活来依然以一抵二抵三。他甚至想掐灭那个念头，一心一意做鹿三，不知怎的，就是掐不灭。

儿子出生后，那个掐不灭的念头在"大卵泡"心中雨后春笋般节节拔高，却不敢破口而出。

"大卵泡"儿子满周那天，酒酣耳热之际，柳耕笙突然站起来，大声道："大家静一静，我有话要说。"大家热切望着柳耕笙，桌上立时静了下来。柳耕笙清了清嗓子，一字一句道："小寿星的礼物我已经送过了，现在我要送个礼物给小寿星的爸爸……"

尚水晶突然站了起来："柳总，你先别说，让大家猜猜是什么礼物。"大家连声附和。柳耕笙双掌猛地一拍，"水晶的主意很好，大家用力猜使劲猜，猜中也有礼物。"

猜了五六分钟，没一人猜中。"大卵泡"欲站起，柳耕笙朝他摆了摆手，"你不能猜。"然后把脸朝向"佛顶珠"、土芬、白云翮："我爸、我妈、我老婆也不能猜。"

有人说："看来他们一家子早商量好了，肯定是个大礼物。"

甲乙交头接耳。甲说"大卵泡"比杨白劳还杨白劳，柳家应该送他一个大礼物，天啊，不会送他一部小车吧？乙说老柳可不是黄世仁和周扒皮，人家对"大卵泡"好着呢，不是兄弟胜似兄弟，办个周岁，不仅给孩子送礼物，还给老子送礼物，这样的老板打着车灯难找，不过送小车不可能，送摩托车有可能。

尚水晶把儿子交到"大卵泡"手上，再次站起："柳总，我能不能猜？"柳耕笙说："当然可以，我没说你不能猜。"尚水晶闭上眼睛，想了十来秒，然后睁开，眼里闪耀着晶莹的泪珠，哽咽着说出了礼物。

现场一片沉寂，柳耕笙的掌声首先打破沉寂："尚水晶猜得没错，完全正确。""佛顶珠"夫妇、白云翮和地芳跟着鼓掌，在座的无不鼓掌，泪流满面的"大卵泡"粗糙的大手捧着儿子稚嫩的小手，轻轻拍打着。

爱情可以造就一个女人，生育同样可以造就一个女人。对于尚水晶而言，第二次生育对她的造就，远远超过第一次。她的精神病灶，奇迹般连同胎盘排出体外，完全恢复正常。

因为一直想要孩子，"大卵泡"不敢给尚水晶吃药，只是带她去看了一回精神科医生。医生说这种病用不着吃药也无药可治，心病还要心来医。"大卵泡"问怎么用心来医？医生说："比如再生个孩子，病人做了母亲，可能就不治而愈了。""大卵泡"激动得抽掉医生手中的笔，紧紧握住他的手，不停地抖动："你说得太对了，说到我心里去了，神医，你真是神医啊。"

医生被他搞得一愣一愣的，以为他也有精神病，刚才不过随便一说而已。没想到真被他说中了，儿子满月不久，"大卵泡"特意给医生送了一面"话到病除"的锦旗。没错，是"话"不是"药"，医生确实没给尚水晶用药嘛。

"大卵泡"要报答官财营

"请问你是官财营吗？"

"是我没错，请问你是哪位？"

"你听不出我的声音吗？"

"听不出来。"

"再听听。"

"真听不出来。"

"那你猜猜我是谁？"

"喂，有话请直说，我很忙，没空跟你兜圈子。"

"人这一辈子不就是兜圈子嘛，从出生到死亡，兜个大圈子，最后归零。"

"神经病，快说你是谁，不然我挂了。"

"别，别挂，我，我是先发啊。"

"哪个先发？"

"柳——先——发。"

"哟，'大卵泡'，你还活着啊！"

"活着，活得还不错。你早把我的号码删了吧？"

"呸，你还有脸活着，老子不仅把你的号码删了，把你人也删了。"

"财营，看来你还在生我的气，你的心情可以理解，不过，生气不如争气。这次找你，不是向你负荆请罪，而是向你提供一个赚钱机会，弥补当年的过错和损失。"

"你这个大骗子，当初把我当成傻鸟从树上骗下来，现在我可不是傻鸟，休想再把我骗上树。"

"看你这话说的，你不是傻鸟，我也不是骗子，我们是兄弟，兄弟有难同当有福同享，现在有福同享的时候到了。你千万不要错过这个机会。"

"兄弟都是拿来骗的，你现在就是用枪逼我，我也不会上你的当，离我远点。"

"喂，你听我说，你在听吗，喂喂喂……"

柳先发于是上门面谈，但是没有找到官财营。种生姜亏了血本之后，官财营没有也无法重操旧业，改收废品。"大卵泡"几经打听，才找到他的废品收购站。

废品收购站在火车站附近一幢平房里。火车站一带，曾是县城繁华地段。周边不通火车的县城，人们出远门都来这里乘车。

后来，邻县后来居上通了高铁，人们包括本县的人，都去坐高铁，火车站日益萧条，如今一列客车也不通，只通货车。候车厅索性关门大吉，火车站一带门庭冷落车马稀。

平房不止一幢，都挺破，官财营租的那幢最破。灰砖黑瓦的仓库，在四周不断崛起的高楼大厦映衬下，更显破旧，它们似乎从未有过青春年华。如果不是每两幢之间，矗立着一棵躯干长满苔藓的高大樟树，简直感受不到一丝生机，但是它们遮天蔽日的树冠，已把仓库笼罩得阴森恐怖。

平房建于二十世纪六十年代，是某单位的物资仓库，建在火车站附近为了方便运输，一度车马喧嚣。可惜好景不长，在火车站运力运输还很紧张繁忙的时候，仓库就无货可储、无物可运，关闭之后租赁给三教九流。老姑娘嫁不到如意郎君，破仓库没有好租客，以至于收废品的都成了 VIP。

官财营小"大卵泡"五岁，一起种生姜的时候，看上去小他十岁，如今看上去大他十岁。官财营看上去也像件破烂，那双动辄瞪得滚圆的眼睛还是那么大，只是下眼睑塌出两个比眼睛还大的眼袋；那张横肉堆积的大脸还是那么大，只是皱褶加深了许多；那头茂密的黑发依然茂密，只是白了一半。

头发白得极具特色，不是黑白混杂似的花白，也不是泾渭分明似的纯白，而是这里白一圈那里白一圈，一圈有硬币那么大，圈里白如雪、圈外黑如墨。感觉他在用脑或者发愁的时候，没用整个脑子，也没愁整个脑子，而是一圈一圈地用一圈一圈地愁。就像霉变的面包，不是全部长霉菌，而是一朵一朵地长。当然，最终会白成一片长成一片。

官财营胡子拉碴，鼻毛探头探脑。胡子不像头发白得令人费解，花白，鼻毛也白了几根，唯有眉毛全黑。黑得不可思议。衣裤鞋子倒是不破，但陈旧似文物，散发着出土气息。

总而言之，官财营看上去很破旧，感觉再不回收就一文不值了。

两人肤色一样黧黑，"大卵泡"的黧黑，是风吹雨淋太阳晒出来的。官财营守株待兔于仓库坐收废品，无须顶风雨冒烈日到街头巷尾捡拾破烂，难道他的黧黑是废品熏染出来的？

"大卵泡"带来一袋精装米，对官财营开门见山道："民以食为天，送袋米给你，这米是我种的，在我们种生姜的田里种出来的，也是我加工的，好吃得不得了。"

"大卵泡"把包装袋上"云耕者胚芽米"六个大字展示给他看，下面还有"自然生态一年一季"八个小字。

"大卵泡"找上门来，官财营颇感意外，看到那袋米，更加意外。不是"大卵泡"和大米打动了他，而是"云耕者胚芽米"六个字触动了他，瞪着眼袋卵泡般下垂的眼睛问道："怎么，这些年你改种稻子了？那不还是在土里刨食嘛，土里刨食能有什么出息。"

"大卵泡"递上一支烟，官财营迟疑了一下，接了。"大卵泡"掏出打火机，官财营迟疑了半下，配合他点上烟。"大卵泡"说："刚才进来，看到门口有个小炒店，快十二点了，一起吃个饭，喝两杯怎么样？"

官财营又迟疑了，绷着脸不说话。"大卵泡"说："就是吃个饭嘛，我请客，店不是我开的，我不可能在菜里下药毒你。"官财营脸上紧绷的横肉突然放松，就像瞬间融化的冻肉，笑得噼里啪啦，"你不想毒我我还想毒你呢，去就去，谁怕谁。"

酒过三巡、菜过五味，基本泯恩仇。详细说罢这些年的经历，"大卵泡"抓住官财营胳膊："兄弟，我对不起，欠了你。这次来，就是为了报答你。"

"报答我，怎么报答我，就那二十斤米？"

"呵呵，那只是一点不成敬意的小意思，跟我一起种稻，你会收获二万斤米，发展下去二十万斤也有可能。"

"又在放长线钓大鱼？"

"你觉得你现在还是大鱼吗？"

"那你觉得我是什么？"

"鱼，还是鱼，咸鱼，你需要翻身，你翻身的时候到了。"

"就凭你？"

"对，凭我，也凭你，凭我的老板，只要我们齐心协力、互帮互助，你一定能够咸鱼翻身。你放心好了，这次不要你出一分钱，你只要出力就行，技术由我们老板免费提供，种子只收成本价，稻谷高于市场价收购，耕田、插秧、喷药、收割、运输、烘干等环节，全部使用我们老板的现代化设备，我们包赚不亏，但一定要上规模，种得多才赚得多。"

"就算我相信你好心，凭什么相信你老板好心？"

"我老板的好心肯定不用怀疑，但是他的好心也是为了好报，我们赚了他也赚，我们赚得多他赚得更多，不然他也不会把单干当作礼物送给我，这不，我一收到礼物就来找你了。"

"你为什么不去找别人？"

"一是一下找不到别人，二是我不想找别人，一心一意想着报答你，把这个翻身的机会优先让给你。"

"我要再想一想。"

"行，你想通再告诉我，实在想不通，我先干。不过，我建议你先跟我一起到上地看看，眼见为实嘛，看了你还不相信还不想干，那就算了，强扭的瓜不甜……"

米饭为什么是白色的

前文提到，因为抛秧的稻田出现烂苗，也不是全烂，鬼剃头似的，这里烂一丛那里烂一块，速度之快令人措手不及，近二十亩变成秃田。早稻秧苗已经过季，无秧苗可补种，只能补种晚稻。白云翩灵机一动，说服"佛顶珠"补种红稻和黑糯，双双获得丰收。

白云翩的灵机一动，其实来自之前儿子的随便一问。

周末，柳絮飞跟姥姥地芳回上地。吃饭的时候，吃着吃着，柳絮飞放下筷子，歪着脑袋若有所思。白云翩用筷头轻轻敲了敲他的碗："喂，我说柳絮飞同学，想什么呢，吃饭的时候不要胡思乱想，脑筋容易打结。"柳絮飞拿起筷子，重重敲了敲白云翩的碗："喂，我说老妈，我在思考的时候，请不要打断我，这很不礼貌，也很危险，危险大大的。"

大家大笑起来，土芬笑喷了饭。

"佛顶珠"："这我就不懂了，思考的时候打断你，会有什么风险？"

柳絮飞："爷爷，这你就不懂了，你想一想，要是你开车的时候，而且是开得很快很快的时候，一头老牛或者一个人突然蹿过马路，你说危险不危险？"

"佛顶珠"："危险，那当然危险，车开得越快越危险，来不及刹车嘛。"

柳絮飞："我现在的脑子，就像全速行驶的汽车，你们打断我的思考，就像一群人突然蹿到马路上，说多危险就有多危险。"

地芳："哎呀，了不得不得了，飞飞成思想家了。"

土芬："飞飞，说了半天，你在想什么重要的事情呢，快告诉我们。"

白云翮："对，你先把车停下，告诉我们在想什么，不然我们就要撞上你的车了。"

柳絮飞："我在想，米饭怎么是白色的？"

众人异口同声："米饭当然是白色的，这还用想，这还用问？"

柳絮飞："切，我就知道你们会这么说，不说了，也不想了，吃饭。"

柳絮飞说罢，埋头吃饭。大家面面相觑，觉得好笑又不敢笑，跟着埋头吃饭。土芬还是忍不住想笑，端着碗跑到院子里偷笑。

晚上睡觉之前，白云翮问儿子："飞飞，你中午吃饭的时候，好端端的，怎么突然想到米饭为什么是白色这个问题？"柳絮飞老人摸孩子头一样摸了摸她的头："因为我是祖国的花朵，小孩子的想法跟你们大人不一样，不一样就是不一样。"

"哟，还小孩子呢，我看你有时候比大人还成熟。"

"老妈，你这是夸奖我还是批评我？"

"当然是夸奖你。"

"那就是说，我提的那个问题，很有水平啰？"

"那是当然。"

"老妈，那你告诉我答案。"

"妈告诉不了你答案，妈只能告诉你，米饭生来就是透明的，就像天空生来就是蓝的一样。"

"就像自来水生来就是透明的？可为什么海水和湖水是蓝的，河水和溪水明明是透明的，积在深潭里就变成绿的？还有那么一句话，绿水青山就是金山银山，这么说水也是绿的？"

"哎呀，我的小祖宗，你越来越厉害了，这下我更回答不了你，早点睡吧……"

柳絮飞很快入睡，白云翩却迟迟入睡不了。不是很古的古代，上地曾经种过黑稻贡奉朝廷，到了民国基本没人种植，因为朝廷没了。黑稻产量低，没有朝廷的补贴，种植户就要亏本。只有大户人家，种那么几亩，自己享用的同时，送些给地方官员，地方官员再送些给顶头上司。

黑米即黑糯米，又称紫糯米，亦称血糯米。黑米除了营养丰富口感好，熬粥时投入天麻、银耳、百合、枸杞、冰糖，更加味美也更加营养，好吃看得见。口腔仿佛有个刚刚沐浴过的婴儿在撒娇打滚，而沐浴液恰是琼浆玉液。即便达官显贵豪商巨贾，也不忍不舍常食，常食则暴殄天物。黑米历来不被作为主食，也不被作为副食，而是作为零食——珍贵昂贵的零食。

黑米有一定药用功能，熬粥食用对头晕、目眩、贫血、腰酸膝软、四肢乏力、慢性胃病有很好疗效，对便秘则粥到病除。

黑米产量极低，古代没有农药化肥灭虫催产，物以稀为贵，一般人吃不起也吃不到。后来，为了追求高产稳产，上地再也无人种植黑稻，"佛顶珠"也是只闻其名未见其稻，更未吃其米。

柳絮飞提出"米饭为什么是白色的"不到一个月，稻田出现烂秧，白云翩于是想到补种黑稻，想给儿子一个惊喜，也想给自己一个惊喜。上地黑稻早已绝种，临时购买稻种育秧来不及。就是来得及，也怕稻种水土不服。既然是特产，跟水土必有密切关系，"橘生淮南则为橘，生于淮北则为枳"，最好能买到本土黑稻秧苗。

白云翮心中的本土，不是上地本土，也不是本县本市的本土，而是整个闽西北本土。闽西北土地习相近性相近，出产的黑稻自然习相近性相近，闽西北任何一块土地出产的黑稻，种到上地都不可能水土不服。

购买黑稻秧苗倒也不是难事，之前白云翮加入一个名为"庄稼汉"的QQ群（其时微信尚未普及），群员都是她这样的志同道合者，大部分耕作在闽西北土地上。白云翮是唯一的女性，不过大家都默认她为女汉子，当然也是"庄稼汉"。白云翮在群里发出求助信息不久，就有五位庄稼汉表示可以提供秧苗，其中一位免费。五位都在福建，三位闽北两位闽西。免费提供的那位，就是前文提到的田恒乐。

选择田恒乐，不只是因为免费，关键是近，他们竟然是一县之隔的近邻。田恒乐不仅解了白云翮的燃眉之急，还在技术信息上帮了大忙，精神上给予了巨大鼓励。有了田恒乐各方面的帮助，白云翮迅速成长，不是拔苗助长似的成长，而是芝麻开花节节高似的成长。

黑稻尚未成熟，柳絮飞就叫嚷着要吃黑米饭。黑米饭一端上桌，柳絮飞便饕餮起来，吃得那个香，好像很久没吃过饱饭。吃着吃着，咯噔一声，柳絮飞放下筷子捂着嘴巴大叫起来："哎哟，有砂子，吃到砂子了。"

柳絮飞说着，吐出满嘴黑饭在手心，黑饭里裹着一颗洁白的乳牙。

白云翮："嘻嘻，我的少公子，吃相太差了吧，牙都吃掉了，还怪砂子，根本没有砂子。"

137

地芳："'离离原上草，一岁一枯荣'，掉一颗牙说明我的宝贝外孙又长大了半岁，可喜可贺。"

土芬："掉的是上牙还是下牙？"

柳絮飞："上牙。"

土芬："那赶快丢到床底。"

柳絮飞："为什么要丢到床底？"

土芬："上排牙齿丢床底，下排牙齿丢屋顶，老辈人都是这么说的。"

"佛顶珠"："上牙扔床底，牙齿就会往下长；下牙扔房顶，牙齿就会往上长。要是扔错了，上牙扔屋顶往上长，下牙扔床底往下长，就长不出来了。"

柳絮飞："那我以前掉的牙齿，都乱扔了怎么办？"

"佛顶珠"："那可有点不好办，不过呢……"

"佛顶珠"边说边向三位女眷挤眉弄眼。白云翮和地芳没明白。土芬明白了，安慰道："宝贝孙子不用发愁，你每一次掉牙，不是奶奶在你身边，就是外婆和妈妈在你身边，一颗也没有乱丢。"

柳絮飞："奶奶，你没有骗我吧？"

土芬："我的乖孙，奶奶怎么会骗你，不信，你现在就去照照镜子，看看有没有往上长和往下长的牙齿。"

柳絮飞眨巴眨巴大眼睛，既不照镜子也不言语，伸出手指摸了摸健在、半健在和正在生长的新牙。长吁一口气："嗯，看来奶奶没有骗我，上面的牙齿都是往下长，下面的牙齿全部往上长。"

众皆大笑。

柳絮飞突然大叫起来："爷爷妈妈，都怪你们，你们种的黑米太好吃了，把我的牙齿鲜掉了，我要你们赔。"

众更大笑。

地芳说："飞飞，也不能全怪爷爷和妈妈，奶奶也要怪，黑米是爷爷和妈妈种的没错，可是把黑米煮成熟饭的是奶奶，奶奶也有功劳呢。"不等柳絮飞说话，土芬紧接着说："外婆也要怪，黑米饭是她一起帮忙煮的。"

柳絮飞叫得更欢："那就全怪，除了爸爸，全部都要怪。"

众人笑翻了，"佛顶珠"笑得上气不接下气，地芳笑掉眼镜，土芬差点笑掉假牙，白云翩笑痛肚子。

被儿子"怪"的资格都没有，这话经白云翩加工修饰传到柳耕笙耳里，柳耕笙颇有感触，一定程度促进他返乡"妇唱夫随"的决心。

地芳带了二十斤黑米回城，柳絮飞连续吃了一周，很快吃腻。下次回上地，对白云翩说了一句话，深深镌刻在她脑海，几年后条件反射出一个创意。

书　米

黑稻仿佛阔别多年的贫血游子，贪婪汲取着故乡的营养，奋发生长连年丰收，不存在水土不服，也不存在消化不良，恨不能服下上地所有水土。

除了黑米和白米（越光米），云耕者农场还生产加工红米、褐米、四色米。

四色米是白云翩的发明。

春节期间，亲朋好友上门拜年，有两位送的是包装精美的八宝粥。八宝粥一度是乡村名贵零食，也是馈赠佳品。小时候，白云翩经常吃八宝粥，只是觉得好吃，并没有吃出什么灵感，这回触景生情，想起那年柳絮飞对她说的两句话。

第一句"老妈，黑米吃是好吃，天天吃就不好吃了，要是把黑米做成八宝粥，一天吃六顿都吃不厌"。

白云翩没往心里去，心说小孩子嘴刁，要是做成八宝粥，没几天他又吃腻了。地芳却往心里去了，黑米掺入白米，再掺入葡萄干、红枣干、桂圆干、枸杞干，熬成八宝粥。吃了没几天，柳絮飞嘟着嘴说："要做成超市里买的那种易拉罐装的八宝粥才好吃。"

地芳假装生气，轻轻在他脑门爆了一栗："这要跟你妈讲，让她将来建一个工厂，专门给你生产八宝粥。"柳絮飞当真了，又给白云翩打电话，说了第二句话："老妈，你什么时候建一个工厂，专门给我生产八宝粥？"

白云翩问他："怎么又想八宝粥了，还要建工厂，老妈现在没钱也没精力，你给我投资啊？再说了，八宝粥生产出来了，卖给谁啊？卖不出去要亏本的。"

柳絮飞说："谁也不卖，专门供应我一个人，现在猫咪和狗狗都有专供的猫食和狗粮，我是你的心肝宝贝，是你的小少爷，难道不能有专供的八宝粥？"白云翩笑得一脸马赛克："儿子你肉麻不肉麻，又是心肝宝贝又是小少爷的。"柳絮飞生气了："你才肉麻呢，你们才肉麻呢，你们平时不是经常这么叫我嘛。"

柳絮飞说完挂了电话，白云翩打过去，他不接。地芳接了，让他听电话，他坚决不听。地芳打开免提，白云翩向他保证，等老妈有了钱有了精力，一定专门建厂给他生产专供八宝粥。柳絮飞这才转怒为喜。

白云翩压根没想建八宝粥厂，儿子的活却让她脑洞大开：八宝粥不就是五谷杂粮加上干果大杂烩取其精华，使其色香味俱全营养更加丰富吗？如果把白米、红米、褐米、黑米四种颜色的米掺在一起煮饭熬粥，肯定能达到八宝粥的效果。

经专家指导科学配比，好看又好吃的混合米诞生了。

白云翩取名"四色米"。柳耕笙更进一层，加了"童话"二字，定名为"四色童话米"。包装袋上，一个漫画儿童端着一碗吃了几口的四色童话米饭，张着缺了两颗门牙的嘴，吐出一句话："太好吃了，把我的牙齿都鲜掉了！"

包装袋有塑料的、布料的、木料的、竹料的、纸料的、铝料的，形状有圆形、方形、谷仓形、谷粒形、玉米形、竹筒形，全是真空包装。柳耕笙设计的一款书籍型包装，看上去像一本厚厚的精装辞典，容量三至五斤。"书名"是"上地原生态大米"，"作者"是"云耕者"，"出版社"是"云耕者农场"。"扉页"以"序"的方式，图文并茂介绍农场和产品。

"封面"印着一副对联：耕读传家久，诗书继世长。"封底"则印着两段文字：民以食为天，食以米为先，米以"云耕者"为优；归去来兮！田园将芜，胡不归？回乡创业的大学生夫妇，在沃土上书写着丰收和乡愁。

这本"书"不仅进了书店，还成为"畅销书"和"长销书"，网上卖得也挺火，买家主要是文艺中青年和单身白领小资，其中女性占六成。

官财营很少上超市，几乎不购物。两次投资失败之后，妻子接管财政大权，家中一切开销由她经手，他是俯下身子收破烂、心无旁骛整废品。那阵子妻子身体不舒服，不是病，就是更年期各种说不出来的不舒服，脾气坏得像破烂，动辄河东狮吼。想当年官财营也是财大气粗，妻子在他面前响屁不敢放一个，如今倒过来了，成了炎症日益严重的"妻管严"。没办法啊，落后就要挨打，贫穷就要挨骂，财小就要忍气吞声。

那几天妻子更年期综合征"狂风大作"，在家休息，没来废品仓库。老婆不到五十，更年期来得有点早，她不归咎身体，而是问责男人，说是被官财营气的。气什么呢？气他不听劝阻，非要跟"大卵泡"种生姜，亏得她月经从此不调，埋下更年期提前的伏笔。

下午，妻子打来电话，叫他买一袋米回家。官财营正在整理一堆泡沫箱，被稀奇古怪的臭味熏得头昏脑涨，一时没反应过来，反问道："米，什么米？"妻子顿时黄河般咆哮起来："米是什么，你个饭桶还不知道吗？到大点的超市买，便宜点！"

妻子吼罢甩掉电话，官财营起身走出仓库，走到大樟树底下，大口呼吸几口新鲜空气，才明白米是什么。夕阳已经西下，不会有人来卖废品了，官财营苦笑一声，关上鬼哭狼嚎的库门，骑上古董般的电动车，来到一家大超市。

踟蹰在米柜前的官财营，突然笑着叫了起来："营业员，你们这里真有文化，不仅卖米还卖书。"营业员笑道："您仔细看看，这不是书，是米，包装成书样的米。"

官财营捧着一本五斤装的书米，爱不释手啧啧称奇，营业员一旁怂恿："您家有没有小孩子？有的话不妨买一包，小孩子最喜欢这种米了，经常有家长带着孩子来买。"官财营说："小孩子倒是没有，都长大了，不过说老实话，我一看到这种包装的米，感觉自己一下变成小孩子，哈哈，有意思，真有意思。"

营业员加大怂恿力度："老板，一看您就是个有童心有文化的人，那就买一包吧。"官财营嘬起了牙花："贵，太贵了，这哪是米，是味精。"不过，官财营还是买了一袋，并非营业员推销有术，而是他看到生产厂家是云耕者农场。

官财营猛然想起"大卵泡"，快步走出超市，坐在路旁，迫不及待掏出手机，给他打电话。

"先发!"

"哪位?"

"柳总!"

"请问你是哪位?"

"你听不出我是谁?"

"听不出。"

"别装了，你不是有存我电话吗?"

"呵呵，官大老板，怎么突然想起给我打电话?"

"还大老板，别笑话我了，你才是大老板。"

"你抬举我了，我的老板才是大老板，做大事的大老板。"

"反正你在我心目中就是大老板。"

"不会吧，上次我去找你的时候，你还说种田没出息，跟你收废品一样没出息。"

"那时是那时，现在是现在。你知道我这下在哪里吗?"

"难道你不在废品仓库?"

"我刚从超市里出来，买了一袋你们农场生产的大米，书本包装的那种。"

"你就是因为这个跟我打电话吗?"

"先发，不，柳总，太震撼了，你们太了不起了，我想加入你们。"

"这个……"

"怎么，不欢迎？"

"这个，这个……"

"柳先发，你说过，你欠我的！难道现在想反悔？"

"哈哈，官财营啊官财营，你终于想通了，我怎么可能不欢迎你呢，当然欢迎，随时欢迎、热烈欢迎。不过，你先别急着加入，还是先来我们农场看看，看清看准了再加入不迟。"

"不用看了，看了你们生产的米，我就有兴趣和信心了……"

老婆口水滔滔，把官财营骂成落汤鸡，骂他败家，骂他神经病，骂他二百五，买那么贵的米，那不是吃米，那是吃命。官财营却乐呵呵的，笑出一脸"爆米花"。老婆见越骂他越高兴，骂兴减弱，更年期综合征也像高山地区天气一样随时变幻，问他是不是捡到钱了，买这么贵的米。

"捡你个头，现在都是手机支付，哪来的钱捡？就是有，钱也不是破烂，随便可以捡到。"

"那你高兴个什么劲？"

"虽然没有捡到钱，但是我们可能要发财了。"

老婆伸出手欲摸他额头。官财营偏过脑袋："我没发烧。"老婆于是摸了摸自己额头："难道是我发烧了？没烧啊。然后扯了扯耳朵，那是我听错了？嗯，肯定是我听错了。"

官财营双手握拳道："你没听错，我们真的可能要发财了。"然后，他把可能发财的原因和计划和盘托出，老婆一听，更年期综合征复又爆发："你个猪头，当年被那个姓柳的骗得倾家荡产还嫌不够，还要跟他合作。你，你简直要气死老娘了。"

官财营突然暴跳如雷："你要死就死，死了老子一个人照样发财，到时保管你后悔得从骨灰盒里跳出来。"多少年了，打不

144

还手、骂不还口的官财营居然反抗了，毫无心理准备的老婆被震慑了，目瞪口呆、喉哑，嘴巴一张一张的，说不出一句话来。

官财营还不善罢甘休，又排泄出一句：头发长见识短！老婆一下被激活激怒："老娘的头发都短到耳根了，跟你头发差不多长，你还说我见识短？我的见识要是短的话，你的见识跟我一样短，比我还短，真是气死我了。"

老婆说罢，大笑起来，不知是被官财营气笑还是被自己气笑，抑或被自己逗笑。官财营也跟着大笑起来，不是被老婆气笑，而是被她逗笑。

白云翩和柳耕笙的文艺细胞

经与食品科研机构合作，云耕者农场又推出了"云耕者"米奶粉，分为白色、红色、褐色、黑色、混合色（四色）五个品种。广告词是柳耕笙的独创：米奶粉是大地母乳的结晶。

白云翩由衷叹服："柳总，你身上的文艺细胞急剧扩散啊，比我丰富多了，越来越像个诗人。"柳耕笙谦虚道："哪里哪里，还不是受你熏陶。不过，扩散二字用词严重不当，让人联想起癌细胞什么的，不仅不当而且不吉利。"

"柳总批评得对，改为倍增如何？"

"比扩散好，不过，我觉得爆发更好。"

"对，爆发好，太好了。奇怪，你的文艺细胞急剧爆发，我的文艺细胞好像急剧减少，是不是被你偷走了？"

"这个我想偷也偷不走，不是有句话嘛，'岁月唯一不可摧残的就是才华'，摧残都摧残不了，偷更偷不了。"

"那就是它们减少了，我说得没错。"

"不，它们化成了汗水和稻米。"

"不得了，出口成诗。好诗，真是好诗。"

"好诗谈不上，诗人更谈不上。不过，感觉我的文艺细胞确实比以前多多了，一派丰收景象。有言在先，不是从你身上偷的。"

"当然不是，是上地赋予你的，现在被激活了。"

"上地还是上帝？"

"不管上地还是上帝，反正是天地赋予你的。"

"哈哈，这话也是诗嘛，你的文艺细胞没少呀。"

"我突然想到，要是把文艺细胞变成文艺细菌，那我们就能互相传染了，那该有多好。"

"拜托，我可不想被你传染。"

"你这话什么意思？"

"我怕有毒，哈哈。"

"呸，你才有毒呢。不说了，我要睡觉。"

"先别睡，我想和你做件事情。"

"什么事情？"

"这个这个，还真不好意思说出口。"

"什么这个那个的，怎么一下扭扭捏捏起来，老夫老妻的，有什么不好意思的。"

"那我直说了，我想给你的小稻田松松土。"

"什么意思？"

"还文艺青年呢，这都不懂？"

"呀，你什么时候变得这么淫荡了？"

"天哪，这怎么是淫荡，这是文艺！"

"你个坏蛋，我的稻田厚实着呢，你悠着点。"

"嘿嘿，再厚实的稻田也使不坏犁耙……"

云雨之后，白云翮和柳耕笙的文艺细胞一齐发作，之前都是单独发作。柳耕笙回来之前，白云翮时常独自发作。柳耕笙回来之后，白云翮就不怎么发作了，柳耕笙却经常发作，好像白云翮身上的文艺细胞，叛逃到柳耕笙身上了。

这是目前他们唯一一次一齐发作，不是小作而是大作，大作的成果——云耕者农耕文化博物馆。

博物馆面积半个足球场大，建在房屋旁边，藏品日益丰富。四乡八邻往养老院送孤寡老人一样，送来锄头、耙犁、风车、土垄、禾斗、秧凳、晒谷席等传统农具，放家里迟早变成废铁朽木，送博物馆却能延年益寿。何况不白送，根据价值大小，馆里回赠重量不等的大米。

博物馆有容乃大，不仅收藏各种传统农具，还收藏各种淘汰报废的现代农机。最具创意最吸睛的，是一丘三十平方米的模拟稻田，3D动画将春夏秋三季稻子的生长和生产过程，以手工和机械作业两种模式呈现。手工模式中，可以看到犁田、耙田、育秧、拔秧、洗秧、锄禾、收割、挞谷、磨谷、舂米等多道工序。

三月的田野，紫云英绿肥红瘦招蜂引蝶，耕者使牛扶犁长驱直入，翻卷的泥土松软新鲜似刚出炉的面包，蚯蚓泥鳅钻泥穿土，打着圆嘟嘟的滚。白鹭不遗余力飞行表演着，有一只降落牛背，伸缩着脖颈东张西望。育秧棚里，芽儿小鸡拱出蛋壳般拱出谷壳，然后拱出泥土。拱出谷壳的芽儿浅黄，一拱出泥土就魔术般变绿了。

147

"锄禾日当午，汗滴禾下土"那个画面，令人拍案叫绝：埋头锄禾的农人一抬头，"假人"立时变为真人，一张张肤色黧黑、大汗淋漓、饱经沧桑的笑脸，以二分之一的秒速更替循环。共有二十四张照片（意寓二十四节气，一个节气一张），第二十二张是"佛顶珠"，第二十三张是柳耕笙，第二十四张是白云翮。

"佛顶珠"的照片停留一秒，柳耕笙的照片停留一秒半，白云翮的照片停留二秒。照片上的她，戴着一顶绿色太阳帽，柔和的阳光照在她汗津津、汗毛毕现的笑脸上，那笑脸越光米一样纯净，洋溢着丰收的喜悦和美好的憧憬。和越光米一样晶莹剔透的，还有她的米牙皓齿。

机械作业模式中，那个开着动画耕田机和收割机的动画人物，开着开着变成真家伙和真人——"佛顶珠"。他的漂移绝技让观者无不啧啧称奇，纷纷找他合影留念，还有请他签名的。

系统还有嗅觉模式，观者可以嗅到稻花幽香和稻谷清香，以及收割之后，田野特有的馨香。

关闭灯光，微风拂面，萤火虫翩翩起舞、飞蛾横冲直撞、蛙鸣此起彼伏、昆虫低吟浅唱，突然，一只青蛙迎面扑来，观者发出阵阵惊叫，情不自禁后退，惊魂未定之际，一只白鹭又俯冲过来……

白云翮最惬意的一件事，是夜晚看水，骑着摩托车，天上有星光、地上有灯光，虫鸣、蛙叫、清风徐来，稻花香里"听"丰年，诗情画意淡似香茗、浓如咖啡。

模拟稻田的灵感，就来自看水。

白云翮最惬意的另一件事，是下河捕虾，白天捞、晚上捉。晚上捉比白天捞更好玩，也是柳絮飞乐此不疲的户外活动。虾们白天躲在水草丛中无所事事，藏在石头缝里养精蓄锐，天黑之后出来觅食健身。头灯照射下，针头大的虾眼荧光幽幽，很容易发现。

虾虽然喜欢开倒车，并不"勇往直退"，退无可退转身以退为进。左右手各握一个铁丝圈成开口、乒乓球拍大的网兜，挡在其身前身后，由前往后赶，进退失据的它，退进都得进网兜。

天上星星眨呀眨，河里虾儿退啊退，脚下浅水漾啊漾，仿佛置身童话寓言。柳絮飞兴奋得大喊大叫，白云翩受到感染，一道发出童真的喊叫。

白云翩边惊喜地发现，河虾并没有因为耕种面积迅速扩大绝迹，反而渐渐多了起来。这首先得益于整体环境的改善，"河长制"实施以来，鱼虾资源得到保护和补充；其次得益于农场积极改良土壤、修复生态，以秸秆还田和紫云英轮作方式，提高土壤有机质含量和耕地综合生产能力，减少化肥用量，稻田水质改善的同时，河水水质也得到改善。

村里没有年轻人

上地村主任一职一直空缺，没人愿意当，也找不到人当，留守的都是五六十岁以上的人，年龄不符合要求。

村支部书记倒是有人顶着，但是身体不好，年龄偏大，三天打鱼两天晒网。上级鼓励他书记、主任一肩挑，他那颗花白的脑袋摇得像拨浪鼓："书记这副担子已经压得我走路不稳，再压上村主任这副担子，我就趴在地上爬不起来了。看在革命多年的分儿上，领导饶了我吧。我还想多活几年，上级尽早派个年轻能干的同志来。"

上级说："要是能派早就派了，还用你说。派了几个，总是找各种理由推脱，有一个索性以辞职相威胁，我们也没有办法，你再撑一撑，站好最后一班岗。"村支书说："我五十八岁了，感觉像六十八岁，实在撑不下去。说心里话，我心里愧疚得很，我这是占着茅坑不拉屎，误己误村又误民，赶紧想办法换人。"

上级说："骨折打上石膏都能撑，你怎么就不能撑？撑，再撑撑，我们正在找人。"村支书说："谢谢领导鼓励，现在别说打石膏，就是给打上钢钉也没用，不多说了，我还要赶去县医院打针……"

等啊等、盼呀盼，村支书没有盼来接班人，盼来了柳耕笙。村支书和"佛顶珠"共过事，"佛顶珠"当村主任的时候，他是村委；"佛顶珠"当村支书的时候，他是村主任。他一直想扳倒"佛顶珠"自己上位，扳了十几年扳不倒，始终接受"佛顶珠"领导。好不容易自己上位，当上村支书，"佛顶珠"却不干了，想领导他也领导不成了。

除了酒量，无论水平还是能力，村支书都不如"佛顶珠"，作风也不如"佛顶珠"正派，往往搬起石头砸自己脚。因为长期逞能酒场，喝出一身毛病，体内酒精比小孩眼泪还充沛，即使没喝酒，汗水、唾沫、尿液也充满酒臭。他呼出的气有两种臭味——烟臭和酒臭，他放出的屁也有两种臭味——屎臭和酒臭。

"佛顶珠"主动让位不干，他才有机会上位，先当村主任再当村支书。当村支书不到三年，村主任辞职不干外出打工，村主任一职便一直空缺着，班子基本处于瘫痪状态。一方面他越干越没劲，另一方面身体欠佳也没劲可干。

村支书虽然好斗，却不怎么记仇，酒杯一端政策放宽，吵上一架恩怨放下。他不记仇，"佛顶珠"更不记仇，本来就没有什么深仇大恨，从何记起？尽管两人保持一定距离，并没有老死不相往来，偶尔还一起喝个酒。流转和租赁土地的时候，村支书主动出面，帮了"佛顶珠"不少忙。"佛顶珠"请他吃饭以示感谢，几杯老酒下肚，村支书突然问白云翮："小白，你是不是党员？"白云翮愣道："您这是什么意思？"

村支书："问问，随便问问，没什么意思。"

白云翮："实话告诉您，不是。"

村支书："哦，我知道了。来，小白，我敬你一杯。"

白云翮："不敢不敢，我敬您。"

村支书："有部电影叫《我们村里的年轻人》，当年看了兴奋得不得了。说的是一群农村青年投身家乡建设，不怕吃苦、甘于奉献、劈山引水、建造水电站改变家乡面貌的故事。你看过这部电影吗？"

白云翮："没看过，听都没听说过。"

村支书："那你有没有听过《人说山西好风光》这首歌？'人说山西好风光，地肥水美五谷香。左手一指太行山，右手一指是吕梁。站在那高处望上一望，你看那汾河的水呀，哗啦啦地流过我的小村旁……'我不会唱歌，唱得太难听，不唱了。"

白云翮："听过呀，非常好听。"

村支书："这歌就是《我们村里的年轻人》里的插曲，著名歌唱家郭兰英演唱的。郭兰英，你知道吗？"

白云翮："当然知道，她还演唱了一首著名的歌曲《我的祖国》，非常优美动听。这首歌好像是电影《上甘岭》里的插曲，但我真不知道《人说山西好风光》也是电影插曲。"

"佛顶珠"："上地放《我们村里的年轻人》这部电影的时候，云翮你还没出生呢，我们也才十几岁。上地没通公路，通的是机耕道，也没通电。看了电影，村里的年轻人想学电影里的年轻人，给上地建一座水电站，过上楼上楼下电灯电话的美好生活。你记得里面的主人公叫什么名字吗？"

村支书："大多记不得了，只记得男主人公高占武和女主人公孔淑贞。咳，小白你别说，我突然发现，你长得很像孔淑贞，越看越像。孔淑贞是个大美人，是很多农村男青年的大众情人。喂，老柳你说像不像？"

"佛顶珠"："这么多年了，哪里记得。你记性真好，喝了这么多年的酒，脑子还没烧坏。"

村支书："嘿嘿，只剩下脑子没烧坏，其他都烧坏了。你当时喜欢孔淑贞喜欢得不得了，怎么可能记不住她的长相？"

"佛顶珠"："我连她的名字都不记得，怎么可能记得她的长相。"

村支书："就长得像小白这样。"

白云翮："我上网搜索一下就知道了。"

白云翮掏出手机，很快搜出孔淑贞的照片，笑道："还别说，我还真有点像她，不过，没有她漂亮啦。咦，这部电影还有上下集呢，等下我好好看看。"

村支书抢过手机："我说嘛，就是长得像，不是一般的像，非常像，好像一个模子印出来的。"说着，村支书把手机递到"佛顶珠"面前，"你看像不像？""佛顶珠"眯起眼看了看："像，是很像。"

白云翮心花怒放，拿过手机："你们继续喝，我酒量有限，先撤了，去电脑上看《我们村里的年轻人》。"

村支书和"佛顶珠"继续喝。

"佛顶珠":"你刚才问云翩是不是党员,什么意思?"

村支书:"不是说了嘛,没什么意思,随便问问,来,喝酒。"

"佛顶珠":"别跟我打哈哈,你有几根花花肠子,我还不知道。"

村支书:"天地良心,我就是好酒,可不贪色。"

"佛顶珠":"少跟我来这一套,别装傻。我不是说你有几根花花肠子,也不是说你肠子有多花,而是说你肠子有多长。"

村支书:"我本来就傻,不用装。"

"佛顶珠":"你不仅好端端问起云翩是不是党员,还说起《我们村里的年轻人》这部电影,你以为我不知道你的意思?"

村支书:"那你说是什么意思。"

"佛顶珠":"你想发展她进村委。"

村支书:"姜还是老的辣,一眼被你看透。既然你挑明了,我也不掖着藏着,如果小白是党员,我想向上面推荐她接替我,然后一肩挑。我观察她好久了,是棵好苗子。"

"佛顶珠":"幸好她不是。"

村支书:"可以先当村主任,入党后再当支书,一肩挑。"

"佛顶珠":"你不要害她,也不要害我。"

村支书:"我呸,'佛顶珠'你这是什么话,你也是党员,当过多年村主任和村支书,怎么说出这种没有觉悟的话!"

"佛顶珠":"不是我没有觉悟,是云翩根本忙不过来,你又不是不知道我们有多忙。她要是当了村主任,再一肩挑,这稻子就没法种了,你找别人去吧。"

村支书:"你看现在村里还找得到别人吗?一个像样的年轻人也找不到。"

"佛顶珠"："不在其位不谋其政，这我管不着，反正你别想打云翩的主意。"

村支书："哎，我也很快不在其位了，也不想在其位，我就是想在不在其位之前，好好找个接班人。我说老柳，你说我这是多管闲事呢，还是为上地将来着想？"

"佛顶珠"："我看你就是胡思乱想。"

村支书："不说了，喝酒。"

"佛顶珠"："话不投机，不想喝。"

村支书："那就喝茶，不过我还是劝你想一想，小白当村主任，不仅对上地发展有好处，对你柳家的事业也有好处。"

"佛顶珠"："别说了，喝茶去。"

种而优则"仕"

村支书是头铁公鸡，一般只吃别人不请别人。柳耕笙返乡第三年，他破天荒请"佛顶珠"父子和白云翩吃饭，地点在镇上的故香餐馆。进了包间，他们才知道还有两位重要客人：镇党委郑书记和镇政府陈镇长。郑书记是女的，陈镇长是男的，到任两年多，年龄与柳耕笙白云翩不相上下，不止一次到农场调研，给予多方支持，他们相当熟悉。

尽管如此，他们还是非常意外，更加意外的是，两位主官说什么不肯坐上首，谦让给柳耕笙。郑书记说："按理家齐大叔应该坐上席，但是今天不按辈分排座次，也不按职务排座次，按贡

献排座次，所以上首非柳总莫属。你就给我一个面子，不要再推
辞了。都是年轻人，痛快点，不要婆婆妈妈推来推去，你是做事
业的人，做事业就要果断是不是?!"

陈镇长一旁帮腔。

柳耕笙向两位主官抱拳道："不是我推辞，也不是不给领导
面子，我实在无颜坐上首，应该让白总坐，她回乡创业在先，我
受其感召追随在后，我跟她是妇唱夫随，全盘接受她的领导。"

白云翩狠狠瞪了柳耕笙一眼，连连推辞。

陈镇长大笑："柳总，惺惺相惜啊! 我跟你一样，也是妇唱
夫随，家里全盘接受老婆领导，镇里全盘接受书记领导，不过你
们别想歪了，我这个夫不是丈夫的夫，也不是大夫的夫，是正夫
的夫，我的名字叫陈正夫嘛。"

众皆大笑。

笑罢，"佛顶珠"开口："云翩，耕笙说得没错，你就坐上首
吧，推来推去累人。郑书记说得有道理，做事业的人要果断，你
就入座吧，身坐上首心向领导就行。"

郑书记、陈镇长忙夸"佛顶珠"会说话，姜还是老的辣。

白云翩这才小心翼翼落座。郑书记、陈镇长分坐左右。柳耕
笙坐郑书记旁边。"佛顶珠"坐陈镇长旁边。村支书坐下首，边
吃边聊。

吃了一会聊了一阵，郑书记突然问柳耕笙："柳总，你是党
员吧?"这一问，除了柳耕笙，"佛顶珠"和白云翩顿时明白这顿
饭的主题，目光齐齐投向村支书。村支书意味深长地微笑着，不
说话。整场饭局，他几乎没说话。

柳耕笙先是一愣，继而回答："是的，大学学生会入的。"郑
书记说："那巧了，我也是在大学时入的党。"陈镇长说："柳总

回乡创业，带领乡亲脱贫致富，是个优秀党员啊。"柳耕笙连连摆手，"岂敢岂敢，过奖过奖，我做得还远远不够。"

郑书记："柳总谦虚了，不过，你可以发挥更大的作用。上地村委班子几乎处于瘫痪状态，原因有多种，主要是找不到合适人选，而今你回来了，无论身份、年龄、才干，还是天时地利人和，都是最好的干部人选。现在上级强调一肩挑，我们想让你同时担任村支书和村主任。"

柳耕笙："这，这太突然了，我一点心理准备都没有。"

陈镇长："算不上突然，我们已经观察了你两年多。"

郑书记："你的事业已经走上正轨，我们不能再等了，请柳总支持我们的工作，当然也是支持家乡发展，主要是支持家乡发展。"

柳耕笙欲言又止。白云翮不知如何开口。"佛顶珠"说话了："既然领导这么厚爱，理当支持，作为一个老党员，我替儿子答应了。"郑书记竖起右手拇指："家齐大叔不愧为老主任、老支书、老党员，觉悟就是高。"陈镇长说："柳总，你自己表个态吧。"

柳耕笙说："我听我爸的。""佛顶珠"说："不是听我的，是听郑书记和陈镇长的。"郑书记说："也不是听我们的，是听党的。"一直不说话的村支书，这时端着酒杯站了起来："这件期盼已久的大好事、大喜事终于办成了，大家一起干个杯祝贺一下吧。"

"这酒必须喝！"

"应该喝！"

"干杯！"

"干杯！"

柳耕笙很快增补为上地村委，经支部选举，顺利当选村支书，成为上地有史以来最年轻的村支书。为庆贺自己终于退位，老支书高兴得自斟自饮起来，不想多喝了几杯乐极生悲，高血压大发作躺着抬进医院，虽然抢救及时走出了医院，舌头却仿佛挨了一刀没愈合，说话很疼的样子。

选举村主任的时候，遇到了麻烦。

接到通知后，大部分外地村民赶回来投票，实在回不来的委托他人代选。最让人意外和感动的，两位远在海角的村民，夫妻双双赶了回来。儿子大学毕业后在三亚成家立业，六年前夫妇一起赴三亚定居。

惹麻烦的，是位情况异常特殊的村民，名叫仲守福。说异常是身有残疾，说特殊是残疾部位超乎想象。那个部位在裤裆，裆是开的，四十多岁的大男人穿开裆裤，不是变态而是迫不得已。裆里的生殖器不听使唤，说透了，就是他的尿跟汗一样不受控制，说排就排，出汗自己知道，拉尿没有感觉。

仲守福一年四季穿开裆裤，否则裤裆一天到晚湿如尿布。为了遮丑，仲守福在腰上系一条围裙，天气一热或者脾气一来，就不管不顾懒得系了。他那个村是自然村（村民小组），离上地还有五里地，村里没多少双眼睛，还都是老眼昏睛，熟视无睹。

仲守福的脾气，跟身上的臭味一样臭。为方便老弱病残投票，村里设了流动票箱，可在家门口投票。仲守福那天来了臭脾气，非要到村部去投票。尽管相隔仅五里地，仲守福已经好几年没到村部了。

仲守福起了个早，吃罢早饭步行前往。行前，他系上一条围裙，口袋塞了一条。仲守福共有三条围裙，系在身上的最新，口袋里的次新，留在家里那条最旧。

快到村部时，仲守福换下已经尿湿的围裙，换上口袋里的那条，溪边洗净尿湿的围裙，晾在一棵小树上，诚惶诚恐走进村部。

　　破旧的村部彩旗飞扬、人声鼎沸，投票已经开始。仲守福排在最后，不一会儿后面排了一个人，仲守福想了想，转身排到那人后面。不一会儿，又来了一个人，仲守福又排到那人后面。就这样，每来一个人，他就转身排到后面。所幸后面来了九个人之后，再也没有来人，仲守福终于排在了最后。

　　最先和最后投票的人，难免备受关注，见大家把眼光集中到自己身上，仲守福一下紧张起来。一紧张，尿便失禁，围裙洇湿出一块"地图"，一股浓腥的尿臊炊烟般升起。仲守福是久入鲍鱼之肆不闻其臭，但从人们的表情觉察下面泛滥成灾，苍白且苍黄的虚胖的脸顿时夕阳红，伸向票箱的手，触蛇似的缩了回来，转身往外跑，从来没有跑得那么快。

　　大家一时愣住了。

　　还是柳耕笙反应快，几个箭步冲到仲守福跟前："这位大哥，您怎么了，怎么突然不投票了？"仲守福的脸更红了，人更紧张了，勾着脑袋不说话，呼吸重如空调，双掌叠加，下意识挡在裆部，右手还捏着那张选票。

　　这时有认识仲守福的村委，上前对柳耕笙耳语一番。柳耕笙拉住仲守福："仲大哥，您先把票投了，我有话跟您说。"说罢，牵着他的手走向票箱。仲守福半推半就。

　　投了票，柳耕笙把仲守福请到办公室落座，给他泡了一杯茶。仲守福半边屁股挨着凳子，眼睛躲躲闪闪，目光曲曲折折探进茶杯，茶叶受到感染，在杯中啜泣起来。

　　"仲大哥，您身体不方便，还亲自前来投票，我非常感谢也非常感动。您这一票对我来说，非常珍贵也非常重要。"

"……"

"您亲自前来投票，是不是有什么话要说？"

"我……"

"刚才有人把您的情况简单向我说了说。我刚刚上任，很多情况都不了解，您既然来了，来一趟又不容易，正好把您的情况详细跟我说一说。"

"我，我……"

柳耕笙看了看两个村委，示意他们出去。村委们会意离开，柳耕笙轻轻关上门。

"仲大哥，现在可以说了吧？"

仲守福喉咙剧烈蠕动着，猛地端起茶杯，一饮而尽。由于喝得太急太快，呛着了，咳了一阵才恢复平静，一五一十说起自己的身世。

一颗心碎成沙子

仲守福那个村子叫富家地，和上地下地一样，也有个地字，就地名本身而言，含金量很高，但其实是个贫困村，据说过去出过大户和大富人家。

仲守福的父亲，在他很小的时候死于意外。

二十个世纪七十年代初期，富家地六十多里外一个地方修建大水库，那几年，每到冬天，全县青壮劳力便响应号召，到工地参加义务劳动。工地伙食好，米饭管够，时不时加餐吃肉，生产队每天还给记工分，全劳力拿最高工分——十分。说是义务，比有偿还划算，大家参军一样争先恐后。

仲守福父亲是复员工程兵，受到重用，爆破时负责点炮。他利用这个便利，时不时偷几管炸药炸鱼。一管炸药扔进河潭，轰的一声，水花冲天而起，大大小小的鱼儿，翻着惨白的肚皮，树叶般浮出水面，然后晃晃悠悠沉入潭底。仲守福父亲一个猛子又一个猛子，反复扎进潭底，捡起全部的鱼。所得小半自己吃，大半偷卖给城里人。凭着这份特殊，仲守福家的生活水平，一度领先富家地。

那天，炸药引信点燃，"吱吱"冒着烟火，仲守福父亲像往常一样，冷静握着炸药，"一二三四五"，默念到"六"，抡起胳膊，正要往潭里扔，导火索突然灭了。仲守福父亲垂下右臂，静止在胸口，将左手夹着的香烟，伸到嘴里猛吸一口，烟头倏地一红。仲守福父亲重新点燃仅剩中指长的导火索，胳膊刚抬起，没来得及扔出，就爆炸了。仲守福父亲的短胳膊和尖脑袋，炸上了天，好一会才噼里啪啦、血淋淋掉下来。

那一年，仲守福不到三岁，母亲雷辈凤哭晕过去好几回，人中都被掐烂了。四岁那年，更大不幸降到仲守福身上。这年冬天特别冷，大晴天风刮得像刚磨过的剃头刀。雷辈凤化悲痛为力量，下田挣工分去了。男人死了，她得咬紧牙关把自己当男人使，能挣一分是一分，不得不把儿子留在家里。她把桶里的儿子连同桶下的火盆，一起搬到屋外太阳底下，以防他冻着。

桶其实就是放大的巨型火笼。火笼高尺许，由笼体和笼头组成，笼体和笼头高度比为三比一。圆柱形笼体竹条编成。鸟巢形笼头竹片编成，瓷制炭盆包裹其中。笼体直径二十厘米上下，笼头直径二十五厘米左右，上安一弧形竹条，可以拎着走，甚是方便。整个冬天除了干活，农民几乎手不离火笼，高寒山区上了年纪的农民，过完端午才彻底放下火笼。上地、富家地那一带属于高寒山区。

火笼不能简称笼，桶亦不能叫火桶，就叫桶，就像锅就叫锅，没必要叫火锅（与食用火锅完全两回事），约定俗成，历来这么叫。桶由杉木制成，直径六七十厘米，最多不超过八十厘米；高一米二三，最高不超过一米四，上头略小于下头，立在地上十分稳当。

家长忙不过来或者一时没人照看，就把幼儿放在桶里，名曰"站桶"，既是"体罚"也是"安顿"。小时候，贪恋母亲怀抱的幼儿，没几个愿意站桶，一入桶便哭爹叫娘，受刑一般。

桶内往上三分之二处，置一圆形活动隔层，与桶壁吻合；隔层上方再置半弧形活动木板一块，相当于凳子，不会站或者站累的幼儿，可坐在上面；最上方同样置半弧形活动木板一块，相当于桌面，可放玩具和零食。

这么一来，幼儿的腰和胸一前一后卡住——卡得不紧，身子可以转动，但无论如何爬不出桶。地面放一火盆，桶罩其上，隔层有格子，热量可透上来，大小便亦可漏下，兼有马桶功能。幼儿站在桶内，安全又保暖。桶一年四季可用，当然，夏秋时节不放火盆。

幼儿都是母亲身上的膏药，雷辈凤下地不随身背着仲守福，等于把他从身上撕了下来。学会走路尚未断奶的仲守福，使出吃奶力气，大哭大闹、又跳又跺，折腾一会累了睡着了，醒来见母亲还没回来，又开始折腾。

突然砰的一声，年久失修的隔层断裂。就像一块石头掉进潭里溅起一团浪花，穿着开裆裤的仲守福掉进火盆溅起一团火花，发出惊天动地的号哭，几乎哭碎乳牙。

虽然之前他已经撒了一泡尿，将火盆里的火浇灭一半；虽然放心不下的雷辈凤二三分钟后赶了回来，仲守福娇嫩的屁股和双脚还是严重灼伤，右脚烧得只剩下一个拇指。更为严重的是，生殖器也被灼伤，有如旋不紧的水龙头，从此尿频、尿滴、尿不净。

富家地尚未通公路，无法及时送仲守福到医院抢救，即便通了，也没钱医。幸好村里有个草医，医术甚是高明，敷了一个多月草药，总算保住仲守福性命。每次换药，好比无麻醉手术，痛得仲守福鬼哭狼嚎，狗和猫都吓跑了，请人帮忙按住手脚才能把药换好，吃尽苦头。

男人去世，雷辈凤的心碎成两块；儿子灼伤，雷辈凤的心碎成四块。换药时儿子的惨叫和惨痛，让她碎了的心彻底粉碎。往事不堪回首，雷辈凤经常紧捂胸口，祥林嫂般向人诉说："你不知道，那时候我的心变成了豆腐心，不是水豆腐，是霉豆腐，碎得沙子一样，上茅厕的时候，感觉糜烂的心屙了出来，成了没心的人，那个苦那个痛，没法说……"

雷辈凤还说，事后她使出生娃的力气，把桶劈了个稀巴烂，烧成灰还不解恨。要不是儿子活着，要不是要把他养大成人，恨不得把自己也劈了烧了，化着烟雾随风而去。守福好可怜啊，从小到大从未享过福……

什么时候把火烧到我身上

当选村主任不久，柳耕笙和白云翩一起到富家地探望仲守福。

仲守福的家，紧挨在马路边小山坡上，一条陡峭凹凸的小路蜿蜒而上，小车无法行驶。柳耕笙停好车，跟着那个熟悉仲守福的村委步行而上，白云翩的高跟鞋跟踩在一颗圆滑的石子上，身体失去重心，柳耕笙眼疾手快，一把拉住她的手，扶妻子于将倾。

全木质结构的房子古墓般古老，东倒西歪站立不稳，南北两墙几根大拐棍支在柱子上，时刻准备着倒塌却始终没有倒塌，似乎等着谁来力挽狂澜。时光之刀在柱上刻下道道深刻裂纹，有一根拐棍枯木逢春，中间长出一条筷子粗、胳膊长的嫩枝。

没等他们进门，门前张望的仲守福像只受惊的猫，嗖的一下窜进房间，窜得拖泥带水，只有一只脚趾的右脚，被门槛重重绊了一下，摔了个嘴啃泥。轻伤不止逃窜，顾不得疼痛的仲守福迅速爬起，成功窜进房间。

走进屋里，柳耕笙和白云翩情不自禁屏住呼吸，说话不敢大声，生怕震塌房子。一阵穿堂风刮过，房子"嘎吱"直响，屋顶有面包屑似的脏物飘落，有几粒掉进茶杯，激起反胃的涟漪。

部分瓦片风化，外面下大雨里面下小雨。外墙壁板硫酸腐蚀过一般，一块块面黑肌瘦，结疤基本腐烂，仿佛有眼无珠的眸子。一条条缝隙，小的可以插进筷子，大的能够伸进手指，外面刮大风里面刮小风。

地是泥地，坑坑洼洼，潮湿也就是漏雨的地方长着青苔，干燥的地方则油光发亮。白云翩一进门就打了个趔趄。一只公鸡在厅堂奋力追逐一只母鸡，跑着追着，母鸡打了一个滚，公鸡打了两个滚，终于骑到母鸡身上，交配得逞之后，公鸡从母鸡身上滑落，又打了一个滚。

柳耕笙和白云翩随着雷辈凤的脚步，深一脚浅一脚探进房间，一股刺鼻的尿骚味扑面而来，耳光般火辣辣扇在脸上。白云翩身子晃了晃，柳耕笙以为她又要摔倒，再次拉住她，看了看地上，没有石子。

白云翩轻轻推开柳耕笙的手，眨了好几下眼睛，才适应了房间昏暗的光线，嗅觉更加不适应——感觉光线都是臭的。柳耕笙深呼吸了几口，屏住呼吸，但是他立马后悔，吸进去的臭气在肚子里翻江倒海，紧闭嘴巴使劲吞咽才没吐出来。

床铺靠墙架在两把长凳上。一条凳子断了一条腿，另一条凳子断了两条腿，用一摞古老的灰色砖头取而代之。一条健全的凳腿上，长着几朵类似灵芝的褐红色菌类。板凳上铺着破旧的木板，木板上铺着衰败的稻草，稻草上铺着破败的草席，草席上铺着古旧的被子。

床头立着一张没有抽屉的条桌，桌面黑如地面，空空如也。靠桌的墙上，贴着一张香港影星米雪的大头照，由于年代久远，画纸褪色严重，米雪面目模糊，左眼空洞，唯有笑出朱唇的大白牙，熠熠生光，那是房间最亮的东西。

半个多月不见，仲守福仿佛变了个人。

首先是胡子拉碴，去投票的时候，他把胡子刮了个干干净净，回来后再没有刮过，头发虽然没长多少，却乱如抱窝的母鸡窝。鼻毛也长出鼻孔，像蜗牛触角，鼻涕窸窣作响。

其次是衣裤破旧，去投票的时候，衣裤虽旧未破，这回破得悲惨，上身是件扣子掉了三个、口袋没了两个、袖子和衣襟打着补丁的蓝色中山装，下身是一条打着补丁、没有裤袋的灰色开裆裤。有几个补丁开裂了，下面的皮肉探头探脑。脚上趿着一双布鞋，右脚趾头露了出来。时值初冬，气温个位数，仲守福没穿袜子和秋裤，中山装里套着一件起了无数小球的抓绒衣。

去投票的时候系了围裙，这回没有。

勾着脑袋佝偻着背坐在床沿的仲守福，病态似的抠着指甲，一条大腿紧紧架在另一条大腿上，欲盖弥彰。裤子是雷辈凤缝制的，似裤非裤、似裙非裙、似裤又似裙。雷辈凤白发稀疏根根可数，遮不住赭红色头皮，梳至后脑勺挽成一个鸡蛋大的髻，大风一吹，宛如空空如也的鸟巢，左右摇晃。

村委捏着鼻子道："仲守福，柳书记、柳主任、柳总和他妻子白总一起来看你，你怎么是这副样子？"说到这里，村委放低声音，自言自语道："真是烂泥扶不上墙。"

仲守福猛地站了起来，大声道："我又不知道你们要来，就是知道你们要来，我也演不来戏。"白云翩惊叫一声，像刚才仲守福窜进门一样窜出门，右脚被门槛重重绊了一下，幸好没有摔倒，但是很疼、非常疼，疼得她差点叫出来哭出来。

仲守福这才意识到不妥，赶紧一屁股坐下，右大腿压在左大腿上，不到五秒钟，换为左大腿压右大腿，过了五秒钟，再换右大腿压左大腿。

雷辈凤连忙道歉："你们别跟他一般见识，他就是这个臭脾气，发作起来鸡都会被他臭死。"雷辈凤说到这里，在床上摸了摸，摸出一条围裙，叫仲守福系上。雷辈凤又说："守福上次回来对我说，柳书记过两天就来看他，他见你迟迟不来，以为你骗他，就生起气来，他也是被骗怕了。"柳耕笙连连道歉："不好意思，有点事拖到今天才来，但是我心里一直惦记着仲大哥。"

仲守福边系围裙边说："我这个臭脾气要是上来了，别说气死鸡，狗和牛都可以气死。"柳耕笙朝他竖起右手拇指："仲大哥不得了，你的脾气可以发电。"说罢，忍不住大笑起来，仲守福他们也大笑起来。笑声稀释了臭味，感觉屋里不那么臭了。

一束明亮的光线射进窗户。村委欢喜道："出太阳了，十多天没看到太阳，太阳真好。"柳耕笙说："那不是太阳，那是仲大哥发出的电。"说罢又笑起来，村委和雷辈凤也跟着笑。雷辈凤说："柳书记真会说话，有你这样的好领导，我们娘俩就有盼头了。"柳耕笙笑道："阿姨您也很会说话呢，我是晚辈，以后别叫我书记，也别叫我领导，还是叫我小柳或者耕笙最好，亲切。"

仲守福没有笑也没有说话，专注地望着柳耕笙，眼里隐隐有泪。

白云翩在屋外叫道："太阳出来了，好暖和，大家一起出来晒太阳吧，边晒边聊。"

仲守福最后一个出来，身上披着一条衣服一样破旧的毛毯，坐在两米开外。柳耕笙请他坐近一点，说话方便，仲守福低头低声道："我身上味道重，我就坐这儿，说话听得见。"仲守福说到这里，抬头飞快看了白云翩一眼："白，白总，刚才我出丑了，请你原谅。"说罢又低下头，拔刺一样拔着毛毯上密密麻麻的小绒球。

白云翩将凳子移到仲守福旁边，落座后拉着他的手："仲大哥，你身上的味道是很重，但这不是你的错，就像一个孩子，身上不干净不是他的错，是他父母的错。"说到这里，白云翩偏头对雷辈凤说："阿姨，您别多心，我说这话没有责怪您的意思。"

　　白云翩坐到仲守福旁边，雷辈凤第一个跟着坐了过来，然后柳耕笙、村委也坐了过来，围成一圈。雷辈凤抹着眼泪道："知道，我知道。不过，你不怪我我心里更难受，怪我心里倒好受些，这么多年我一直都在怪自己、怪命，我的命怎么这么苦。"

　　柳耕笙说："阿姨，我们这次来，不是来怪谁的。责怪和抱怨一样，就像仰头吐口水，最终都落到自己脸上，一点用处都没有。我们一起想办法一起努力，把你们的命运改变过来，我很想知道你们自己有没有什么想法？"

　　雷辈凤说："我一个什么世面都没见过的老妈子，能有什么想法？什么想法也没有，真要说有什么想法，那就是全靠政府和领导给我们想办法。"柳耕笙哭笑不得，问仲守福有什么想法。仲守福说："我的想法就是没有想法，我妈的想法就是我的想法，全靠政府和领导给我们想办法。"

　　村委插嘴道："仲守福，你不老实，你要是没想法，怎么跑到村部去投票？"仲守福张了张嘴巴，欲言又止。柳耕笙捕捉到这个细节，连忙说："仲大哥，没关系，有话直说，不要有什么顾虑。"白云翩也鼓励他有话尽管说，说出真实想法。

　　仲守福沉默了一会，抬起头看着柳耕笙："柳书记，说心里话，我那天去给你投票，就是想在投票的时候，叫你站出来亲口问问你，你这个新官有没有水平能不能解决我的困难，如果能解决就投你一票，不能解决就不投。没想到到了现场一紧张，一路上鼓足的勇气全跑气了，哪里还敢叫你站出来，倒是把尿漏了出来。"

　　除了仲守福，大家都笑了，有的笑出鹅声，有的笑出鸡声，有的笑出鸭声。白云翩没笑出声，却笑得最厉害，一下站起来一下蹲下去，差点笑瘫在地。

柳耕笙说："那我把你请进办公室，你怎么还不问我？"仲守福挠了挠头："到了你办公室，我更紧张了，这辈子我从来没进过办公室，前面已经很紧张，加上后面的紧张，喉咙粘住一样，喝了一大杯茶冲开，结果又呛着了，还是不敢问你。"

大家又大笑起来，仲守福自己也笑了，白云翩笑得身子偏向一边，差点连同屁股下的小竹椅一起翻倒在地。

笑罢，柳耕笙严肃表情："仲大哥，那么你现在可以正式问我了。"仲守福茫然道："问你什么？"

柳耕笙："问你投票那天想问的。"

仲守福："刚才已经说过了，不用再问了。"

柳耕笙："必须问，一定要问！"

仲守福："那我真问了？"

柳耕笙："问得越真越好。"

仲守福："新官上任三把火，我就想问问你，什么时候把火烧到我身上？我都等不及了！"

村委："你小时候已经被烧过一次，把身体烧坏了，不怕这把火把你烧得更坏？玩笑话啊，你别往心里去。"

仲守福："我现在是荒山不怕火烧。就怕你们烧不起火。"

柳耕笙："好一个荒山不怕火烧。仲大哥，你放心，我这把火一定要把你烧成不坏金身……"

临走，柳耕笙把带来的两袋米送给仲守福，对他说："今后你们的口粮，全部由我包了，别再买米了，省点钱。"

之前了解到，母子仅靠每月四百六十元低保和一百元养老金勉强维持生活，基本失去劳动能力的他们，种不了田，大米基本靠买，衣服基本靠补。

上车后，柳耕笙下意识看了一眼后视镜，发现仲守福并拢双腿，裆部捂着一个破斗笠，跟母亲一起站在公路边目送，风吹乱了他们的头发，吹不散他们的愁苦。仲守福衣裤上开裂的补丁，疯狗般龇牙咧嘴，好像在控诉着什么。

柳耕笙心里一紧眼里一酸，泪水夺眶而出，右手摁了一下喇叭，左手伸出车窗挥了挥，刚要发动车子，雷辈凤突然挥舞着双手跑了上来。

柳耕笙和白云翩连忙下车，问她还有什么事。

雷辈凤伸出粗糙得扎人的双手，分别握住他们的一只手，泪眼汪汪道："我儿子名叫守福，却半辈子守着破身子，没享到一丝福，我守着他，大半辈子没享到一丝福，现在有了你们这对大好人，今后我们娘俩就能享上福了，你们可不能像从前那些人一样，来了一次就再也不来了啊。"

说到这里，雷辈凤意味深长地看了一眼村委。村委连忙把头偏向一边，脸上一阵青一阵红。

柳耕笙哽咽道："您放心，我一定会想方设法让你们享上福的。"白云翩已是泪流满面："阿姨，请您相信我们，一切都会好起来的。"

修 补 身 体

车子驶出村口，柳耕笙问村委："我们到底该怎么帮仲守福呢?"村委说："还能怎么帮，老书记帮他争取到了低保，已经帮到顶，还能怎么帮?"柳耕笙偏过头，两眼假眼般硬硬地看着他，不说话。村委被他看得浑身不自在，提醒他道："开车看前面，注意安全。"

柳耕笙摆正脑袋，直直了身子，摁了一下喇叭："开车要往前看，扶贫也要往前看，可我觉得你总是往后看，有时还睁只眼闭只眼看不清看不见。你年长我十岁，工作经验也比我丰富，你要是不往前看不睁大眼睛，我怎么向你取经呢？"村委顿时脸红如朱砂："哪里哪里，书记批评得对，以后我要睁大眼睛向前看。"

白云翮见气氛有些紧张，咳了一下："他家房子太破了，我看先把房子修好。"柳耕笙猛一摁喇叭："你的话提醒了我，我知道怎么帮他了。"白云翮和村委齐声问："怎么帮？"柳耕笙又摁了一下喇叭，放慢车速："好钢用刀刃帮人帮关键，房子要修补，但是当务之急是把仲守福的身体修补好。身体修补好了，才能挺直腰杆做人，才有自尊和精气神。扶贫扶起了自尊，事情就成功了一半，精神面貌改变了，志气就出来了。"

白云翮和村委一齐拍掌称妙。村委说："柳书记，这下我真服你了，不愧是大学生，又在省城多家公司当过领导，有眼光有见地。"柳耕笙哈哈大笑："你就别拍我马屁了，我看你只是口服，不过我会让你心服的。今晚到我家吃饭，好好喝几杯，商量一下怎么把这事落到实处……"

原以为治病这样一件大好事，母子定会欣欣鼓舞喜欲狂，没想到却迟迟下不了决心。雷辈凤八年前进过一次城，仲守福从未进过，对外面的世界一无所知。村部是仲守福去过的最远的地方，而且鼓足了半辈子勇气，勇气被他一次性用完，实在不敢进城。

外面的世界对他们来说，陌生而又恐怖，看病比生病可怕，

生病不要钱看病要钱，没钱怎么看病，只能看眼神和脸色。这么
多年，他们饱尝冷眼，想想都不寒而栗。

柳耕笙告诉他们，看病治病肯定要花钱，但是他会想办法，
尽量少花钱不花钱。好说歹说，就是说不动，一会儿同意一会儿
不同意，始终下不了决心。最后柳耕笙灵机一动，仲大哥你这么
大了，还没有坐过车、进过城、逛过超市、下过馆子，我带你去
城里玩玩，看病的事到时再说。

仲守福一听就答应了，雷辈凤也答应了。

柳耕笙选了个天气晴好的日子，开车一早来到富家地。细心
的白云翩带来两块尿不湿和一条圆裆裤，让仲守福戴上和穿上。
仲守福犹豫道："这么大人戴这个玩意，多不好意思。"白云翩
说："这有什么不好意思的，城里小便失禁的老人，都戴这个。
你想啊，城里那么多人，你不戴尿不湿就没法穿圆裆裤，只能穿
开裆裤戴围裙，人家还不盯着你看稀奇，有些专门在街上抓拍稀
奇的人，把你拍成视频放到抖音和微信上赚流量，弄不好全县、
全省、全国，乃至全世界的人都能看到你，那你可就出大名了，
难道你愿意出这个大名？戴上尿不湿、穿上圆裆裤，谁也看不
到，谁也不会拍你。再说了，我直说啊，你别生气，你总不忍心
把尿滴到座位上，弄得满车都是尿味吧，为了接你，昨天耕笙特
意清洁了车厢喷了香水……"

仲守福连忙打断她："我戴我戴，别说尿不湿，紧箍咒我
也戴。"

雷辈凤没有一起去，说什么也不肯去，只说以后再去，却显
得依依不舍，车子开动的时候，还放了一串鞭炮，好像仲守福从
此一去不复返。

车子越开越快，两眼紧盯着窗外的仲守福惊叫起来："外面

的房子、树木、电线杆、山河怎么统统往后退，等下回来它们还在不在那里？富家地还在不在那里？我家房子还在不在那里？我妈还在不在那里？"柳耕笙和白云翮笑喷了。柳耕笙说："你放心吧，我开车跑过那么多地方，它们都待在原地好好的，富家地也一样，不然我怎么能找到你，你怎么能见到我。有句话叫山不转水转，这话也可以改成山不转车转，还有一句话叫车水马龙，你明白我的意思吗？"仲守福挠了挠头："有句话叫人挪活树挪死，是不是这个意思？"

白云翮说："仲大哥，你脑筋挺好用嘛。"

到了城里，柳耕笙白云翮请仲守福吃了著名的大耳朵扁肉和小笼包，带他逛了超市和公园，最后带他去检查。仲守福吃得高兴、逛得舒畅、玩得开心，身不由己去了医院。

医院开设了绿色通道，结了对子的贫困户就诊住院一律优先。柳耕笙与泌尿科刘主任熟悉，一听他的扶贫对象前来就诊，刘主任笑着对柳耕笙说："这可不是看你面子，是看贫困户面子，现在贫困户面子可大了。"柳耕笙也笑："刘大主任亲自出马，我还是觉得好有面子。"

刘主任约好省泌尿专科医院专家网络会诊。

仲守福平常大摇大摆在富家地，不觉得害臊，刘主任要他脱裤子检查，却扭捏起来，孩子似的紧紧捂着裆部不松手。白云翮不方便在场，退出诊室。眼看刘主任不耐烦了，柳耕笙连忙说："仲大哥，你就别害臊了，就当刘主任和我都是穿开裆裤的，谁小时候没打过露卵呢。"刘主任附和："是啊，小时候家里兄弟姐妹多，穷得卵打鼓，我十来岁还穿开裆裤，省布料嘛，后来发育了，实在没办法，我妈才给我做圆裆裤。"

一过五十岁，刘主任便酒精依赖般依赖上了小时候的苦难，一说起就停不下："热天穿开裆裤蛮舒服，下面好像安装了一台微型空调，凉风习习。可惜这台空调是单冷空调，制冷不制热，冬天那个难受哟，好像不打麻药阉割蛋蛋。"

刘主任说到这里，大笑起来。柳耕笙也大笑起来："刘主任，你真幽默，你的幽默就是一剂麻醉药。"仲守福也跟着笑，笑得比较谨慎。

刘主任继续说："我在冬天不仅穿开裆裤，还穿凉鞋，看到牛拉屎，一脚插进去取暖。村里交通完全靠走、通信完全靠吼、照明完全靠火，打瓶酱油、买斤盐巴必须翻山越岭出一身臭汗；第一次坐汽车，看见窗外的电线杆和房子，还有山啊、河啊一直往后退，吓得以为世界末日到了；第一次看火车，火车猛地一叫，差点把我吓晕。"

仲守福仿佛他乡遇故知："刘主任，你说得太对了，我刚才坐车，窗外什么东西都往后退，没想到你这么高级的人也有这种经历。"刘主任说："我们都是苦出身，现在日子虽然好过了些，放的屁还带有地瓜味，骨子里都是农民，没什么高级低级之分。"仲守福说："没想到你也那么穷过，都曾经是苦命的人啊。"

刘主任连连点头："是啊是啊，我们都是一样的人，没有谁比谁高贵，也没有谁比谁低贱，脱光都一样。你赶快把裤子脱了吧。"仲守福说："我脱光可大不一样。"柳耕笙："仲大哥，我明白你的意思，但是刘主任能够尽量让你变得跟我们一样，前提是你必须脱光。"

仲守福不知不觉松开手，先到卫生间取下尿不湿，然后走出来脱下裤子，坦然接受检查。

经过会诊，仲守福尿道严重受损，脆弱，失去弹性，好比一根风化的塑料管道，不动还好一动就破，加之患有糖尿病，手术治愈可能性为零，最好的办法、唯一的途径，就是膀胱造瘘引流，腹部微创一个小孔，将尿液直接从膀胱引至尿袋，尿袋悬挂腰间，旋开底部出口可随时排放。

手术定在一个月后。

一个月后那个阳光灿烂的日子，柳耕笙和村委接仲守福去手术，白云翩有事没来。考虑到仲守福术后要人照顾，雷辈凤一同前往。出发的时候，雷辈凤放了一串比上次更长更响的鞭炮。

坐在副驾座上的仲守福显得很是紧张，柳耕笙安慰他："仲大哥，这只是个小手术，不用害怕。"仲守福说："我也不想害怕，可是不知怎么搞的，满脑子都是小时候看到的阉猪匠阉鸡匠阉猪、阉鸡的情景。"柳耕笙说："别想这个，想点美好的。"仲守福说："我也想想点美好的，可是在我记忆里，实在没有什么美好的事情可以想。"

车里顿时陷入沉默。

行驶了五六分钟，村委突然开口："我说仲守福，你真是一根筋，都想到猪和鸡了，就不能再往前想一想，就不能想想鸡上背、猪交配?"柳耕笙一听，笑得双手差点脱离方向盘。仲守福则笑得面红耳赤、青筋暴凸。雷辈凤耳朵有点背，汽车行驶又有噪声，一直没听清他们说什么，但是听清了他们的笑声，也跟着笑起来："守福，到了医院，医生那一刀下去，你就要重新做人了。"

村委："阿姨说得好，说得太好了。仲守福，这一刀将彻底改变你的命运，你就要重新做人了，还有什么好紧张、害怕的，应该放松高兴才对。"

柳耕笙："是啊，这一刀将要改变你的命运，刘主任跟我说了，他有九成九的把握，你根本不用紧张害怕。"

村委："医生说有九成九的把握，那就是有十成把握，医术再高超的医生，也不会把话说满。"

柳耕笙："没错，医生都这样，但你要是太紧张、害怕，会影响医生的正常发挥，你不紧张、不害怕，全身心放松，就是对医生最好的配合。"

村委："到时一针麻药打进去，你躺在手术台上就跟死，哦，就跟睡过去一样，什么都不知道了，想紧张也紧张不了，想害怕也害怕不了，我做过阑尾手术，深有感受。"

仲守福："真的？"

村委："这还能有假？"

仲守福："我，我还以为要像阉猪、阉鸡那样对付我。"

村委："你是真傻还是装傻，连这个都不知道？没吃过猪肉见过猪跑，电视里没见过做手术吗？"

"我家没电视！"雷辈凤耳朵突然不背，抢着回答。

车里再次陷入沉默，柳耕笙打开音响，柔美的音乐泉水般淌出，一曲未了，医院到了。

手术相当成功。一万多块手术费，扶贫办报销百分之八十，个人承担的百分之二十，由柳耕笙垫付，仲守福没花一分钱。

土芬缝制了一个斜挎小肩包，正面绣着一个福字。尿袋放入布袋，书包一样背在仲守福身上，遮"丑"又美观。

仲守福高兴得孩子似的，不停向柳耕笙、白云翩说着感谢的话："没有你们，我仲守福这辈子想都别想挺直腰杆干干净净做人，我现在终于活得像个人享上福了，你们的大恩大德，我下辈子都报答不完！"

土芬早年做过裁缝。手术之前，白云翩请土芬给仲守福缝了两条开裆裤和两条围裙。缝制围裙的时候，土芬突然想起什么似的，打电话问在城里办事的白云翮："你们为他做善事的那个人叫什么来着？"白云翮说："叫守福，仲守福，仲是人加一个中国的中，守是坚守的守、守家的守，福是幸福的福、福气的福。怎么了？"土芬喃喃自语道："没什么，随便问问。"说罢挂断电话。

白云翮看到围裙上鲜红拙朴的福字，一下明白土芬用意。土芬不但会裁缝，还会剪纸，剪得最好的就是"囍"字和"福"字。过年和办喜事的时候，村里人都来请她剪字。

云耕者农耕博物馆，每件传统农具上，都贴着一幅剪纸。犁耙上贴的是牛，风车禾斗上贴的是抱着一捆稻子的老农，柴刀斧头上贴的是刘海砍樵，锄头镰刀上贴的是禾苗和稻穗，箩筐谷仓上贴的是"五谷丰登"和"风调雨顺"。

土芬剪的福字与众不同，由"多""子""才""田""寿"五个字组成，寓意着"多子""多才""多田""多寿"。"多子""多才""多田""多寿"自然"多福"。

雷辈凤早年给仲守福缝制的开裆裤打着不少补丁，有些补丁开裂了，也没及时缝补，老眼昏花的她已经力不从心。有了这两条崭新的开裆裤，原来那两条新三年旧三年缝缝补补又三年、尿迹斑斑的开裆裤终于淘汰。围裙上那个福字，仿佛一朵永不熄灭的火苗，化腐朽为福气。

手术成功，小肩包代替围裙，围裙转移到雷辈凤身上。富家地从此多了两个行走的福字，寂寥单调的村庄热闹喜庆起来。

"刁民"仲生地

身体修好了，接下来修房子。

有同学在城建局担任要职，柳耕笙从他那里软磨硬泡到一笔危房改造资金。然后请来专业人士，用钢丝取代支撑危房的拐棍，拉正后系在嵌入地下的钢钩上，撤除外墙板砌上砖墙，掀掉风化瓦片和霉烂椽子，铺上树脂瓦，地面铺上水泥。

这么一改造，破败的老屋仿佛镶上新牙的老嘴，坚固美观多了。

钱好不容易筹到，扶危房于将倾也顺利，整个过程中最简单的环节——地板硬化和砌墙却遇到问题。不是水泥和砖头质量有问题，也不是施工出了意外，而是请泥工遇到问题。

仲守福有个叔叔叫仲生地，脑袋上小下大，近似削过的铅笔头。他的嘴唇很厚，又喜欢噘嘴，一噘嘴，像鱼唇。仲守福父亲脑袋和嘴唇没有仲生地那么尖，但也是尖的厚的，基因遗传到仲守福身上，有所偏差或者改良，脑袋上大下小近似陀螺，嘴唇上厚下薄像牛嘴。

两家相隔十余米，却没有来往。仲生地在两家之间砌起一道两米高的墙，墙头插满碎玻璃。仲生地院里有棵杨梅树，熟透的杨梅跌落叉在玻璃上，迸出的果汁犹如伤口淌出的鲜血。

墙是在仲守福十岁那年砌的，随着叔叔家生活水平不断提高，每到做饭时间，诱人的香味似万钩齐下的鱼饵，铺天盖地抛过来。蔬菜的香味，仲守福咬紧牙关还能抵挡，肉香屏住呼吸也无法抗拒，常常三月不知肉味的他，梦游般跑到叔叔家，口水飞流直下，目不转睛望着锅里或者桌上的肉，眼里几乎长出舌头和牙齿。

叔叔和堂妹横眉冷对，呵斥猫狗一样呵斥，让他滚蛋，牙签细的肉丝不让尝一块。别看堂妹小他一半，却是个异常早熟的小坏蛋，动辄叱狗咬他。好在人没人情、狗有人性，抬头不见低头见，吠他绝不咬他。堂弟仲山还要过八年才出生，如果他早出生几年，不知道会不会像姐姐那样对待仲守福。

婶婶虽然不呵斥他，却不阻止家人呵斥他，视他不存在。雷辈凤几次把仲守福绑起来暴打，边打边哭、边打边求，皆无法阻止他走火入魔的脚步。仲生地倒是想出好办法，用平常积累的旧砖碎砖，砌了一道"柏林墙"，中间安了扇上锁的门，家人每人一把钥匙，进出随手关门锁门。

仲守福家在左前，仲生地家在右后，仲守福家是仲生地家必经之路。有了这堵墙，仲守福再也无法进入叔叔家，每当肉香传来，就张大嘴巴在院子转圈，流着口水追逐飘浮不定的肉香，恨不能一口气把香气吸干。

因为是个泥工，仲生地一度成为富家地先富起来的人。几年前，仲生地翻盖新房，"柏林墙"没拆除，却把门拆了，砖头封死，整堵墙糊上水泥加固，雇了台挖掘机，从另一侧开山挖路，进出从此无须经过仲守福家。

柳耕笙跟仲生地打过一次交道，印象非常不好。柳耕笙第二次上仲守福家，闲聊中得知仲生地情况。雷辈凤母子把仲生地贬得一无是处，控诉万恶旧社会般咬牙切齿，用王八蛋和畜生替代他的称呼。柳耕笙没有偏听偏信，登门拜访，想听听仲生地的意见，希望取得他的支持。远亲不如近邻，他们既是近亲又是近邻，如果取得仲生地的支持，有利于今后开展工作。

仲生地异常冷漠，坐不请、茶不上，嘴噘得眨眼般频繁，口口声声"母子死活跟他没有任何关系，你个外人多管闲事多吃屁，不要搭上我"。说罢吐口浓痰，大步离家，把柳耕笙晾在那里。柳耕笙极为尴尬，也非常愤怒，心说世上怎么会有这般不近情理的叔叔，雷辈凤母子果然没有冤枉他。

转身准备离去时，仲生地老婆不知从哪里冒出来，双手捧着一杯茶快步上前："柳书记，你别跟我家里的一样，他就是那个鬼脾气，说心里话，妯娌和叔侄着实可怜，可我们也是泥菩萨过河自身难保，确实帮不上他们。"

柳耕笙接过茶杯，跟她聊了起来，感觉她对雷辈凤母子持有同情心，但没有出手相助的意思，一个指头都没有。回到雷辈凤家，母子继续向柳耕笙控诉仲生地的刻薄绝情。据雷辈凤猜测，仲生地很可能因为赡养老人一事怀恨在心。丈夫死后，原本生活在一起体弱多病的公公（婆婆早已去世），转由仲生地养老送终，他觉得吃了大亏，就把不满转移到他们身上。

柳耕笙说："他是弟弟，哥哥死了，父亲理所当然由他养老送终，这是天经地义的事情，总不能由孤儿寡母承担，你们自己都难以养活，还怎么赡养老人？这事不能怪你们，稍微有点良心的人，都不会这么做。你们说得没错，这家伙确实坏，不是一般的坏。"雷辈凤长叹一声："都是人，我们母子在他眼里根本就不是人。"

第五次上门，柳耕笙给母子解决看电视问题。柳耕笙家里有两台电视，把卧室那台小电视送给了他们，光有电视机不行，还得有闭路。安装闭路得立户，立户要交立户费和收视费，钱从何来？柳耕笙找县广电局支持。

负责人说："农民居住分散，单独立户不收费不现实，不过有个折中的办法，如果邻居离他家近，可以牵一根线过来，相当于从一楼把线牵到二楼，立户费收视费全免一分不收。不过，这项优惠只针对贫困户，其他人不能这么做，不然亏死了。"

柳耕笙脱口而出："有，邻居家非常近，二十来米，其实不是邻居，是亲叔。"负责人笑道："这就好办了，你定个时间，我派人下去安装，机顶盒我们赠送，扶贫工作人人有责嘛。"柳耕笙嘴上说太好了，感谢领导大力支持，心里头却犯起了嘀咕，仲生地那家伙会同意吗？

仲生地果然不同意，柳耕笙愤怒得大喊大叫起来："你这人怎么这样，简直不可理喻。从你家牵根线，就像从你头上拔根头发，又不是从你身上抽根筋，对你没有任何损失。他们母子却从此可以看上电视，求求你行行好积点德行不行？"仲生地冷笑道："说了不行就是不行，老子宁愿积肥也不愿意积德！"说罢吐了口浓痰，大步离去，把他晾在那里。

仲生地说话的时候，老是用右手将着左臂的衣袖，上下推移，既不是搔痒，又不像要打架，不知道想干什么。

柳耕笙把牙咬了又咬，深呼吸再深呼吸，迫使自己冷静平静，找仲生地老婆商量。经过一番动之以情晓之以理，她答应并且奇迹般做通仲生地思想工作。

没有娱乐生活的母子，终于看上电视。几个月后，柳耕笙的帮扶事迹上报上网，电视台记者慕名前来拍摄。新闻播出当晚，母子早早吃过晚饭，沐浴更衣，端端正正坐在电视机前等候。雷辈凤把丈夫遗像抱在怀里，说是让他也好好看看，感受他们的幸福。

观看过程中，母子全神贯注，生怕落下一个镜头。看罢电视，雷辈凤又笑又哭，对着怀里的"丈夫"说："死鬼，你看见了吗？你做梦都想不到吧。话说回来，我们娘俩做梦也想不到，竟然能够上电视，这要感谢大恩人柳书记夫妻，他们可是你儿子的再生父母……"

说完这些，雷辈凤又嘀咕起来："拍我的时候，我也说了柳书记夫妻再生父母的话，怎么没有播出来呢？"仲守福晒笑道："你不是领导干部，又不会讲普通话，你说的话怎么能播出来？反正你也说不出有什么水平的话来。人家柳书记水平那么高，说了那么多有水平的话，也只播出来一小部分，你就知足吧。"

雷辈凤也笑："你说话有水平，狗嘴吐出象牙了。"雷辈凤说到这里，左眼狂跳起来，"守福，以前我老是跳右眼，你掉进火盆那天，右眼一直跳，跳得几乎睁不开眼，老感觉你要出事，从田里跑回家里，结果你掉进火盆，还好赶回来得快，不然你就被烧死了。你爸出事那天，右眼跳得跟蝴蝶翅膀一样，跑到河边找他，发现他被炸得四分五裂。自从来了柳书记，右眼再也没有跳过，跳的都是左眼，准得狠，一跳就有好事……"

厌恶归厌恶，仲生地毕竟同意牵线，也许良心发现，是个好兆头。柳耕笙决定请他砌墙铺地，不管怎样，搞好关系有利于今后开展工作。柳耕笙硬着头皮跑去问仲生地愿不愿意接活，原以为他断然拒绝，不想一口应承一再道歉，表示以前鬼迷心窍做得不对，人心都是肉长的，你一个外人这么帮侄儿和嫂子，他这个做叔叔的深感惭愧深受感动，今后一定改正，重新把叔叔做好。

柳耕笙拍着他的肩膀说："远亲不如近邻，近邻不如亲叔，这样吧老仲，你开个价，一天多少工钱，或者整个工程打包多少钱，我心里有个数好做预算。"仲生地说："多少都行。"

柳耕笙说："还是给个明价吧。"仲生地用右手捋着左臂的衣袖，频率比上回快得多，轻声道："具体多少实在不好说，反正我不会再做对不起侄儿和嫂子的事，更不会做对不起你的事，就是不给钱也行。你就按每天二百六十块计算，一共十天。你要是不信，可以去打听一下，外边现在一天的工钱最低三百块。"

柳耕笙说："这个我已经打听过了，你说的是实话，我当然相信你，不相信也不会来找你，那就这样定了，真心为你的改变感到高兴。"仲生地说："柳书记，你过奖了，晚上在我家吃饭吧，我叫老婆杀头鸡，她做的红烧鸡可好吃了。"柳耕笙说："心领了，鸡留着，我还要赶回去，有事。"

工程顺利，提前一天完工，质量杠杠的，工钱按两个人计算，不，按三个人计算，还有一个小工，每天一百八十元。柳耕笙头皮一下炸了，质问仲生地："你怎么能这样，说得好好的，每天二百六十块，你一人。"仲生地说："没错，每天二百六十块，可我没说几人，这么大的工程，一个人十天怎么可能做完？你看到了，我嫂子和侄儿也看到了，每天都是三个人干活，我，同伴，还有小工，小工工钱按最低标准计算。"

柳耕笙跺脚道："你，你这个人真是太坏太狡猾了，坏得不可救药，事先为什么不跟我说清楚？"仲生地冷笑道："我说得还不够清楚吗？你才狡猾呢，想占我的便宜，明明知道一个人十天不可能做完，却按一个人算。"

"你这是狡辩，反正我只按一个人算，给你十天工钱。"

"这样不好吧，你一个村支书、大老板恶意拖欠农民工钱，传出去影响多不好。"

"你，你想怎么样？"

"我不想怎么样，也不能怎么样。你是官我是民，胳膊扭不过大腿。这钱，你给也可以，不给也可以。给的话，大家相安无事；不给的话，我到处说你克扣工钱。光脚的不怕穿鞋的，你是聪明人，扶贫没扶起，倒落得个欺负农民的罪名，不划算啊，嘿嘿嘿。"

"你这是赤裸裸的威胁，你不要欺人太甚。"

"谁敢欺负你？你是一村之书记，又开着农场，有权又有势、有粮又有钱，现在整个上地都是你们柳家的，伸出巴掌可以把天遮住，伸出手指可以把墙戳倒。不过，话说回来，我不求你也不怕你，反正钱在你手上，给不给是你的事，嘴在我身上，怎么说是我的事……"

冷静下来之后，柳耕笙还是如数支付了工钱，经过请教和计算，除了略有磨洋工，工钱基本合理。仲生地占了便宜，没有占大便宜，他为什么要这么做？百思不得其解之余，"佛顶珠"解开柳耕笙心结："仲生地这种人心胸狭隘，报复心极强，他用这种方式狠狠耍了你一把，报复了你一把，以后离他远点。"

整个富家地和上地都亮堂起来

仲生地话音未落，就有求于柳耕笙。

仲生地砌墙的时候，不慎从脚手架栽下，摔断左腿、摔坏脑袋，住了大半年院耗费小半生积蓄，脑袋痊愈，左腿没有痊愈，留下后遗症，比右腿短了一寸，且略有弯曲，步态好似小品《卖拐》里的范伟，又像仲守福。只不过仲守福蹀躞着重心前倾，仲生地蹒跚着重心左倾。后来，柳耕笙在淘宝定制了一个假脚掌送给仲守福，步态就基本正常了，不认真看，看不出破绽。这么一来，仲生地的后遗症更严重了。

这一摔，不仅摔掉仲生地部分劳动力，也摔掉他的蛮横霸道，摔掉他的精气神，对婶侄变得客套谦卑起来。老婆则把客套谦卑落实到行动中，做了好吃的，总要叫娘俩过来同享，如果不过来，就绕个大弯送吃上门。

娘俩基本不过去，仲生地老婆就不断送吃上门，娘俩还是不冷不热。每次送吃上门，她都要打听柳耕笙夫妇，打听最近有没有跟他们打电话（柳耕笙送了一部手机给仲守福，并为他缴纳话费开通流量），然后就说打断骨头连着筋，希望他们多给柳耕笙夫妇说说好话，帮侄儿的同时也帮帮叔叔，他们那么大本事那么有钱，帮一个是帮，帮两个也是帮，就像大家庭的饭桌上多添一只碗多加一双筷，七个人是吃，八个人也是吃，不会因为多了一个人，那七个人就吃不好。

娘俩基本不吭声。有一次，仲守福突然开口："当年你家饭桌上，从来不给我们添一只碗加一双筷子。"仲生地老婆尴尬道："守福，我这不是向你们赔罪来了嘛，过去我们做得不对，现在只要你们愿意，我马上准备两副碗筷摆在上席，你们餐餐到我家吃饭都可以，省得我跑来跑去。"

雷辈凤冷不丁道："把墙拆了，不就省得跑了吗？两家来往也方便。"仲生地老婆一时没明白过来："墙，拆什么墙？"雷辈凤叹了口冷气，又不说话了。仲守福叹了口更冷的冷气，也不说话。仲生地老婆冥思苦想了一会，以掌拍额，"对啊，我怎么没想到这出，拆，明天就把该死的墙拆了！"

仲生地对拆墙持保留意见："没必要全拆吧，那多费劲，开个门洞就行，像原来那样，但是不安门。"老婆说："要么不拆要么全拆，开个门洞打不开人家的心门。"仲生地说："全拆了就能打开心门？"老婆伸出手指，指了指自己的脑门，又指了指他的脑门，不说话。仲生地跺了一下右腿："全拆就全拆！"

次日一早，仲生地夫妇开始拆墙，雷辈凤母子观望了一会，一起帮忙拆了起来。仲守福干得特别欢，一次竟能挑起十六块砖头，还说不重。仲生地说："一块砖头五斤，十六块就是八十斤。守福，你今天真是神了。"仲守福说："那再加几块，凑足一百斤，人逢喜事精神爽力气大。"雷辈凤说："看把你能的，小心闪了腰。"仲生地老婆说："守福的腰杆越来越硬气了，以后可要多为叔叔婶婶撑腰哟。"仲守福乐哈哈道："没问题，我们现在是一家人不说两家话。"

墙一拆，两家便重归于好。

仲守福虽然成为正常人，却迟迟融入不了社会。工作是融入社会的最佳途径，仲守福一没文化二没专业，找工作不是件容易事。上地除了云耕者农场，找不出第二家企业，农场又没有适合仲守福的岗位，柳耕笙很是头疼。

柳耕笙踏破铁鞋费尽口舌，终于找到并说服县城一家公司，同意招收仲守福做门卫。仲守福一听说到县城工作，顿时眉飞色舞，高兴得印堂闪闪发光。

报到那天，仲守福理了头发刮了胡子，穿上干净整洁的衣裤。柳耕笙特意买了件风衣让仲守福穿上，遮住导尿管和尿袋，还是被老板看出破绽，只好如实相告。

满脸笑容的老板态度大变，板着脸道："不是我说话不算数，是你们隐瞒了真实情况。我看他的脚也有问题，这个问题现在不算大问题，大门是电动的，摁下电钮就行，不用跑动，要在以前，门卫第一要求就是腿脚利索。公司虽然不大，形象还是要考虑的，我不是歧视也不是不帮忙，他这种身体状况实在不合适，公司虽小，形象还是要讲的，请理解谅解。"

柳耕笙连忙表示理解并谅解，老板脸色依然难看，说了一句"己所不欲勿施于人"，下了逐客令。柳耕笙红着脸，带着仲守福悻悻而回。上车后，柳耕笙想在微信上跟老板解释几句，发现对方已经迅速把他拉黑，脸更红起来。

农场没有适合仲守福的岗位是事实，柳耕笙不想让他到农场就业，是他不愿承认的事实。和那位老板一样，他也怕仲守福影响农场形象。再者，安排了一个残障人士，第二第三个就会找上门来，他不想开这个头，农场毕竟不是慈善机构。

但是天地良心，柳耕笙绝没有歧视仲守福的意思。

仲守福沮丧极了，来时一路有说有笑，回时低头一声不吭。柳耕笙情绪也很低落，默默开着车。村委打破沉默："其实也不能怪老板，设身处地站在对方角度考虑，拒绝是正常的，不拒绝反倒不正常。"柳耕笙说："确实不能怪老板，怪我们隐瞒了真实情况。"村委说："也不能怪你，如果实言相告，老板二话不说就拒绝了，面都见不上，看来找工作这条路子走不通，得想其他办法。"

前面拐弯，柳耕笙放慢车速，摁了几下喇叭，"办法总比困难多，仲大哥，一定会有办法的，打起精神来。"村委打趣道："只要思想不滑坡，办法总比困难多。想办法就像给孩子把尿，只要耐心足够，总能把出尿来。"

柳耕笙又摁了一下喇叭，笑得喇叭一样欢，"你这个比喻很贴切，还真是那么回事。当年给儿子把尿，我总是赌气似的憋着一股劲，他不尿我就不放下他，结果十有八九能把出来。"

仲守福受到感染，活泼起来，"我记得我妈对我说过，在我烫伤之前，晚上很少尿床，主要是她把尿把得勤，而且很有办法，只要用手指轻轻按摩我的肚脐眼，再难把的尿也能把出来。"柳耕笙哈哈大笑："从理论上讲，这个办法管用，可惜没有机会试验。"

村委说："怎么没有，等你做了爷爷就有机会了。甚至不用当爷爷，再当一回爸爸就有机会，你比我年轻，现在政策又允许，赶紧生二胎。"

"当然了，守福自己能有机会用上就好了……"话一出口猛然意识到不妥，紧急刹舌，恰好有狗横穿马路，柳耕笙紧急刹车，尴尬惊慌失色……

柳耕笙有个同学，家住县城近郊，是全县最美的美丽乡村，上百亩良田一年四季轮换种植鲜花和花科类农作物，大前年种紫云英、荷花、郁金香，前年种月季、牡丹、菊花，今年种油菜花、葵花、秋海棠，满田尽带黄金甲，冲天香阵透村庄，蜂蝶翩跹而至，游客络绎不绝。随着季节更替，四季花海的村子成为网红打卡点，昔日脏乱差的落后村摇身变成"城市后花园"。

一条清澈的溪流穿村而过，设计规划部门通过水土保持、安全生态水系、河道清淤等流域综合治理手段，以水串景以景衬水，打造出一个集摄影、徒步、露营、垂钓等为一体的水美乡村景观带。两岸紧枕着田野花海的两条环形步道，给溪流镶上两道金边，给村庄披上一条围巾，真是"莽原缠玉带，田野织彩绸"，一幅壮美的乡村画卷，有如富春山居图般徐徐展开。

柳耕笙早想百闻不如一见，恰逢同学邀请，自己正好有空，欣然前往。"城市后花园"果然名不虚传，风景优美、环境整洁自不必言，还家家户户住别墅开小车奔小康。同学家的房子尤其气派，一共四层，覆盖屋顶的太阳能电池板吸引了柳耕笙的视线。

同学告诉他，那是光伏发电，不仅能满足一家日常用电，与国家电网连接后，还能赚钱。柳耕笙说："光伏发电我知道，但是我一直有个疑问，真能赚钱吗？"同学说："当然能赚，这是国家扶持的清洁能源产业，电价有补贴，贷款享受低息，一次性投入之后无需任何投入，安全便捷细水长流，只要老天爷赏脸多出太阳，就有收益。"

柳耕笙心里一亮，要是给仲守福家屋顶铺上太阳能电池板，他不就可以通过光伏发电创业有了"工作"吗？当他得知刺铜红村镇银行设有专项扶贫贷款基金，优先支持光伏扶贫时，立即下了决心。

说干就干，柳耕笙向刺铜红村镇银行为仲守福贷款六万元，投资光伏发电，利息由国家补贴给银行，本金由光伏公司偿还。光伏公司与仲守福签订二十年合同，前者提供设备并负责安装联网维修等事宜，收益共享。

除了"贡献"屋顶，仲守福不要付一分钱出一分力，坐享其成：前三年，仲守福每年收益六百元；第四年至第十年，每年收益三千元；第十一年开始，收益全部归仲守福所有，每年四千元。

太阳能电池板安装好那天，正是大晴天，电灯亮起的刹那，雷辈凤激动得热泪盈眶，双手合掌道："阿弥陀佛，晒了七十多年太阳，这下子才感觉太阳真的照进我心里。"

仲守福若有所思："我觉得太阳发出来的电，比水发出来的电更亮更亲切。"仲守福说到这里，突然痉挛起来。问他怎么了。他笑得皱纹也痉挛起来："我有一种被电击的感觉。"

柳耕笙在他肩头拍了一掌："行啊！仲大哥，你现在不仅口吐象牙，还口吐幽默。"仲守福立时幽默了一句："都是被电出来的。"

那一刻，柳耕笙觉得仲守福的房子亮堂起来，整个富家地和上地乃至整个世界都亮堂起来。

仲守福养鹅

身体"补"好之前，除了到马路上走一走，仲守福基本窝在家里，要么躺在床上睡大觉，要么坐在凳子上发呆，什么都干不了，什么都不想干，什么都没得干，以为这就是活着。无聊至极的时候，就蹲在地上看蚂蚁搬家，时光慢得好像忘记了交替轮换。

身体"补"好之后，时光依然慢慢吞吞，仲守福却坐卧不安，总想干点什么，原先什么不干没感受，现在不干点什么难受，觉得这不是活着，是活死，再也不能这么活。

光伏发电效益一年一结，早期效益不明显，是长期脱贫项目，不需要仲守福干什么。也就是说，光伏发电虽然给仲守福带来光明，却解决不了他的"就业"难题。

白云翮无意看到残疾人养鹅致富的电视新闻，受到启发，自己掏钱买了十只鹅苗送给仲守福，鼓励他养鹅。在白云翮联系下，仲守福到县畜牧站培训了两天，兴致勃勃养起鹅来。

早年雷辈凤养过两只鹅，那还是丈夫在世的时候，丈夫去世没几年，就不养了。鹅的食量太大，不是不想养而是养不起，只养鸡和鸭，也不敢多养，始终不超过两位数。鹅都养不起，牛、猪、狗、猫更养不起。

其时家家户户饲养禽畜，土地被充分利用，农民劳动热情空前高涨，容不得青草恣意生长吞没农作物，青草只能见缝插针生长产量有限，满足不了整个村庄畜禽的口腹。放个牛、扯个猪草，要离开村庄老远。远的地方，牛迹和人迹罕至，青草才能从容生长，才能长得茂盛。村庄附近的青草，一冒头就被啃食，根本来不及生长。草不够粮来凑，这个粮不是饲料而是粮食，饲料价格高昂尚未普及，只能喂粮食，不喂畜禽就吃不饱长不肥。一个家庭富不富裕，看他养了多少畜禽便知道个大概。

养了鹅，仲守福不那么难受了。仲守福经常给柳耕笙或者白云翻发语音和视频，满口满屏都是鹅，与其说是养鹅，不如说是养朋友。

柳耕笙提醒仲守福，不要单纯拍鹅，尽量拍一些鹅吃草、鹅游泳、鹅打架的视频，总而言之，镜头要生动吸引眼球。仲守福举一反三，发来鹅狗相斗、鹅蛇相斗、鹅骑鹅、两鹅交颈而眠的视频，不仅内容精彩纷呈，拍摄水平也不断提高。

视频经柳耕笙转发，点赞如潮好评如潮，不少朋友表示要买鹅。吃野草长大的鹅，味道自然不一般，朋友吃了都说好，患上胃相思，成了老客户。

"土肥圆"是最大买家，他的故香土菜馆又多了一道招牌菜，不，不是一道，是四道，一鹅四吃。

于是乎，养鹅规模不断扩大，竟然超过富家地常住人口，仲守福忙得不亦乐乎。

富家地日益荒芜的田野，百草丰茂绿浪翻滚，鹅们徜徉其中对草当歌。有时候人看见那鲜嫩无比的草，恨不能变成吃草动物。林子大了什么鸟都有，富家地的林子虽然远未大到什么鸟都有的地步，消失多年的老鹰、黄鼠狼和狐狸却时有出现，叼走野外觅食的鸡鸭，但叼不走鹅。

尚未成年的鹅，它们是叼得走的，但有一个前提：仲守福不在场。这个前提几乎不存在，鹅未成年期间，仲守福时刻与鹅少年在一起，要想叼走鹅少年，首先得叼走仲大哥。鹅一旦成年，再大的老鹰、黄鼠狼和狐狸都奈何它不得，狗都怵它三分。

鹅不吃肉，更不吃屎，却有狗的属性和功能，不中用的狗还不如中用的鹅。公鹅鹅冠滚圆如橙子，总是雄赳赳气昂昂着脑袋，警惕注视着四周，目不转睛，每当有生人或者生狗走过，"嘎嘎"叫几声预警，对方不予理睬或者针锋相对，它便剑一般伸长脖子，贴着地面不顾一切冲过去，人或狗落荒而逃。

鹅最爱攻击穿开裆裤的小男孩，两腿之间的"鸡鸡"乃是诱鹅的最佳饵料，追起小男孩来犹如追穷寇的剩勇，凶狠疯狂。小时候，仲守福受伤的"鸡鸡"不止一次被家里的公鹅钳过，雪上加霜，尿似乎漏得更厉害了。雷辈凤本来觉得养鹅是负担，只是下不了决心不养，现在儿子一受到伤害，她就痛下决心把一公一母两只鹅杀了。

走在富家地乡间的小路上，看不到暮归的老牛和它的主人，却可以看到暮归的鹅群和它们的主人。"蓝天配朵夕阳在胸膛，缤纷的云彩是晚霞的衣裳。"仲守福的肩头没有荷把锄头，手里却握着一根竹枝。没有牧童荡漾的歌声，也没有隐约吹响的短笛，却有悦耳的手机音乐，还有写在脸上的笑意和得意。

仲生地坐不住了

找了好几次，仲生地夫妇终于在村部找到柳耕笙。

仲生地老婆脸上挂着层层叠叠的笑，好似斑驳开裂的墙皮，风一吹摇摇欲坠，吞吞吐吐问柳耕笙："柳大书记、柳总老板，我想问你个事。"柳耕笙故意板着脸："什么事，好事还是坏事？"

"生地都成半个残废了，哪有什么好事，但是呢，你是个有大本事的人，又是我们的村支书，如果愿意，肯定能帮我做点好事。"

"什么事，直说吧。"

"是这样，柳大书记、柳总老板，我家生地现在劳力不行，干不了重活，女儿早已出嫁，泼出去的水只顾自己。儿子大学毕业两年了，迟迟找不到好工作，左跳槽右跳槽，跳来跳去卡住跳不动了，失业三个月找不到工作，还要我们给他寄生活费和房租，愁死我们了……"

"我就一个小书记、小老板，别口口声声大书记、总老板的。对了，总老板是什么意思，有这种叫法吗？"

"总老板就是老板中的老板，最大老板的意思，跟三军总司令一样大。"

"哈哈，看不出来，你这么能编排，你到底想说什么？"

她突然不言语了，给仲生地使了个很狠的眼色。仲生地咳嗽两声："柳书记、柳总，是这样，你，你能不能把我家也弄成贫

192

困户?"

"你家有儿有女，收入还不低，别说我小小一个村支书，就是当了县委书记，也不可能把你家列为贫困户。"

"过去还可以，算不上穷，现在身体残疾了，别说赚钱，赚吃都困难，还不算贫困吗?"

"我看算不上。"

"守福都算，我怎么不能算?"

"情况不一样。"

"我们不会做人，得罪了你们，请多担待。"

"这跟得不得罪我们没有一毛钱关系，话说回来，作为叔叔婶婶，你们以前对他们母子实在太过分。"

"我们早就跟他们和好了，不信你问守福。"

仲生地老婆掏出手机欲拨打，柳耕笙摆了摆手："不用了，情况我已经知道了。"

"我们还做得不够，今后要更加重新做人、好好做人，柳大书记、柳总老板，你看生地已经遭了报应。弄不成贫困户就算了，你能不能帮我们养鹅?"

"我帮你养鹅，什么意思?"

"你看我这张嘴笨的。我的意思是，鹅我们自己养，养大了你帮我们推销，你是个大书记、总老板，结交广认识人多。"

"吃鹅的人少，市场有限，我再有本事，也推销不了那么多鹅，仲守福养的鹅就够我推销的了。"

"柳大书记、柳总老板，你这是见死不救啰?"

"别说得那么夸张，你们远没有到那个地步。不过，我倒是想到一个好办法，就看你们愿不愿意。"

"愿意，当然愿意，哪有不愿意的。"

"别急着表态，你们还没听我说是什么办法。"

"不管什么办法，我们都同意……"

柳耕笙的办法，是在富家地种植有机稻。

富家地地理位置奇特，出上地百十米，右拐上一段三百余米的斜坡，水泥路蜿蜒平缓，但见青松翠竹掩映、鲜花绽放、细流飞泻，但闻虫鸣、鸟叫、春风私语，真有误入桃花源之错觉。

有上坡就有下坡，上坡之后却一路平行至富家地，意味着富家地挂在山腰。那山叫地母山，上地显山露水在地母山正面，富家地深藏不露在地母山侧面。地母山正面雄伟挺拔，侧面逶迤秀丽，整个山势呈折扇扇面展开，一峰连着一峰，犹如并排直立的鸡蛋。

富家地坐落在扇柄处。

富家地虽然挂在山腰，土地却很平整，竟然有中型飞机场那么大一块平地，稻田连着稻田——大多不长稻子长杂草——非常适合无人化耕作。随着农场的发展壮大，周边适合无人化耕作的土地越来越少，紧盯着眼皮底下的柳耕笙，没想到眼皮上面还有这么一大块"新大陆"。

第一次到富家地，柳耕笙就看上这块好地——不仅地好，地名也好。富家地不富，对不起这好名。

农场日益向无人化耕作发展，施肥、除草、病虫害监测、水肥预警监测等环节，基本实现无人化。无人化耕作重要前提，是稻田平整集中连成一片，范围越大成本越低。山垅田和梯田不适宜无人化，成本太高。不能无人化，就得机械或者半机械化，意味着人工成本提高。而年轻力壮像"大卵泡"那么吃苦能干的人工，比珍稀动物还难找，农村出生的八〇后好歹知道"锄禾日当午，汗滴禾下土。谁知盘中餐，粒粒皆辛苦"。城里出生的九〇和〇〇后，基本不懂稼穑，不知道锄头怎么握。

柳耕笙、白云翩求贤若渴大田、平田。富家地的平田，比上地的平田还平还大，超出他们预料。仲守福、仲守地的房子虽然高在坡上，坡下却是一马平川、良田千顷，"农场大脑"监控系统正好安放在他们家里。

把富家地打造成一个比上地规模更大也更现代化的农场示范基地，是柳耕笙、白云翩的共识和"暗识"。之所以说"暗识"，是因为前期工作千头万绪进展缓慢，除了父母和相关领导，没有向任何人透露。

最为关键的是，他们还没有物色到富家地农场管理人选，这个人必须年富力强、精通电脑和智能操作，最好是大学生。大学生好找，精通电脑和智能操作的大学生也不难找，难的是说服大学生"上山下乡"。找过几个大学生，一听说要"上山下乡"，二话不说就拒绝了。

如今仲生地夫妇找上门来，说有个大学毕业的儿子待业，柳耕笙心头猛地一亮，问仲生地老婆："你刚才说你儿子是大学生？"

仲生地老婆："是咧。"

白云翩："本一还是本二？"

仲生地老婆："本二。"

柳耕笙："什么专业？"

仲生地："好像是什么电子专业，很复杂，我搞不太清楚。"

白云翩："在哪里上的大学？"

仲生地："杭州，他对电脑很精通。"

柳耕笙："太好了，天助我也。"

仲生地老婆："好什么，连自己都养不活。"

柳耕笙："你们听我细说……"

柳耕笙计划让仲生地儿子回乡共创富家地农场。仲生地夫妇和富家地村民，可以三种方式加入农场，一是获取流转土地租金，二是以土地入股分红，三是投资入股。仲生地的儿子，除了月薪，还持有股份。农场的水利工程，全部承包给仲生地。

夫妇俩那个兴奋，仲生地左腿好像不短也不弯了，老婆严重下垂的乳房似乎挺了起来。兴奋之余，又担心儿子不肯回来。柳耕笙说："我当年也不愿意回来，后来不也回来了？而且回来了就不想回去，你把他的手机号码告诉我，我来做他的思想工作，你们也别在旁边乘凉，我们一起做。"

仲生地儿子叫仲山。通话时，柳耕笙简单说了他的计划，然后就海阔天空神侃。神侃了半天，柳耕笙得出两个结论，一是仲山有想法；二是仲山熟悉电脑和智能操作，他的专业是电子设计智能工程，专业对口。

两个月后，柳耕笙突然出现在蓬头垢面的身在东莞的仲山面前。仲山震惊了，也感动了，促膝谈心一天一夜之后，尚未找到正式工作的仲山，跟他一起回到故乡。

富家地农场的成立，没有想象中那么简单，也没有想象中那么困难，经过一番不太周折的周折，农场初具规模走上正轨。一则仲守福房子通风和采光效果不太好，二则为了照顾仲山"感受"，柳耕笙同意把"农场大脑"放在他家。

农场正式成立那天，白云翩请来故香土菜馆厨师，在仲守福和仲生地两家连成一片的院落摆了几桌，主菜是"一鹅四吃"。

"大卵泡"和官财营也来了。他们不是一个人来的，"大卵泡"带着老婆孩子，官财营带着老婆。眼见男人交到手里的钱越来越多，她坐不住了，盘掉废品收购站，夫唱妇随下地。一到下地，她就宣布更年期不治而愈，像尚水晶对"大卵泡"言听计从那样，对官财营言听计从。

上地的大田、平田已经全部流转到云耕者农场，想单干并大干一番的"大卵泡"，转移到下地。下地不仅有空地，还有空房，空地要付租金，空房白住。"大卵泡"他们免费居住的，是下地最好的房子。那是一幢明亮气派的小洋楼。主人一家已在厦门落户，每年清明祭祖回家小住几天。孩子最怕没人疼，房子最怕没人住，没人住就没人气，没人气就滋生鬼气，一滋生鬼气就成了鬼屋，一成鬼屋房子就废了。不缺钱缺人气的主人，巴不得他们入住，住的人越多越有人气。

官财营老婆非常喜欢"大卵泡"的儿子，连逼带求非要认作干儿子。官财营不怎么乐意：都绝经了，还认干儿子，认干孙子还差不多。老婆拍案而起："这算什么话，怪我没给你生个儿子吧？确实，生不出儿子，主要责任在我，不过你不是一点责任没有，地再好，种子不好也长不出好庄稼。"

官财营说："这个我心里有数，如果要怪你那也就要怪我，如果不怪你也就不能怪我，怪就怪我们早生了二十年，那时身体硬政策也硬，硬得跟犁头一样，田那么好却不让多犁；现在身体不硬政策也不硬，田却干了、硬了、板结了，别说身体不硬，就是硬也犁不动。"

老婆警觉道："一下硬一下不硬的，你什么意思？"官财营道："我硬不硬，你还不知道。"老婆说："你在我这块干田上硬不起来，换块湿地就能硬起来，是不是这个意思？"

官财营冷笑道："还说你的更年期好了，我看更严重了。"老婆撒了个很粗糙很肉麻的娇："只要你同意我认干儿子，马上就好。"官财营笑出一点温度："认干儿子又不是认罪，是好事，你想认就认。说心里话，我也很喜欢那小子。"老婆眉飞色舞："我现在什么都听你的，你说认我才敢认。"官财营笑高几度："说得好听，到底是我听你的，还是你听我的……"

"大卵泡"一直觉得自己亏欠官财营，现在认了干亲，朋友变成亲戚，就不觉得亏欠了。他却故意装出一副难为情的样子，意在摆谱，谱摆得越大，干亲就认得越有质量。

"大卵泡"和仲守福也扯上了亲戚。

"大卵泡"和仲守福同桌相邻而坐，随便聊了几句，竟然是八竿子打得着的亲戚，顿时亲热起来，正聊得投入，年幼的儿子阻止了他们。

孩子魔怔似的，对仲守福身上那个尿袋异常感兴趣，非要当玩具，不给就大哭大闹，亲妈干妈齐上阵，怎么哄也哄不住。尴尬之际，仲守福一把抱过孩子，放在膝上。说也奇怪，孩子一坐到他膝上，就破涕为笑，笑出两颗惹人喜爱的小虎牙，爱不释手地摸着尿袋。

仲守福也笑出两颗大虎牙，看来我们真是亲戚。

这是仲守福有生以来，第一次抱孩子，抱得笨手笨脚，抱得大巧若拙。大家都说他跟孩子有缘。仲守福已有五分醉意，说了一句40度的酒话："可惜孩子已经有了干爹，不然，我真想认他作干儿子，就怕你们看不上我看不起我。"

"大卵泡"连忙敬他一杯酒："这是什么话，你可以找一个老婆，当现成的爹。"仲守福眨了眨眼，满眼迷离："亲戚你别笑话我了，我这个样子，谁看得上我？""大卵泡"也眨了眨眼，眨得调皮："不怕她看不上你，就怕你看不上她。"

"这个世界上只有看不上我的人，哪有我看不上的人？"

"女方长得很丑很丑，不是一般的丑。"

"到底丑到何种地步？"

"很丑很丑，丑跌倒。"

"有没有照片？"

"没有。"

"骗我吧？你肯定有。"

"真没有，有也别看，看了你就什么想法都没有了。"

"不至于吧？"

"还是直接看活人吧，想不想看？"

"想，当然想。"

又穷又丑的亲戚

"大卵泡"口中那个很丑很丑、丑跌倒的女人叫秀米。秀米这个名字有多好听，人就有多难看。

秀米是尚水晶的亲戚，尚水晶嫁给"大卵泡"之后，秀米自然成了他的亲戚。"穷在闹市无人问，富在深山有远亲。"秀米穷且益丑，又住在深山，有人理也不方便理。尚水晶和"大卵泡"就没理她，不是不理，而是把她忘了，忘了怎么理？穷亲戚嘛，总是容易被遗忘。

之所以重新理上她，是因为有一天他们突然见面了。

那是"大卵泡"回上地没多久，有一天他正在村部前面的公路上做小工。一个满脸络腮胡长发过颈的男子，犹犹豫豫走到跟前，睁着右眼（左眼戴着黑眼罩）左看右看上看下看好几眼，才吞吞吐吐问道："你，你是先发叔吗？"

"大卵泡"抬起头，漠然看了他一眼，继续埋头干活。"大卵泡"嘴上不说话，心里犯嘀咕，这谁呀，从没见过，肯定不是上地或者下地人，听口音又不像外地人，看那穿着，好像从二十世纪七十年代穿越过来的。

男子又左看右看上看下看了"大卵泡"好几眼，继续吞吞吐吐问道："请问，你，你是先发叔吗？"

"大卵泡"不想理他，头也不抬。

男子很失望，喃喃自语道："难道我认错人了？估计是认错了，我记得先发叔会说话呀，说起话来特别好笑，耳朵也没聋，嗯，肯定是认错人了。他老早就出去打工了，这人不会是他，可是奇怪，这人怎么长得那么像他。"

男子犹豫着转身缓缓离去，"大卵泡"突然暴喝一声："老子没聋也没哑，老子就是柳先发，你是谁？"男子吓了一大跳："你真是先发叔？""大卵泡"用力点了点头。男子说："先发叔，真是你啊，太好了，我是德子啊。"

"大卵泡"迷茫地看着他，又不说话了。

德子递给他一根烟，帮他点上，"先发叔，你真认不出我了？我是秀米老公，秀米和婶婶水晶是姑姨表亲。""大卵泡"若有所思地"哦"了一声，"那到家里坐坐。"德子也不客气，跟他到家里坐了坐，看到拴在家里的水晶。

"婶婶你怎么了？"德子一连问了几句，尚水晶都不说话，两眼假眼般黯淡无光，愣愣地看着墙壁。墙壁上有只绿头苍蝇，爬上爬下，就是不起飞。

"婶婶她怎么了？"德子一连问了几声，"大卵泡"也不开口，大口大口地抽着烟，那张悲苦的脸若隐若现在烟雾中。一只狗在门槛徘徊，欲进欲不进，"大卵泡"猛一跺脚，狗吓得落荒而逃。

如坐针毡的德子坐了十来分钟，抹着眼泪走了。每抹一把眼泪，掌心就在眼罩上擦一把，很快擦湿了眼罩，好像无珠的左眼也在流泪。德子前脚走，"大卵泡"后脚回到工地，一把抱起两包水泥，来回走动五六十米，然后轻轻放下，把工友看呆了。工友问"大卵泡"怎么了，他不回答，继续干活，一副要把自己干死的样子。

德子那个村子，是上地最偏僻的一个自然村，叫稠岭，也叫愁岭。一条废旧电缆般扭曲的机耕道，将愁岭连接到十几里外的上地，连续晴上几天，可通过越野摩托和底盘极高、马力极大的农用车。坡陡如天梯、长似噩梦，夏天骑摩托，油箱旁边挂个水箱，牵根细皮管引水至发动机降温，以防发动机烧毁。雨天路面烂如腐尸，除了 11 号车（步行），什么车也动不了。

说是机耕道，其实夸大其词，只有机耕道一半宽，有些路段仅三分之一宽，略大于羊肠小道，相当于牛肠小道，比较平坦而已。所谓平坦，指的是路面没有太过坎坷的坎坎坷坷，没有太过凹凸的凹凹凸凸，也没有石阶和土阶，至少轮胎不至于被顶住卡住，可以滚动。

有些路段太陡，部分岩石路面太光滑，轮胎容易打滑，发动机嚎破嗓子、排气管冒出火星，还是上不去。除了水箱，车手还要配备一条防滑链，上坡时套在后轮上。车手腿要长，有些路段需要两脚撑地保持车身平衡，同时助力。一米六以下的人，腿太短触不到地面，不宜骑行愁岭。德子身高一米七五，是愁岭有史以来个头最高的人，也是骑行技术最好的人。

德子和"大卵泡"重逢之际，正是夏天，摩托车上就挂着一个可装五升水的塑料桶，爬上坡顶，一桶水所剩无几。载人的话，要两桶水。载人只能截孩子和瘦子，超过一百斤，刚买的新车也上不去。

上坡的时候，骑手上身前倾，胸部几乎贴到油箱，并非想与油箱亲密接触，而是坡太陡，不前倾，重心偏后容易导致摩托车失衡翻跟斗。下坡的时候，骑手上身后倾，握着车把的胳膊绷成直棍，只恨爹妈把胳膊生得太短，不后倾，重心向前容易导致摩托车栽跟斗。绝非夸张，有前车之鉴，两位骑手分别在上坡和下坡的时候，翻了和栽了跟斗，前者身亡后者重伤。

那以后，愁岭骑手上坡下坡都是这种姿势，个个成了骑林高手。载人的话，被载者务必与骑手高度配合姿势一致，否则更容易出车祸。如果载的是上了年纪的老人和年龄个位数的孩子，必须用一根绳子，将乘客与骑手腰身捆绑在一起，以防意外。

愁岭鼎盛时期有三十余户人家，如今只剩三户，全是贫困户。由于长期无人居住，许多房子荒废倒塌，房前屋后杂草丛生，有的院子里竟然长着胳膊粗的毛竹。那是依山而建的房子，旁边或者屋后就是竹林，竹鞭从地下钻进院子，若有人居住，春笋一冒头，即被主人连笋带鞭铲除；没人居住，春笋便肆无忌惮长成毛竹和竹林。

三户贫困里头，德子和秀米最年轻也最"富"，另外两户，一户老光棍一户老夫妻。他们之所以"富"，是因为德子有门抓石鳞（棘胸蛙）的手艺。

石鳞是冷血动物，好吃不好抓，昼伏夜出，藏身于深山老林溪涧中，与蛇为伍。有蛇处不一定有石鳞，有石鳞处往往有蛇，抓石鳞最容易被蛇咬。

德子是个半文盲，不傻也不笨，长得有点帅。二十五岁那年，德子干了一件蠢到猪窝的蠢事，失去一只耳朵和眼睛，从此破了相。出门时强盗般戴上一只黑色皮罩，罩上空空如也的左眼。为什么不戴墨镜？不是不戴，而是没法戴，他只有一只耳朵。

当年抓石鳞回来的路上，德子看到两只出生不久的小熊，可爱极了，砍了四根细竹拧成四根竹绳，两根捆一只，两手各拎一只，兴冲冲往回赶。

那个深秋的夜晚，德子在溪涧上下求索半夜一无所获，正准备回家，突起大雾，浓似棉花糖，拨都拨不开，随身携带的松光燃完也找不到路，在山上住了一晚。

天亮了，雾还是很大，视线不足两米，德子耐着性子等到太阳出来才动身，找了一个多小时才找到路，走了十来分钟，碰到两只小熊。这个路迷得值，两只小熊肯定比二十只石鳞值钱，肚子"咕咕"叫的德子，不觉得饿了，疲软的双腿也硬挺起来，走得呼呼生风。

没走多远，身后传来沉重的脚步和粗重的呼吸，回头一看，天啊，一头大狗熊正朝自己扑来，吓得他全身筛糠，脚好像钉在了地上，怎么也迈不开。狗熊弹跳着冲到他前面，直起身子，挥起左掌拍向他脑袋。德子下意识偏了一下脑袋，熊爪划过左脸，一阵剧痛和天旋地转，德子倒在地上晕死过去。

不知过了多久，德子醒来，睁开眼，哎呀，怎么只能睁开右眼，左眼怎么也睁不开，一摸，一手血糊，天啊，左眼没了，再一摸，左耳也没了，大熊小熊不见踪影。所幸除了左眼和左耳，其他部件都在，德子睁着一只眼睛，跌跌撞撞回到村里。狗熊以为德子死了，才没咬他，熊是不咬死人的。要是德子倒地还能动弹，狗熊非撕碎他不可。

伤好后，德子左眼窝像凹陷的乒乓球，左耳连根拔除，遗址都未留下，左脸有五道蚯蚓粗的疤痕。德子从此蓄起络腮胡和长发，以此掩盖伤疤。

家里好不容易给德子说上了亲，当年正月刚订的婚，计划来年正月结婚。出了这等惨事，没等他伤口愈合，女方急急忙忙退了亲。独子一夜之间变成"独眼龙"和"独耳朵"，很可能因此打一辈子光棍，父母两夜之间白头：出事那晚白了一半，退亲那晚全白。

二十年之后，德子才结上婚，妻子就是秀米，小他十五岁。一个迟迟找不到老婆，一个迟迟嫁不出去，一拍即合举案齐眉。

结婚前一年，母亲抑郁而终；结婚第三年，父亲放心而去。他们是不幸的，也是幸运的，如果迟走几年，就要白发人送黑发人。

这不是梦，这是真的

重逢之后，德子去了"大卵泡"家一次，就不去了。一是不想去，不想去是因为"大卵泡"的冷漠，不想看到拴着的尚水晶，看也白看，尚水晶根本认不出他；二是去不了，因为他去了另一个世界，那天晚上抓石鳞，不慎摔下悬崖。

德子的丧事，全靠"大卵泡"帮忙料理。举目无亲的秀米，见德子两天还不回家，预感他出了事，蒙着脸来找"大卵泡"。尽管德子口中的"大卵泡"和尚水晶那么冷漠那么可怜，秀米心头却泉涌起一股温暖亲切，仿佛游子有了失联多年的亲人的消息。这是秀米嫁到愁岭之后，第一次出村，走了两个多小时才走到上地。

"大卵泡"一听情况，就知道德子凶多吉少，把尚水晶托付给"佛顶珠"看管，雇了一个一起做小工的工友，赶往愁岭。找啊找，找了两天一夜，才找到德子的尸骨。悬崖太高了，会把脖子看酸。尸骨不是担架抬回来的，而是装在编织袋里扛回来的，那可真是粉身碎骨。皮肉内脏被动物啃得一干二净，只剩下骨头。

秀米抱着遗骨，哭得天昏地暗死去活来，边哭边嚎："没错，是德子，千真万确，我能嗅出他的气息，我可怜的德子，你死得好惨呀……"

"大卵泡"用板块钉了一副白棺材，把德子草草葬在屋后。德子家的房子本来就破，他这一死，好像更破了。

都说家徒四壁，德子家只有三壁，一壁（土墙）坍塌。他死的那天晚上，坍塌了一半的土墙全塌了。好在房子有两爿，坍塌的是左爿土墙，人睡在右爿，躲过一劫。墙往里坍塌，左爿房间半截埋在土里。

厅堂亦被波及，匍匐着一大堆黄土，好似一个坟包。两只老母鸡在上面趴窝，时不时抖抖身子，向后扒出一撮土来。右爿房间似乎受到惊吓，向后躲闪倾斜十几度，幸好被右边土墙荷住，否则极有可能全房覆没。

仲守福家危房虽然破败尚可修缮，秀米家危房就像一个多处骨折卧床不起的老人，不搬动还能苟延残喘，一搬动就散架了。要么不修坐以待毙，要么推倒重建。

尽管仲守福做好充分心理准备，还是被秀米的丑陋所震撼，丑得空前绝后天昏地暗！走进屋子的时候，一朵硕大厚实的乌云遮住屋顶，天真的暗了下来。

一同前往的白云翩忍不住轻声尖叫起来，好在反应快，为掩饰自己的无礼和尴尬，连忙说："不好意思，刚才有只虫子掉到脖子上。""大卵泡"密切配合，假装从她颈上拈下一只虫子，扔在地上踩了又踩、踏了又踏，轻描淡写道："一只好客的小蜘蛛，不要大惊小怪。"白云翩迅速恢复平静。

那张脸实在恐怖，眼睛一大一小、一圆一扁、一亮一暗、一上一下。大眼即左眼长在上面，小眼即右眼长在下面。左眼长在正常位置，右眼随右脸垮塌，隐藏在褶皱里，乍一看像头歪鼻象。

秀米有多丑，女儿就有多美，安静得像块美玉，眼神猫咪般无辜羔羊般纯净。她在镇上读初中，刚上初二，寄宿，考试动辄满分。德子死后，学校把她的住宿和生活费全免了。她无声而又勤快地端茶送水，除了仲守福，大家把目光集中到她身上，把微笑送给她，都不说话。能说会道的"大卵泡"开过开场白，也不说话，不知为何，路上想好的满肚子好话，消化不良似的淤积在肚子里，吐不出来。

场面有些尴尬。

坐着低头不语的仲守福突然站起来，目光炯炯望着秀米："我说那个。你的男人摔死了。我的父亲炸死了。你长得不好看。我长得也不咋样。我们都是苦命人，你要是不嫌弃我，我们就一起搭伙过日子。我保证对你好，也保证对你女儿好。"

秀米先用左眼默默看了仲守福一眼，然后右手捧起右脸，剥豆荚般剥出右眼，默默看了仲守福一眼，眼里隐隐有泪："既然守福大哥不嫌弃，我还有什么好说的。"

"大卵泡"很感动。白云翩更感动。静止不动的乌云似乎也感动了，呼的一下飘走，阳光异常明媚。"大卵泡"也恢复了口才："有缘千里来相会，无缘对面不相识，夫妻一条心黄土变成金，情人眼里出西施……"

白云翩笑着打断"大卵泡"："先发哥，你这是说媒还是喊口号？""大卵泡"笑道："我说的都是真心祝福的话。"白云翩摆摆手，示意他别说话，走到秀米女儿跟前，捧起她的手，"你叫什么名字，能告诉阿姨吗？"她一点不扭捏，大大方方道："罗彩云，彩色的彩、白云的云。"

"这个名字真好。彩云，我名字里也有一个云字，白云的云，而且我的名字就叫白云翩。"

"那我叫你白云阿姨可以吗？"

"可以，当然可以，非常高兴你这么叫我。"

"白云阿姨！"

"哎！"

"彩云，你愿意跟妈妈一起到仲叔叔家吗？他那个地方交通方便，离镇上也近。你的成绩那么好，将来一定能够考上大学，到时白云阿姨会帮助你的。"

"愿意，只要妈妈愿意，我就愿意，她到哪里我就到哪里。谢谢白云阿姨。"

罗彩云说罢，轻轻抽出被白云翩握着的手，偎进母亲怀里。秀米右脸耷拉在她头上，右眼淌下清澈泪滴。白云翩亦泪流满面，很久没有这么悲伤感动了。"大卵泡"点燃一支烟，大口吸着，烟雾遮住脸和眼。仲守福孩子般握拳抹泪，抹湿了手背，泪水渗过指缝，洇湿了掌心。

罗彩云热爱阅读，尤其喜欢童话。在她简陋的房间，最引人注目的，是一摞整洁的童书。当白云翩把一大包《哈利·波特》《哈克贝利·费恩历险记》《尼尔斯骑鹅旅行记》等童话名作送给罗彩云时，她那贪婪欣喜的表情，让白云翮想起了高尔基的名言——我扑在书上，就像饥饿的人扑在面包上一样。

罗彩云不仅喜欢阅读，还有写作天赋，想象力丰富，语言清新独特，作文经常被作为范文。

在《我的家人》一文中，她这样写道——

我的妈妈在别人眼里，是世上最丑陋最难看的女人，在我眼里却是世上最美丽最好看的女人。她的两只眼睛一只管地一只管天。管地的那只看着我学会了走、学会了跑；管天的那只看着我一天天长大长高。妈妈说："她最难过的事，就是有一天不能天天看到我。"因为我离开她走远了，管不到了。妈妈又说："她最高兴的事，就是有一天不能天天看到我。"因为我离开她高飞了，有出息了。

妈妈生我的时候难产，差点死掉。我听爸爸说，当医生告诉他们，要做好保小孩还是保大人、大人小孩只能保一人的心理准备时，妈妈大叫起来，当然是保小孩，我长得这么丑，死掉算了。妈妈呀，您怎么这么狠心，让我做个没妈的孩子呢。幸好老天爷保佑，让我们母女平安，都活了下来。妈妈呀，您是世上最漂亮、最伟大的母亲……

我的亲生爸爸死了。现在这个爸爸是我后来的爸爸，他像亲生爸爸一样对我好，也像亲生爸爸对我妈妈一样好。后来的爸爸个子不高，但是在我和妈妈眼里，他却很高大。他很少对我们发脾气，实在忍不住的时候，就对鹅发，拿鸡毛掸子去打鹅，可他腿不好追不上，加上胖，动作像企鹅一样，常常把我笑得辫子都散了。我一笑，他就不生气了，说我是治他生气的灵丹妙药。

后爸爸是个善良的人，即使追上了鹅，也不真打，鸡毛掸子举得很高很高，落下来却很轻很轻。他说鹅是他的朋友，实在舍不得打，要不是要赚钱养家糊口，也舍不得卖，像养人一直那么养着，给鹅养老送终。

有一次，他对我说："一个穷人，不该像他这么胖。"我对他说："我们已经不穷了啊，有那么多好人帮助我们。"他连忙说："对对对，我们已经穷过了，以后不会再穷了。以前我是穷胖子，现在我是富胖子。"那以后，他再也没有说过穷之类的话。

我没有见过亲奶奶，这个奶奶是后来的奶奶。她经常对我说："小孩子不是父母亲生了他们才亲。而是因为养了和带了他们才亲。可是奇怪得很，我既没有养你也没有带你，一见面就觉得很亲，这是前世修来的缘分吧。"我听不太懂她的话，不过我一见她也觉得她很亲。她不叫我名字，而是叫我"小菩萨"，叫得我心里痒痒的。

妈妈说，她活了半辈子，觉得自己做人跟做梦一般，做的大多是噩梦，长得丑陋是噩梦，嫁给爸爸好不容易做上了美梦，没做几年，又做上了噩梦。因为爸爸死了。爸爸死了，妈妈又开始做噩梦了，她以为这辈子再也做不上美梦了，所以嫁给新爸爸以后，她老是担心这个美梦做不久，都有点神经质了。

她每次这么说的时候，我就用力掐她一下，她就喊痛，然后我就告诉她，这不是梦，这是真的，多掐几次，她就正常了，不再神经质了，妈妈在我眼里也越来越好看了。

白云翩做了一个梦

　　白云翩梦见田里的虾儿多如蝼蚁，双手一掬，活蹦乱跳满满一把，米一样。掬啊掬，很快掬满一箩筐，又掬满一箩筐，想挑回家，太沉，怎么也挑不动，找家人帮忙，都不理她。正着急着，虾儿排成一队，蚂蚁行军般浩浩荡荡涌向家里。她连忙升火，舀水进锅——锅很大，可以装四五十斤的水。锅刚烧热，虾儿便前赴后继跳进锅里，瞬间爆红，发出毕毕剥剥的响声，升起东倒西歪的香气。

　　然后白云翩就被香气熏醒了。

　　上地水系发达支流密布，有田的地方必有水流，有水流的地方必有鱼虾，随波逐流过程中，鱼走鱼的阳关道入河入江，虾走虾的独木桥误入稻田不知归路。农药化肥泛滥之前，稻田微生物丰富，黄鳝、泥鳅、田螺等邻居虽然强大，却不恃强凌弱你死我活，几乎没有天敌，非常适合小虾安居乐业，不像江河、湖泊、海洋，大鱼吃小鱼、小鱼吃虾米，虾身安全没有保障。

　　稻子抽穗后，水位不断降低，田鲜从田里转移到沟里。稻谷变黄后，田水和沟水彻底排干，俗称放禾水，不再宜居。天下没有不散的筵席，睦邻友好了半年的田鲜们，依依惜别，黄鳝泥鳅钻进泥里，田螺不知所终，小虾随着禾水游进溪河，期待来年或者来生相见。

　　乡人称稻田里的虾为稻花虾，味道异常鲜美。

白云翩回味许久，叫醒柳耕笙："我想养稻花虾。"迷迷糊糊的柳耕笙嘟嘟囔囔道："深更半夜的，发什么神经？"白云翩将半醒半梦的他彻底弄醒："不是神经发作，是创业细胞再次发作，我觉得稻花虾养殖成功的话，肯定不缺市场。你小时候又不是没吃过，那个好吃！"

"养在塘里还是河里？"

"既不养在塘里，也不养在河里，稻花虾嘛，顾名思义，养在稻田里。"

"我只听说过稻田里养稻花鱼，没听说过养稻花虾，闻所未闻。"

"我突然想起一件事，非常有趣的事。"

"先别吹，如果我听了睡意全消，才谈得上有趣，快说吧，趁我睡着之前。"

"听好了。刚上初中那年，那天上语文课，老师讲到鱼米之乡，我突然被蜇了一下似的，之前我听到这个词，没有任何感受，那天奇怪了，感受特别强烈，猛地站了起来，大声问老师，虾洋是鱼米之乡吗？语文老师说，那还用说，当然是，你不是经常吃鱼，天天吃米饭吗？我接着问了第二个问题，既然是鱼米之乡，那为什么我们田里只有稻子没有鱼？语文老师愣了一下说，鱼在河里嘛，田里怎么会有鱼，田里只有田螺、泥鳅和黄鳝。我又说，田里虽然没有鱼，但是有虾，还很多。如果是这样的话，虾洋不仅可以叫鱼米之乡，还可以叫螺米之乡、鳅米之乡、鳝米之乡、虾米之乡。虾洋嘛，叫虾米之乡最贴切，比鱼米之乡更贴切。同学们哄堂大笑起来。语文老师生气了，朝我扔来一颗粉笔头。他最爱扔粉笔头，又狠又准，正好扔在我额头上，痛得我差点掉下眼泪。他训斥道，你一个女生，怎么这么爱钻牛角尖。这个老师真有意思，重男轻女思想非常严重，难道钻牛角尖是男生的专利？"

"遗憾啊遗憾，可惜我不跟你同班，错过当年这场精彩问答。白文艺青年，老实告诉我，这件趣事是不是你杜撰的？"

"你觉得我的才思已经到了如此敏捷的地步吗？"

"嗯，你倒是谦虚。谦虚好，谦虚使人进步，难怪你的才思越来越敏捷。"

"你不要岔开话题，到底养不养？"

"要不要先做个市场调查？"

"不用，先养几亩试试，行就继续，不行再说。行的话，还可延伸养殖稻花鳝、稻花螺、稻花泥鳅。"

"这些水生动物田里本来就有，冠以稻花之名，有张冠李戴之嫌。依我看，还是养稻花鱼合适，稻花鱼养好了，黄鳝、田螺、泥鳅、虾自然少不了。只要水质好，它们就能自然繁衍生生不息，过去生态好，田里不就很多吗。当然，你非要养殖，我也不反对，妇唱夫随嘛。"

"柳总，高见啊高见，听你的，夫唱妇随！"

"岂敢岂敢，我历来是妇唱夫随，只不过这回稍微改了改调门，主旋律不变。"

说干就干。

经过请教，他们选择了二十亩靠近源头的稻田，源头之上是植被良好的山林，没有人家也没有田地，没有任何污染。溢自山体岩层的泉水纯净甘甜，几乎就是矿泉水。好山出好水，好水养好鱼，好水最宜稻花鱼。当然，正如空气再好，人光靠呼吸活不了，水质再好，鱼光喝水也长不大，还要吃稻花、虫子和微生物，那才是它们的营养大餐。

农场大部分水稻使用化肥农药，但尽量少用，严格控制在国家标准之内，完全不用不可能也不现实，长势不佳产量不高。水稻无法像果树那样以虫治虫，但可以通过杀虫灯杀虫。杀虫灯是太阳能的，晴天好用，阴雨天效果不理想，有些昆虫畏光，不会自动飞蛾扑火，还得辅以农药。

稻田里的水生动物，虽然没有过去那么多，但已三三两两出现，倘若农药化肥超量超标，肯定难觅踪影。

养稻花鱼的田，绝不能使用农药化肥，更不能使用除草剂，也不必锄禾日当午。热闹的马路不长草，热闹的稻田也不容易长草。成千上万时刻田径运动着的稻花鱼是最好的"清草夫"。稻花是稻花鱼的第一食物，虫子和微生物是稻花鱼的第二食物。农药一喷、化肥一施，虫子和微生物死光光，无虫和微生物可食的稻花鱼，光靠稻花解决不了温饱，势必沦为饥鱼，养不大。养不大损失不算太大，中毒死翘翘那才惨重。

黑稻和红稻是农场种植的纯有机稻，坚持不使用化肥农药，适宜养殖稻花鱼，但是当初稻田没有选在源头，上游和周边非有机稻田里流入的水不够纯净，会影响稻花鱼生长。养殖获得成功后，他们把靠近源头的稻田全部用来种植黑稻红稻和养殖稻花鱼，获得意想不到的效果，不仅稻谷产量有所增加，稻花鱼品味也更胜一筹。

为保持地力，也为保持稻田的"纯洁性"，养殖稻花鱼的稻田只种一季稻子，收割之后不再种植其他农作物。开春之后，他们把紫云英种子撒进田里。到了四五月份，紫云英遍田开花，花香沁人心脾，花朵招蜂引蝶。而后连根翻起埋进泥里，紫云英沤成天然有机肥。

沤肥过程中，水里产生很多微生物。鱼苗投放后，田里再养上红萍，有荤有素，荤素搭配，鱼儿生活水平就小康了。

红萍是成片生长在水田或池塘的小型浮水植物，幼时呈绿色，生长迅速。叶内含有很多花青素，群体呈现一片红色，所以又叫满田红。"满田红"常与蓝藻中的项圈藻（鱼腥藻）共生。项圈藻能固定大气中的氮气。田里如果养了红萍，项圈藻便自然而生，反之亦然。它们既是水稻的优良绿肥，又是鱼类和禽畜（鸭子、鹅、猪）的饲料，尤其适合稻花鱼胃口。

如此丰富的营养大餐，稻花鱼吃了却不长个头，精心养殖三四个月，才二三两重，越养数量越少，品相也不好，面黄肌瘦骨感少肉，好像得了痨病。

白云翩迷茫而又失望，试探柳耕笙，要不算了吧，还是一心一意种稻子。柳耕笙哂笑道："一点挫折就放弃，这可不是白总的风格啊。这回我可不打算妇唱夫随，非要养成功不可。"白云翩赶紧说："那就夫唱妇随，我听你的。"

柳耕笙跑了多家科研院所，引进了一种比较特别的鱼——福瑞鲤。

福瑞鲤是跳高健将，嗜好稻花、稻谷。就像人类酒足饭饱之前或者之后，还要喝点茶、吃点水果开胃或者消食，福瑞鲤花足谷饱之前或者之后，也要吃点虫子开胃或者消食，纷纷弹动身子撞击稻秆，把上面的虫子震落到水里，变成自己的美食。监控画面里，无数鱼儿张着小嘴，弹动着身子争食虫子的情形，是最具诗情画意的动漫，会把人看醉。

引进福瑞鲤的同时，田里的稻子换成黑稻和红稻，意外发现长势和产量好于和高于从前，福瑞鲤长势同样良好，稻鱼相得益彰。然而问题很快又出现了，随着乡村环境的改善，白鹭越来越多。白鹭越来越多，意味着田里的生物和动物越来越多，稻田是它们的食堂。田里有了鱼，白鹭光顾更加频繁。

之前养的那种稻花鱼，品种不佳耗氧量大，养殖密度不高，加上白鹭偷窃，产量产能双低。福瑞鲤品种优良耗氧量小，养殖密度高，产量产能双高，白鹭偷窃的成功概率大大提高。原来养殖密度不大，白鹭十有六七叼空；现在养殖密度大，十有六七叼中。

最可恨的是，把鱼叼起吞进肚子也就罢了，有些鱼个头较大拼死顽抗，白鹭叼不走，或者一叼起又掉入田里，叼不走和叼起又掉落的鱼儿，非死即伤。死掉的鱼儿，不及时清理很快腐烂，影响其他鱼儿的健康；受伤的鱼儿，容易感染而死，并传染其他鱼儿。

白鹭是国家保护动物，恨得牙根发痒却不能捕杀，只能驱赶和吓唬。驱赶哪有那么多人力和精力？柳耕笙就扎稻草人，非但不起作用，反而成了白鹭的落脚点，助纣为虐。白鹭站在稻草人头上胳膊上，瞅准了俯冲而下，比在空中俯冲而下效率更高。有的白鹭，叼起鱼并不飞走，空中盘旋一周，再次降落在稻草人身上，享受完大餐屁股一翘，射出一泡白屎，这才蹁跹而去。

柳耕笙心生一计，把光碟吊在竹竿上，晴天太阳照在上面闪闪发光，风一吹，光碟随风转动，光线随之转动，开始有一定效果，但是很快被白鹭藐视，当作玩具啄得裂痕斑斑，甚至四分五裂。

白鹭在河里之所以难以叼到鱼，一是鱼不多；二是水深，不深的水也是流动的，随波逐流的鱼儿游速极快；三是水域宽广，方便逃跑。一丘稻田就那么大，鱼多水浅，水波不兴，且有稻子阻隔，鱼儿速度有限，逃跑范围有限，白鹭叼起鱼来自然轻松许多。柳耕笙心想，如果在稻田四周挖一圈水沟，蓄上水，鱼儿遇到危险，本能蹿进水沟里，白鹭只能望沟兴叹。

这一招非常管用，水沟可蓄六十厘米深的水，鱼儿有了藏身之处，不觅食的时候待在水沟，觅食的时候游到稻田里，被白鹭叼食的概率大大减少。

可是到了收获季节，收获依然不多。难道鱼儿长翅膀飞走了？不可能呀，鱼儿飞走的唯一途径，就是被白鹭叼到嘴上吞进肚里。柳耕笙百思不得其解。

直到放干禾水割完稻子，才发现鱼儿是从田埂上打洞逃走的。鱼不会飞毫无争议，鱼会打洞亦无可争议，田埂长期被水浸泡，土质松软，福瑞鲤又是运动健将，脑袋多拱上几拱，就拱出洞来。

亡鱼补洞为时未晚。在仲生地和"大卵泡"的帮助下，把原来二十厘米宽的田埂，加宽到了六十厘米，填充石块抹上水泥。这么一来，即便拱得"头破血流"，鱼儿也难逃"生天"。

解决了上个问题，下个问题接踵而至。天气炎热水温升高之际，鱼儿纷纷涌进水沟"歇凉"和"吸氧"，一时间交通堵塞鱼满为患。鲤鱼是跳高健将，福瑞鲤是健将中的健将，健将中的健将里头，还有顶尖高手，这些顶尖高手竟然跳进两三米外的小溪逃之夭夭。

此外，水沟排水管道太小，稍一下大雨，田里的水就漫进沟里再漫进小溪，鱼儿不用跳，便随波逐流到溪里。于是进一步加宽加高水沟，蓄水深度由六十厘米增高到一米，同时更换大口径排水管（出口有滤网，只排水不排鱼）。

所有问题迎刃而解，白鹭知难而退，鱼儿奋发生长，体丰型腴肥美多肉。

正如柳耕笙所言，水质改善了，稻花鱼养好了，黄鳝、泥鳅、田螺、虾自然多了起来，不请自来不养自生。

你看那田螺，大多形单影只匍匐着，少数叠加或者抱团、并排或者碰头唇吻，毫无疑问是情侣。还有吸奶般吸附在稻子根部的，有的甚至脱离水面，蜗牛般爬上稻秆。

你看那泥鳅，有的悬浮静止不动，有的闪电般穿梭。从静止不动到动如闪电，加速以微秒计，几乎不用过渡，性能再好的汽车也望尘莫及；从动如闪电到静止不动，刹车亦以微秒计，没有任何惯性，一刹即停，一停即止，性能再好的汽车同样无可比拟。

你看那黄鳝，呵呵，黄鳝很难看到，并非绝迹，而是隐居土里或者洞中，小隐隐于土、大隐隐于洞。田螺其实也是隐者，只不过没有黄鳝隐得那么深沉扎实。田螺惧光怕雨，白天和下雨时潜伏，饕餮泥里的微生物，夕阳西下光线暗弱之际，拱出泥面透风乘凉，顺便零食浮游植物和幼嫩水生植物，所谓"太阳落山，田螺摆摊"。

如果你是个近视眼，那么贴近一点，再贴近一点，会发现许多蛆虫大的小虾，看上去畏畏缩缩探腿探脚，却颇具大将风度，任由鱼儿和泥鳅兴风作浪，我自胜似闲庭信步。

那就是稻花虾，和白云翩梦见的一模一样。

田里都是鱼

稻浪翻滚，稻花芬芳。成千上万的蜜蜂匍匐稻花之上，贪婪地采着蜜，由于太过专注和投入，有些成了稻花鱼的美食。

"稻花香里说丰年"的时候，不仅"听取蛙声一片"，还听取蜂声一片，也听取鱼声一片。蛙会跳又会叫，是摇滚歌手，节奏露珠般跌落叶片；鱼不会叫会跳，跃出水面的扑哧声，有如婴儿戏水，天籁也；蜂会飞不会叫，用翅膀演奏，空气里充满了音符。

最美是鱼声，醉美是金秋。

稻子黄了，鱼儿肥了，企业、学校、社团、游客纷纷组团前来抓鱼，游子也被诱引回来一解乡愁一驱馋虫，寂静的上地一时间车水马龙、人声鼎沸。最高兴的不是孩子而是老人，枯寂的心久旱逢甘露，缺牙的嘴似乎笑出了新牙。

放干田里的水，鱼儿奋拥水沟，那可真是稻田水呀鱼打鱼。穿得花花绿绿的男女老少，争先恐后跳进沟里浑水摸鱼。鱼实在多，多得缠脚，有的还摸到田螺、泥鳅、黄鳝，个别摸到水蛇，发出高分贝惊叫，连滚带爬上岸。水蛇不咬人，咬了也无妨，无毒。

有些人带了捞具，不仅捞起田螺、泥鳅、黄鳝，还捞起虾，羡煞旁人。

最最热闹、最最醉人的，是丰收节那天。

国庆前夕，柳耕笙得到确切消息，县里拟举办首届农民丰收节。美酒都怕巷子深，稻花鱼品质虽然好味道虽佳，却是"新生事物"，想要打开市场，必须宣传，怎么宣传，柳耕笙不得要领。听说县里拟举办丰收节，柳耕笙心头一亮：宣传的好时机到了。

柳耕笙找到县领导，希望首届丰收节放在云耕者农场举行。县里已经拟定三个备选对象，其中有云耕者农场，正举棋不定，见柳耕笙主动找上门来，还出资二十万元作为举办经费，于是当场拍板。

柳耕笙将稻花鱼节嵌入丰收节，精心策划了抓鱼、割稻、挞谷、锯木、劈柴等竞赛活动。抓鱼最受欢迎，抓到的鱼，无论多少，仅以市场半价出售给选手，获得名次的，还有奖金和奖品。

割稻必须人工，参赛选手基本是老手。禾刀半尺来长一指多宽，刀口布满锯齿，非常锋利，四体不勤没有割稻经验的人，一不小心就割到手指，血染稻田。老手割稻，节奏感极强：屁股一撅一撅、腰一晃一晃，左手抓住禾秆，右手禾刀顺势往禾蔸上一割，"唰"的一刀两断，整个过程干净利落，行云流水一般。伴随清脆悦耳的"唰唰"声，选手身后齐崭崭码着一摞摞稻子。

割断的稻子不能乱扔，必须一把把交叉整齐码好，每把大小以双手握拢为准，以便挞谷。大了，握不牢，谷子尚未挞下，稻秆已经脱手而出；小了，等于一把可挞完的稻子分两次挞，相当于一口饭分两口吃、一步路分成两步走，效率降低。

挞谷就是给稻穗脱粒，工具是禾斗。禾斗杉木制成，长方框形，宽一米、长两米、高八十厘米。双手紧握禾蔸，奋力向内壁甩打稻穗，三下五下，谷粒应声全部脱落。两人平行各站一角，一个禾斗可供两人同时挞谷。对面两角插着一块半人高、篾席围成的"屏风"，防止谷子迸出斗外。

稻秆稻穗撞击禾斗的"砰砰"响声，战鼓般撞击着心房，激荡出阵阵回响。选手们你追我赶，规定时间完成割稻、挞谷和洗谷（捡出禾斗谷子里的稻草），然后称重，按重量多少分出名次。

"大卵泡"和"佛顶珠"，以绝对优势获得冠亚军。

丰收的喜悦在于粮鱼满仓（舱），也在于吃新吃鲜。大祠堂流水席一摆二十桌，主食是米饭糍粑，主菜是各种做法的稻花鱼、稻花虾、稻花螺、稻花鳝、稻花泥鳅，搭配各种时令蔬菜，简直就是田鲜的满汉全席。

米"吃新"，鱼"吃鲜"，一个胖墩墩的儿童打着圆滚滚的喷嚏，大叫"太好吃了，太新鲜了，牙齿都要被鲜掉了"；一个身材苗条的少妇打着结实的饱嗝，高喊"我已经吃了三碗饭，还想吃一碗。天啊，我怎么这么能吃，一天就吃胖了"。

饭香弥漫，鱼香氤氲，整个上地好似沸腾的火锅，人们打着香喷喷的喷嚏和气昂昂的饱嗝，家禽牲畜乃至鸟儿也受到感染，香得六神无主晕头转向。丰收喜悦像一壶老酒，醉了人、醉了天、醉了地、醉了万物。

丰收节暨稻花鱼节结束不久，农场迎来一位神秘的客人，自称从微信和抖音上看到他们的稻花鱼，听闻味道如何如何好，百闻不如一吃，特地专程前来品尝。土芬拿出看家本领，又是红烧又是清蒸，又是熏烤又是油炸，盛情款待。吃过鱼，客人没说什么，几天之后却跟农场签下大订单。

柳耕笙这才知道，此人在福建各地经营着几十家连锁餐厅，经常奔走各地找寻各种天然地道食材，人称"食探"。稻花鱼很快供不应求，老客户"土肥圆"都得提前预订。稻子只种一茬，稻花鱼只养一茬，好不容易打开的市场，很快断了档。

为了保持地力和土地的"纯洁性"，也为了保持纯有机稻的"有机性"，稻子柳耕笙坚持种一季，稻花鱼可不可以多养几茬呢？多养一茬意味着更多的鱼粪，好动的鱼儿蚯蚓一样松着土，对稻田只有好处没有坏处。问题是，稻子收割完了，田里空空如也，没有吃的，如果喂饲料，那就不是稻花鱼而是饲料鱼，必然砸掉刚刚创建起来的品牌。

饲料绝对不能喂，米糠可不可以？米糖含有丰富的维生素B族，过去的土猪土鸭土鸡为什么有肉味？因为它们是吃糠或者掺了米糠的食物长大的。云耕者农场的米糠，是纯有机稻和准有机稻加工出来的，营养更加丰富，比稻花红藻丰富得多。

实践出真知，柳耕笙决定试一试。十一月投下的鱼苗，果然爱吃米糠，但是随着天气转冷，鱼儿躲到水底"取暖"，不爱动，米糠也爱吃不吃。经过认真观察，柳耕笙发现每天下午两三点钟的时候，鱼儿会趁着水温升高出来活动。柳耕笙改在这个时间节点投喂米糠，鱼儿果然争先恐后大吃特吃。

三个月后，鱼该上市了，由于冬天水冰，鱼要消耗能量抵御寒冷，个头普遍偏小，体重不到三两，试养失败。次年再试时，柳耕笙灵机一动，留下一部分稻子不收割，给鱼吃。稻草似乎起到"保温"作用，鱼儿又变得活跃起来，胃口大开。

三个月后，鱼儿体重大都达到四两，很理想。农场赶在春节前夕捕捞上市，销售一空，价格高过夏季稻花鱼。冬季稻花鱼虽然没有吃上稻花虫子，但吃上了稻子和米糠，品味不输夏季稻花鱼。

冬季养殖获得成功，柳耕笙又试验春季养殖，同样获得成功。

柳耕笙通过不断试验，一年养出三茬稻花鱼：七月上旬投放第一批鱼苗，十一月上旬同水稻一起收获第一茬；十一月中旬投放第二批鱼苗，次年二月中旬收获第二茬；二月底投放第三批鱼苗，插秧前收获第三茬。

凭借一茬稻三茬鱼，云耕者农场实现了"一地两用、一水四收"的生态种养模式，随后扩展和复制到下地、富家地、舌头坪、稠岭等分场。

丰收节举办仪式上，白云翩文艺细胞再次发作，朗诵了一首名为《忆想稻花鱼》的诗，原作者是王久辛，她稍微做了一点点改动。

上地山区的稻花儿鱼
是稻花儿的香
喂养的精灵……

一半儿
被风雨打落的稻花
先在水田的浸泡中盛开
像早晨少女睁开的睡眼
而后以招蜂惹蝶的方式
引来无数的鱼儿来争食
像争夺绣球的英俊少年
那无色透明的芳香
以暗物质的方式进入水中
进入鱼鳃鱼腹
并化成了鱼的血肉
仿佛无尽的营养滋育着大地

一切都是悄无声息
一切都是自然的天籁
恰似和鱼儿们一起
呼吸的鱼虫
撒欢地游弋逡巡于稻丛之中……

芬芳的稻花是洁白的
裹着的花蕊更是鲜黄若金

那喷发的馨香

不仅似阳光一束束地飞射

更像国色天香的牡丹

艳入人心香魂弥漫

那弥漫在水中的芬芳

在鱼的眼睛里

——我猜

应该也是醉人的

鱼儿们吐纳着

香甜新鲜的芬芳之水

消化着稻花的花瓣儿

裹着的嫩黄嫩黄的花蕊

没有一丝儿一丝丝儿的杂质

纯粹的爱

喷吐纯粹的情

纯粹的爱情

喷吐出的嫩黄清鲜

一粒粒儿的美食

喂养着一尾尾的小鱼儿

来到了篝火前

火苗儿舔着一串串的小鱼

烤熟的小鱼更散发出

诱人的醇香

——吃稻花鱼啰

把月亮公公都谗出了口水

撒了一片银色的蛙唱

和不肯去睡的鸣蝉……

嗯，上地山区的稻花儿鱼

是稻花儿的香

喂养的精灵……

很多人听不懂，也有人听懂了——包括地芳在内、应邀参加的书田读书会全体成员，他们的掌声，挞谷般热烈。

被鱼扇了一个耳光

绿油油的稻田里，游鱼如织，白云翮光着脚在田里追鱼捉鱼，使出浑身解数，浑身沾满泥浆却两手空空。突然，一条四指宽的金鲤，猛地一个鱼跃，尾巴狠狠扇了她一个耳光，把她扇醒了。白云翮摸了摸脸颊，烫烫的，嗅了嗅手指，鱼腥若有若无，真被扇过似的。

白云翮叫醒柳耕笙："老公，我的梦想实现了，上地真的成了鱼米之乡，每丘田里都是鱼的鱼米之乡。"柳耕笙假装不悦："上帝啊，你以后做了美梦别老是叫醒我、打断我，我也正做着美梦呢，你赔不起的。"

"真的吗，你做了什么美梦？"

"跟你一样，又不一样。"

"一样的是什么，不一样的又是什么？快说来听听。"

"一样的是梦见的都是金鲤鱼。不一样的是，你被它扇了一耳光，我骑着它跳跃龙门。"

"不得了不得了，恭喜恭喜，你的梦做得比我有档次。"

"只要心心相印，梦虽然有所不同，也是同床共梦。"

白云翩伸出胳膊，螃蟹般紧紧抱住柳耕笙。柳耕笙喘气道："别抱太紧，我快喘不过气了。"白云翩反而抱得更紧，咬着他的耳朵说："我要把我的心印在你的心上。"说着，又抱紧了一点，紧得不能再紧，然后迅速松开，笑道："已经印上了。"柳耕笙皱眉道："难道以前没印上吗？"白云翩亲了他一口："当然印上了，我只是想再印一下，反正又印不坏。"

柳耕笙梦中骑着鲤鱼跳龙门，是有现实依据的。前不久，经过严格考核和筛选，柳耕笙入选八闽大地"大地之子"，为农场发展带来新机遇，就影响和成就而言，相当于鲤鱼跳龙门。

"大地之子"是由政府机构和实力雄厚的财团慈善基金会联合发起的乡村发展带头人支持计划，致力于通过挖掘有公心、有领导力、有行动力的乡村发展带头人，并为之提供持续三年的资金支持、村庄诊断、能力建设、资源链接、跨界合作等多样化支持，进而推动乡村可持续发展，助力乡村振兴战略实施。

报名参选时，夫妻之间有过这样一场对话。

白云翩："既然是大地之子，应当由你参评才名正言顺。"

柳耕笙："何出此言？"

白云翩："子嘛，当然是男的。"

柳耕笙："哈哈，没想到堂堂大学生，著名企业家，全国巾帼建功标兵，居然如此封建，不可思议，不可思议啊。"

白云翩："这可不是封建，是尊重，柳总回乡并肩创业以来，农场发展迅猛，功不可没，大地之子非你莫属，我心甘情愿夫唱妇随。"

柳耕笙："娘子是红花，相公我是绿叶，绿叶衬红花，我真心实意甘当绿叶妇唱夫随。再说了，你无论名气还是影响，都比我大得多，你参选入选可能性更大，这叫名人效应。"

白云翮："你后来居上，名气和影响比我更大，你如果入选，更有利于农场的长远发展，男子汉大丈夫，别婆婆妈妈的。"

"娘子既然如此贤达，那相公我就恭敬不如从命了。"

柳耕笙顺利入选。

成为"大地之子"之后，云耕者农场受到更多关注，获得更多支持和资源，很快与著名大型超市集团"一村一品"项目部签了订购合同，"云耕者"大米和稻花鱼，作为上地农产品品牌，进入该家超市多家门店销售，远销深圳上海。

农场发展跃上新高度，柳耕笙和白云翮的经营理念和思想境界也跃上新高度。

之前，农场占大股农户占小股，在耕稻田根据肥瘦和交通便利程度，每年每亩支付五十至一百公斤干谷或等价现金作为租金，抛荒稻田头三年免租金，三年后支付同等租金。入股农户除获得田租、赚取工资外，每年按股份享受红利，同时享受农场基础设施投资、生产资料提供、技术指导和产品包收统购等服务。之后，租金不变，但是股份比例倒转，农户占大股（70%）农场占小股（30%），将农户积极性激发到最高。

农户占小股期间，也有赚头，赚的只是小头，大头被农场赚去，农户感觉自己吃亏了，在种植和养殖管理上，不积极也不消极，不上心也不专心，反正不减产不亏本稍有赚头就行，有些人甚至想退掉股份。农场虽然赚了大头，由于总收入不高，大头其实不大，长此以往，势必恶性循环，大头小头都没得赚。

农户占大股以后，积极性芝麻开花般节节高，田间出现一点小问题，就像自家孩子感冒发高烧，火急火燎向农场技术员"求医问药"。用心加上虚心，同样一种"症状"，求了一次两次医问了一两次药，自己便成了医，能解决的问题尽量自己解决，不能解决的问题想方设法解决。无论农户还是技术员，越来越省心。

以往，同样一种"症状"，求了几次医问了几次药，还是不上道，下次依然来找技术员。农场没有专职技术员，由柳耕笙、白云翩、"佛顶珠"、"大卵泡"等骨干兼任，水平最高的柳耕笙、白云翩，要经常外出处理各种事务，再能干也分身乏术。不管是谁，不亲自到场处理，农户就干等，自己能解决也不解决，反正赚得不多损失也不大，能偷懒就偷懒。农场请来技术专家讲座培训，农户也爱来不来，来了也不认真听讲。

柳耕笙和白云翩得以抽身繁重烦琐的田间管理和技术服务，把时间和精力侧重在农场未来谋划上。表面上看，农户占大股、农场占小股，农场收益少了"损失"大了，实际上，随着合作模式的推广、养殖规模的不断扩大、入股农户越来越多蛋糕越做越大，从上地一个点到下地、富家地、愁岭，再到全县，形成了"1+N"的综合种养特色产业示范带，农场不仅赚得更多，也赚得更轻松。

稻花鳝、稻花螺、稻花虾、稻花泥鳅产量不大，被"土肥圆"包销。故香土菜馆最先开在镇里，白云翩回乡不久，开到县里，之后开到市里、省里，厦门也有连锁店。

不断做大做强的云耕者农场，带动故香土菜馆做大做强。

农场请客，大多放在镇里和县里的故香土菜馆。入选"大地之子"那天，柳耕笙夫妇在镇里的故香土菜馆请亲朋好友吃饭，定居县城的"土肥圆"得知，不仅亲自赶回祝贺，还亲自下厨做了两个拿手好菜。敬酒的时候，"土肥圆"一往情深道："白总，稻花鱼、稻花鳝、稻花螺、稻花虾、稻花泥鳅虽好，但是吃货们更加想念你的猪肉和猪肠子……"

白云翩打断他："肥总，我再次严正警告你，不是我的猪肉和猪肠子。""土肥圆"连忙道歉："不好意思，不是你的猪肉和猪肠子，是你养的猪的肉和肠子。还记得北京那个客人吗，他多次微信我，要我快递红烧猪肉，可我无肉可递啊。白总，还有柳总，你们要是搞一个养猪场，再搞一个冰鲜猪肉加工厂，市场一定差不了，而今最不缺的货就是吃货，吃货不缺钱就缺好肉……"

"土肥圆"的话，再次激起白云翩强烈的养猪念头，时过境迁，当然不是当初土作坊式的养猪，她要建造一个冬暖夏凉的现代化空调养猪场。白云翩曾到本市一家大型白羽肉鸡养殖公司参观，该公司是国际快餐巨头原料供应商，二百多座养鸡场的每一栋鸡舍，喂水、喂料、通风、消毒全部自动化，冬天烧天然气保温，夏天引泉水循环降温。鸡们住的是空调鸡舍，吃的是高蛋白饲料，喝的是深井泉水，养殖环境之好，现代化程度之高，深深震撼并折服了白云翩。

深受启发的白云翩，想建的就是类似鸡舍的猪舍。不过，她心目中的猪舍，要比鸡舍更先进更人性。一座鸡场十几栋鸡舍，每栋鸡舍差不多两节火车车厢长、四节火车车厢宽，密密麻麻挤着两三万只鸡，有如厚厚一层积雪。鸡舍全封闭，白天黑夜灯光照明，如果小鸡进场和大鸡出栏那天皆阴雨，意味着它们四十多天短暂鸡生从未见过阳光。白云翩的猪舍，每头猪的空间至少四平方米，舍顶是活动的，轿车天窗一样，电动控制，晴天打开屋顶，让猪们晒晒太阳，既补钙又消毒。除了猪草和自产米糠，不喂任何饲料。猪舍最洋、猪食最土，才能生长出味道最为鲜美的土猪肉。

鸡舍住房条件虽然优越，卫生却不容乐观，养殖期间，鸡粪随着鸡们的生长增多增厚，直到出栏才一次性清理消毒，然后续养下一批鸡。白云翮的猪舍，粪尿随时处理，处理起来抽水马桶般便捷，电脑控制。猪粪猪尿集中处理之后，通过管道引入稻田肥田。

至于冰鲜猪肉加工厂，之前没有想过，心里还没有蓝图，白云翮还要好好想一想。不过，有一点可以肯定，其现代化程度，肯定不亚于猪舍。

白云翮继而浮想联翩：也许有一天，上地、下地，乃至整个虾洋，将呈现清明上河图般的繁华与热闹，成为乡村里的城市，村里人不再浪奔浪流到城里，城里人反而潮起潮落入乡村……

上地骑来一个"大师兄"

仲夏之夜，白云翮喜欢独自在村口凉亭歇凉，凉亭离她家不到三百米。凉亭旁边就是稻田。仲夏的稻子，茎茁秆壮风姿绰约。仲夏的田野，歌吟动地欢，香阵冲天馨，不仅可以听丰年，还可以嗅丰年。

白云翮的嗅觉比听觉视觉发达，一定距离和范围之内，不仅能隔空隔土嗅出瓜果蔬菜的气味，还能隔空隔土嗅到飞鸟虫兽的气息。比如她走过一畦刚播种的菜地，可以嗅出土里播的是什么种子；比如她走进田野，一只鸟掠过头顶，可以嗅出是什么鸟；比如她坐在凉亭歇凉，可以嗅到田鼠和青蛙从亭边经过。

那天晚上，白云翮发现平日空荡的凉亭，多了一顶帐篷、一辆山地车和一个人，那个人正在一边煮稀饭一边做直播。凉亭意外出现帐篷、山地车和陌生人，白云翮颇为好奇。陌生人三十岁上下，清瘦利落，是个骑行客，一聊，甚是投机。

"请问尊姓大名？"

"无尊姓也无大名，叫我'大师兄'好了。"

"'大师兄'，什么意思？"

"就是唐僧大徒弟，猪八戒和沙僧师兄。"

"这名字太有意思。"

"哪里，好玩罢了。"

"还做直播啊？"

"呵呵，赚点流量和路费。"

"有多少粉丝？"

"不多，一百多万。"

"一百多万还不多，太牛了，可以加你吗。"

"当然可以，又多了一个花粉。"

"花粉，什么意思？"

"美女啊。"

"我可算不上美女，骑过 318 吗？"

"骑过，大学毕业迟迟找不到工作，一着急一负气，就上路了。心想以后找到工作，结婚生子，就没有诗和远方了，唯有事和加班，事情的事，正好趁这机会。"

"后来呢？"

"西藏回来不久找到工作，干了两年，不爽，跳槽，干了一

230

年多，更不爽，又跳槽上路了。"

"打算骑遍中国？"

"没那么大雄心，先骑遍八闽。"

"你是福建人？"

"闽西客家人。"

"哎呀，老乡啊。"

"呵呵，老乡见老乡，稀饭吃起来特别香。"

"你都是在凉亭宿营吗？"

"是的，我的目标，就是睡遍八闽大地每个村庄的凉亭，已经睡了一半。"

"有诗意，有创意，怎么会有这种稀奇古怪的想法？"

"诗意，就是诗意，外加一点神经质。'长亭外，古道边，芳草碧连天。晚风拂柳笛声残，夕阳山外山。天之涯，地之角，知交半零落。一壶浊酒尽余欢，今宵别梦寒。长亭外，古道边，芳草碧连天。问君此去几时来，来时莫徘徊。'还有，'明日非今日，长亭更短亭。不辞一饮尽双瓶。争奈秋风江口、酒初醒'。"

"你是诗人？"

"谈不上，偶尔胡诌几句。刚才背的，都是别人的诗。"

"就这样一直骑下去？"

"不了，骑完这趟就去找工作，有食才有诗，食物的食，温饱思远方。"

"你有一百多万粉丝，为什么不发展粉丝经济，可以带货啊。"

"我不想那么做，一带货就掉粉，我想做长线。"

"做长线什么意思？"

"跟有文化的企业合作，类似球队和体育明星与企业的那种合作，具体怎么合作还没想好。"

"这个想法好，'风物长宜放眼量'。你毕业于哪所大学？"

"福建农大。"

"太好了，是农科专业吗？"

"当然，土壤改良专业。不过，我现在离这个专业已经十万八千里了，把兴趣转移到了骑行和视频拍摄制作上。喂，都是你问我，这不公平吧，户口查完了，现在我来问你，你是谁，干什么的？"

"我嘛，说来话长……"

白云翻盛情邀请"大师兄"到家里住，"大师兄"笑道："我现在已经不习惯睡床铺了。"白云翻也笑："我家院子很大，院子里有棵四季桂，正开花呢，满地落花满院花香，你可以把帐篷搭到桂花树下，那一定很有诗意。"

"大师兄"似乎心动，犹豫了一下，还是婉言谢绝了。白云翻问他："明天就走吗？""大师兄"点了点头："这几天天气好，明天还是好天气，好天气至少要骑一百公里，明天天一亮就出发。"

"要是明天下雨呢？"

"这怎么可能，你看今夜可是星光灿烂。"

"天有不测风云，夏天更是变幻莫测，说不定明天要下雨。"

"下小雨风雨无阻，下大雨的话，雨停了再走。"

"要是大雨下个不停呢？"

"再大的雨也会停。"

"那可难说，有时候大雨下两三天才停。"

"老天爷不会这么无情吧？"

"我是巴不得大雨下个不停，下雨天留客天，我留不住你就让天留住你。不开玩笑了，说真心话，希望你明天留下来，哪怕留半天也好，我带你去看一个地方，再让你见一个人，你一定会有所感触的。"

"好吧，既然你如此盛情，那就恭敬不如从命，为你停留半天。"

"你这话只说对了一半，你为我只是停留半天，却很可能由此开启自己美好崭新的人生。"

"哈哈，这太心灵鸡汤了，时间不早了，今天骑了一百五十公里，有点小累，你也早点回家休息吧。"

"哎哟，不知不觉十二点了，不好意思，影响你休息了，那我们明天见，你可不能当逃兵啊。"

"怎么可能，君子一言高铁难追。"

"好个君子一言高铁难追，那就这样说定了。"

"说定了！"

走出几步，白云翩又折回，指了指天，笑道："你看，星星少了乌云多了，说不定下半夜就会下雨。""大师兄"哈哈大笑，没说什么。

下半夜，果然下起沥沥小雨。

毕竟骑行了一百五十公里，睡得又迟，"大师兄"是被白云翩唤醒的。"大师兄"揉着惺忪的眼睛，连打两个呵欠，"不好意思，睡过头了。"白云翩身边那个人笑道："你这是春眠不觉晓啊。""大师兄"又打了一个呵欠："昨晚睡得好沉，快成冬眠了，这位是？"

白云翩轻轻拍了拍那人的肩膀："这就是我要让你见的那个人，叫仲山，单人旁加一个中国的中，大山的山，我的合作伙伴。""大师兄"伸出手："得罪了，我把钟点耽误了。"仲山握住他的手："'大师兄'，我和你有共同爱好。"

"大师兄"："你也喜欢骑行？"

仲山："太欢喜了，不过我不能跟你比，我骑的都是短途。"

"大师兄"："最远骑过多远？"

仲山："我在杭州上的大学，大三那年失恋，失恋那天，坐也不是、站也不是、躺也不是，身体里面好像有一台蒸汽机，汽却冒不出来，感觉自己快要爆炸，于是顶着寒风骑上自行车，一口气骑到绍兴。说也奇怪，一到绍兴，也就是到了目的地沈园的时候，后胎爆了，我心里也'砰'的一下爆了，然后轮胎没气了，我心里也没气了。"

"大师兄"："目的地选在沈园，是不是因为陆游和唐婉的爱情悲剧？"

仲山："不是，是因为女朋友是绍兴人，她家就在沈园附近。"

"大师兄"："那你女朋友在不在家？"

仲山："不在，她在学校。"

"大师兄"："这，这简直难以置信。"

仲山："现在回想起来，自己也觉得难以置信，可我当初就那么做了，并且迅速治愈，也许这就是青春吧。有位校友更奇葩，失恋后竟然拔掉自己一颗牙齿。"

白云翾："天啊，是到医院拔的吗？"

仲山："没有，自己拔的，但是他喝了很多酒，找了一把老虎钳，对着镜子拔的，拔的是左门牙旁边那颗牙。"

白云翾："太悲壮了，简直可歌可泣。"

"大师兄"："其实没什么，与自杀相比，小巫见大巫。"

仲山："自杀大可不必，爱情价虽高，生命更可贵。"

"大师兄"："没错，留得青山在，不怕没柴烧；留得生命在，不怕没爱情。你知道陆游和唐婉的故事吗？"

仲山："恋爱前不知道，恋爱后才知道。女朋友告诉我的，我是个理工男，缺乏文艺细胞，对风花雪月、才子佳人无感。"

"大师兄"："天啊，这还无感？太风花雪月了。有些人的风花雪月是表面上的，你的风花雪月是骨子里的。"

白云翩笑眯眯地打断他们："我说'大师兄'，我让你见的这个人怎么样。""大师兄"说："相见恨晚，相见恨晚啊。"白云翩说："我们先去吃早饭，吃完早饭再去参观。"

"参观，参观什么？"

"昨晚我跟你说，今天我要带一个人来见你，再带你去看一个地方，人已经见过了，该去看这个地方了，你看了一定不会失望的……"

"大师兄"引来蜜蜂

白云翩带"大师兄"看的地方是云耕者农耕博物馆。

和大多参观者一样，"大师兄"深有感触，最让他震撼的，是博物馆大门两旁墙上的两幅巨画，左边是稻浪旗帜般翻卷、一眼望不到头的金色稻田，以及两行"中国人民要把饭碗端在自己手里，而且要装自己的粮食"的红色大字；右边同样是一眼望不到头云雾缭绕的稻田，只不过田里是绿油油的禾苗，一家三口流连在田野中间的机耕道上，儿子放飞着风筝跑在前头，白云翩和柳耕笙漫步其后，天蓝蓝、水清清、禾绿绿，风筝却是那样红。

大门两旁柱子上挂着一副对联，对联镌刻在古色古香的杉木板上，别有韵味，上联"足下踏阡陌荷锄读经纬"，下联"腹中怀帷幄挥笔耕乾坤"，横批"耕读传家"。

看罢，"大师兄"对白云翾说："我还想再看一遍。"白云翾不解，"大师兄"说："我想做直播，你自己做过直播吗?"白云翾摇头："没有，只是偶尔发个视频到抖音和微信上。""大师兄"说："太可惜了，你应该组建一个专业团队，把自己打造成专业网红，博物馆展现的这些东西，春耕秋收乃至生活日常，都可以做成视频发到抖音上，一定可以吸很多粉，到时不仅能够扩大农场的知名度、美誉度，还有助于你带领乡亲脱贫致富、建设美丽乡村。"

白云翾连连拍手："你这个意见太好了，我怎么就没有想到呢。""大师兄"笑道："一个人精力和脑力有限，想不到的事情多着呢，想不到很正常，只要想到了，努力再努力，迟早能做到，这个有点像淘宝，只有想不到的没有淘不到的。"白云翾连连点头："对对对，你说得太对了。"

直播一开始，不断有人加粉、点赞、评论、转发、收藏。直播结束之际，出差的柳耕笙返回，一交谈，也是相见恨晚，盛情挽留之下，"大师兄"又住了一个晚上。

晌午雨过天晴。当晚，"大师兄"把帐篷搭在桂花树下，晚饭也是在桂花树下吃的。桂花受不了美味佳肴的强烈诱惑，纷纷飘落到碗里、盘里、杯里，化着料理更调味。"大师兄"兴奋得像个新郎，说这是他今生吃过的最浪漫的饭、喝过的最浪漫的酒，当然也是最奢侈的饭和最奢侈的酒。白云翾附和："这也是我今生吃过的最浪漫最奢侈的饭和喝过的最浪漫最奢侈的酒。"

"大师兄"："不会吧，桂花树就在你家院子里。"

白云翮："没错，桂花树就在我家院子里，可我们从来没有想到把饭桌摆到桂花树下。就像你下午说的，想不到的事情太多了。"

柳耕笙："这有什么奇怪，许多人一辈子住在高山脚下，却从来没有攀上高山之巅；许多人住在大江大河大海边，却从来没有游过泳、弄过潮。"

仲山："没错，前年我去四姑娘山，跟成都同学说起，他居然不知道成都还有座举世闻名的四姑娘山，你们说可笑不可笑。"

"佛顶珠"："这不可笑，我做了大半辈子的人，对人也不了解，哈哈哈。"

"大师兄"："大叔，姜还是老的辣，听君一句话胜读十年书、胜行千里路，我敬您一杯。"

"佛顶珠"："好，干了，我也敬你一杯。话说回来，我看人还是比较准的，一看你就是个有大想法和大抱负的人。"

"大师兄"："大叔，您是高人呐，我再敬您一杯。"

柳耕笙："我爸血压有点高，不能多喝，我替他喝。"

"佛顶珠"："没事，今天高兴。不瞒你说，我们一家都是第一次在桂花树下吃饭喝酒，太有意思了。"

柳耕笙见父亲的肉瘤闪闪发红光，不等他端杯，抢过杯子一饮而尽，拍着"大师兄"的肩膀道："你也是高人，没有你的指点，我们一辈子想不到把饭桌摆到桂花树下。这么简单的事硬是不知道，所以合作很重要，高人指点很重要，三人行必有我师。"

"大师兄"："过奖过奖，我算什么高人。"

白云翮："你不仅是高人还是贵人，你那个打造成专业网红的建议，对我和耕笙特别有启发。"

"大师兄"："这更不敢当了。不过，打造网红这事宜早不宜迟，这不是时髦而是趋势，让大家一起见证你的成长，这个过程既是纪录也是文化，更是商机。"

忙个不停的土芬左手端盘、右手托碗："菜都凉了，我热热去，菜里都是桂花，我给撅掉。""大师兄"连忙说："不用不用，阿姨您辛苦了，有桂花吃起来才香才有意思。"说到这里，"大师兄"指了指天上的圆月亮，"今晚吴刚捧出桂花酒，阿姨捧出桂花菜。太浪漫太有情调了，我一辈子都不会忘记。阿姨，您做的菜太好吃，跟我妈妈做得一样好吃，可惜妈妈已经去世，再也吃不到了。"

土芳脱口而出："那以后经常来，我做给你吃。""大师兄"喝了一口菜汤，咂嘴道："有人见钱眼开，有人见色眼开，我是见食眼开，见到美食就挪不开腿，能够经常吃上阿姨做的菜，那是多么幸福的事情。"仲山顶了"大师兄"一句，"我看你也是个做菜高手，用嘴巴做菜……"

白云翩他们先后睡去了，仲山不敢酒驾，没回富家地，睡在柳耕笙家。柳耕笙则和"大师兄"一起睡帐篷，鸡叫三遍才沉沉睡去。

次日临别，柳耕笙送给"大师兄"一盒四色童话米和五千块钱。米，"大师兄"痛快收下；钱，死活不收。

柳耕笙："算我借你。"

"大师兄"："有借就有还，还了，还是欠你人情，不借。"

柳耕笙："你不欠我人情，是我有求于你，等你睡遍八闽大地上的凉亭，希望你来助我一臂之力，这五千块钱算是预付工资。如果你到时不想来，再还我不迟，连本带息，以银行利息为准，这样你就不欠我一丝一毫人情，如何？"

"大师兄"："你不怕我黄鹤一去不复返？"

白云翩："我相信我的眼光，坚信你不会让我'白云千载空悠悠'。再说了，你不是见食眼开，想经常吃上我妈妈做的饭菜吗？"

"大师兄"："信任无价，那我就恭敬不如从命，阿姨的饭菜已经深深俘虏了我的胃。"

柳耕笙："在我这里，相信你会找到你内心的诗和远方，真诚期待你的加入……"

昨晚酒喝得多睡得又迟，"大师兄"起得很迟，收拾帐篷吃过早餐，快十点了。天气好得让人全身痒痒蠢蠢欲动，就在"大师兄"接过钱准备出发的时候，空气突然微微震颤起来，还没明白怎么回事，一股时而汇成旋涡、时而汇成彗星尾巴状的东西，从天而降，呼啸而至，在院子上空绕了几圈，聚集在桂花树的一根枝丫上，迅速膨胀到足球那么大。

蜜蜂！大家无不惊喜。

白云翩："'大师兄'，你把蜜蜂都引来了，还说不是贵人。"

柳耕笙："都说筑巢引凤，我们这是种树引蜂。"

土芬："野蜜蜂飞到家里，一定有大喜事要发生。"

"佛顶珠"："天意，天意啊天意。"

"大师兄"："天啊，我太幸福太幸运了。"

仲山："我先走一步，叫秀米来收蜂，她是收蜂高手。'大师兄'再见，希望能很快见到你。"

"大师兄"："我也要出发了，再见，我们一定会很快再见的。"

秀米的特异功能

秀米有一样特殊本领。

跟柳耕笙家天降野蜜蜂一样，那年，德子家不知哪飞来一群野蜜蜂，瓠瓜一样挂在屋后墙壁上。德子穿上长衣长裤，用绳子扎紧袖口裤管，用一块纱布包住脑袋，欲把蜜蜂收进布袋装进箱子，刚伸出手，手背就被蜇了几下，还有几只蜜蜂从衣襟钻进爬到肚子上，疼得他直叫唤，吓得他落荒而逃。

一旁的秀米，不知哪来的勇气，捡起德子扔在地上的布袋，什么防护也没有，就那样冲了上去。难以置信的一幕发生了，蜜蜂遇到秀米好像一下变成了苍蝇，爬到头上、脸上、手上，以及别处裸露的皮肤上，就是不蜇她。绝大部分蜜蜂被她一股脑兜进布袋，未被兜进的，追随她来到事先准备好的箱子跟前。秀米倒米一样把蜜蜂倒进箱子，盖上盖子，追随她的蜜蜂，陆续降落，钻进箱子底部的进出孔道。有几只执着紧密地飞舞在秀米周围，天快黑了，才依依不舍钻进蜂箱。

遗憾的是，野蜜蜂落户不到一年，有一天又集体出逃了，匆匆地去正如匆匆地来。德子说：“都说狗眼看人低，蜜蜂是不是也嫌我们穷，看不起我们，飞到别人家去了？”秀米说：“蜜蜂虽然飞走了，却留下一箱蜂蜜，说不定它们是来报答我们的，报答完就飞走了。”德子奇道：“我们有什么好报答的？”秀米笑道：“我们虽然很穷，却是好人，好人有好报。”德子说：“你说得有理，可是它们为什么不留下来，继续报答更多蜂蜜给我们呢？"秀米又笑："可能我们好人做得还不够，只值得它们报答一次。"德子点头道："也有道理，那我们继续努力，好好做个更好的好人。"

仲生地家养了八箱蜜蜂，那天他全副武装正要割蜜，手机响了，接罢电话，仲生地脱下防护服和防护帽。秀米正好在场，问他怎么不割蜜了？仲生地说："有点事要到镇上一趟，明天再割。"秀米说："我帮你割吧。"仲生地疑道："你以前割过？"秀米说："割过一次。"仲生地说："才一次？那怎么行，还是等我回来自己割。你就是行，没有防护服也不行，蜜蜂会蜇你的，蜇一针两针没事，蜇十几针、几十针可就麻烦了。我这套防护服太大，你穿不了。"

秀米摆了摆手："我不需要穿防护服，蜜蜂不会蜇我、不敢蜇我。"仲生地睁大眼睛："这怎么可能，难道蜜蜂跟你是亲戚？"秀米就把当年收野蜜蜂的事说了，仲生地还是将信将疑。秀米说："信不信你看看就知道了。"

仲生地的好奇心被激发出来，掏出手机打了个电话，说家里突然有事，今天去不了，明天再去。然后和大家一起拭目以待，听说秀米要不作任何防护割蜂蜜，大家都跑来看稀奇，掏出手机欲拍。

秀米果然神勇，一一打开蜂箱，迎着扑面而来载歌载舞的蜜蜂，从容不迫、有条不紊割完八箱蜂蜜。惊叹声此起彼伏，仲生地惊得张大了嘴巴伸出了舌头。经仲生地老婆认真检查，秀米身上一针未蜇。丑陋矮小的秀米，在众人心目中顿时端庄高大起来。仲山更是佩服得五体投地："嫂子，你太了不起了，是不是有特异功能？"秀米笑道——笑比哭好，她的笑却比哭更难看——"可能是蜜蜂嫌我太丑，不敢蜇我吧。"此言一出，仲山更加敬佩。

仲山很快将秀米送到柳耕笙家，秀米没有让他们失望，在啧啧称奇、称赞声中，手法娴熟将蜜蜂纳入布袋。白云翩问秀米："你不怕吗？"秀米说："不怕。"白云翩说："真的不怕？"秀米说："真的不怕。"白云翩说："虽然亲眼所见，我还是不敢相信。秀米，对不起，不是我不相信你，我最后问你一句，你真的不怕？"秀米想了想才开口："真的不怕，一点都不怕，就像你们害怕一样不害怕。"

白云翩拍掌道："'像我们害怕一样不害怕'，说得太好了，现在我相信了，确信无疑。"柳耕笙猛一拍大腿："可惜啊可惜，你们怎么都没有想到呢。"

有人问可惜什么？有人问没想到什么？有人问想到了什么？柳耕笙又是一拍大腿，比刚才拍得更响更用力，手掌生疼，"养蜂啊，田里的稻花那么多，山上的野花那么多，秀米跟蜜蜂的关系那么亲密神奇，不养蜂简直愚蠢得爆炸。"

仲生地直拍额头："是咧，我看到守福养鹅赚钱，也想养鹅，怎么就没想到扩大养蜂规模呢？养蜂，我虽然不是专家，也算得上行家，养蜂不是什么难事。养猪、养牛、养鸡、养鸭要喂饲料成本高，还容易得病，养蜂除了过冬喂点白砂糖，不需要任何饲料，蜜蜂也不容易得病，就是有时候会逃走，但有逃走的也有逃来的。就是怕养多了蜂蜜不好卖，现在养蜂的人很多，都说是土蜂蜜，其实真土的不多，多少都掺了假……"

柳耕笙打断他："只要蜂蜜真土不掺假，规模上去了，做好营销，就不愁卖不出去，你只管养好蜂、出好蜜，营销我们负责。如今我们的水稻生产越来越现代化，人工依赖越来越小。说

242

句真话你别不爱听，别看你种了半辈子的地，因为不懂得、不适
应现代化操作，反而不会种地了，从今往后你就一心一意养
蜂吧。"

仲生地摩拳擦掌道："柳大书记，你说得没错，现在种田的
机器越来越先进，我怎么摆弄也摆弄不了，有仲山他们就行了。
这个养蜂呢，不需要什么先进设备，像蜜蜂采蜜一样，靠的是个
勤劳。"

仲守福跟着摩拳擦掌："叔，我跟你一起养，哦，是秀米和
我跟你一起养，我们合作。"仲生地说："你不养鹅了？"仲守福
说："当然养，养蜂不影响养鹅。养鹅每天早上要赶它们出去吃
草，每天晚上要赶它们回家，蜜蜂白天自动飞去采蜜，傍晚自动
飞回酿蜜，养蜂养蜂，说是养，其实不用怎么养。"

仲生地笑道："行啊！守福，说得头头是道。"仲守福也笑：
"哪里哪里，在叔面前我是外行，养不养蜂我自己拿主意，怎么
养蜂还得听你的。"仲生地心里很是受用："你小子箱里养蜂外
行，嘴里养蜂内行得很呢。"

柳耕笙说："本来我还想让仲大哥跟仲大叔一起养蜂，既然
你已经拿定了主意，我就不用说了，赶快行动起来吧。"

仲夏时节，正是蜜蜂活动频繁季节，仲生地和仲守福做了十
几个诱捕工具，有箱子，有板块，有废旧塑料桶。箱子最直接，
四壁涂上蜂蜡放在空地即可，箱底不与地面直接接触，垫几块石
头防潮，箱顶盖一雨披防雨。板块下方钻几个指头大的洞，在离
地一两米高的山体掏一个正方形蜂箱大小的洞，板块朝里那面涂
上蜂蜡，垂直安放洞口，四周缝隙烂泥密封。塑料桶桶沿同样钻
几个指头大的洞，倒扣崖壁凹陷处，桶口垫一板块不留缝隙，有
洞那面朝外，桶上压一石块以防倾翻或者被风吹倒，桶内壁涂上

蜂蜡。

半个月后，每个箱里、洞里、塑料桶里都有一窝蜜蜂并且酿了少量的蜜，将蜂窝雏形割下放入容器集中摇蜜，蜜蜂则放入涂了蜂蜡的专用蜂箱，让它们在新家辛勤酿蜜。

蜜蜂用手掬入蜂箱，掬米那样掬。全副武装的仲生地和仲守福动作显得笨拙，尤其仲守福，掬得拖泥带水七零八落。轻装上阵的秀米，掬起的时候，手心好像有正极磁性，蜜蜂层层叠叠吸附掌窝；手掌松开的时候，手心似乎有负极磁性，蜜蜂瀑布般泻进蜂箱。

熊 来 了

冬去春来，夏逝秋至。上地、下地、富家地三个农场的稻谷齐获丰收，蜂蜜也获丰收。柳耕笙将其冠名注册为"香田"土蜂蜜，与四色米搭配销售，效果不错。

深受鼓舞的仲生地和仲守福，在柳耕笙的鼓励之下，进一步扩大养蜂规模。为了丰富蜂蜜品类，他们在一个叫舌头坪的地方，养了一百多箱蜜蜂。

舌头坪一年三季繁花似锦，零污染，蜂蜜品质更好。这么说，难道富家地有污染？当然有，污染主要来自水稻。和上、下地农场一样，富家地农场虽然严格控肥控药，且经农业农村部稻米及制品监督检验测试中心抽样检测未检测出农残，毕竟有施肥用药。也就是说，蜜蜂采集的稻花粉，污染虽然微小并非没有。

舌头坪没有人烟自然没有水稻，也就没有污染。

前文说过，富家地挂在半山腰，舌头坪则挂在半山腰之上的半山腰。舌头坪上悬崖下峭壁，中间奇迹般凸出一块七八个足球场大的平地，仿佛巨嘴伸出的巨舌，故名舌头坪，羊肠小道迂回而上，距富家地六里路。

舌头坪有水源，有田地，可供十来户人家耕种。舌头坪自有人类生息以来，似乎有股神秘的力量，控制着人口总数，始终不超过五十人，维持着生态平衡。

早年，几乎每个自然村都有小学，舌头坪也有。但是舌头坪太落后，交通完全靠走，照明完全靠火，通信完全靠吼。路尤其难走，有一小段"天路"难于上青天。"天路"凿在一座十几米高、坡度七十余度的岩体上。"天路"边等距凿着十个饭碗大的洞，插入十根二尺长的石柱，石柱顶部穿一孔，铁链穿孔而过，上下抓紧铁链，省力不少，安全系数也提高不少。三九严寒，岩体积雪结冰滑如镜面，就难于上青天了，除非不要命，在此期间，舌头坪人绝不出山，山下人也绝不上山。

没有老师愿意前来，好不容易盼来一个，待个一年半载拍屁股走人。孩子们只好到富家地上学，当日去当日回，中午带饭。受"天路"影响，一到冬天，孩子们上起学来就三天打鱼两天晒网。

最有可能遇险的"天路"没遇险，最不可能遇险的坦途却遇了险，有两回，孩子们傍晚放学回家的路上，一回遇到过山峰、一回遇到狗熊。过山峰就是眼镜王蛇，手腕粗，脖颈撑开两个巴掌大，舌信筷子长，狂追两里来地，一直追到"天路"才作罢。不是力竭，也不是不想追，而是过山峰爬不上"天路"。"天路"意外救了五个孩子。虽然有惊无险，一个女孩子却被吓破胆，一朝被蛇追十年怕井绳，再也不肯、不敢去上学。

另外四个孩子虽然没吓破胆，也吓得够呛，休息一周后才提心吊胆重返校园。结果又遇狗熊，这回不是有惊无险，而是出了人命，一个男孩被狗熊活活咬死。女孩的胆子只是被过山峰吓破，三个侥幸逃过一劫的男孩，胆子则被吓裂。

尽管上地村委组织猎人围捕，成功打死那头狗熊，三个男孩还是长期休学了。不仅小孩，大人也深感恐惧，痛定思痛，舌头坪村民强烈要求移民富家地。

富家地人却不同意，其时刚刚包产到户，尝到甜头的农民，种地热情空前高涨，接纳舌头坪人，意味着分到手的土地还未捂热又要重新分配，不是越分越多而是越分越少，谁也不乐意。

舌头坪人铁定要移民，急不可耐地要移民，动辄倾村上访，搞得上头头痛不已。过了两年，邻乡建造大型水库，移民一大批，经县委县政府协调，将舌头坪纳入这批移民当中，一起迁移到邻县一个地广人稀交通便利的新村。吓破和吓裂胆的四个孩子重新入学，其中一个后来考上大学，毕业后落户珠海，成为当地小有名气的企业家。

若干年后，其中大多数人外出打工移居外地，除了田地房屋和坟墓里的亲人，都迁走了。开始几年，清明还回来扫扫墓祭祭祖，后来墓也不回来扫、祖也不回来祭，委托富家地人代扫代祭，扫好、祭好拍个照发微信证明一下，然后红包转账以示感谢。

问题是，富家地外出打工移居外地的村民也越来越多，留下的大都是老弱病残，可委托的富家地人越来越少，而受疫情影响，委托的人又越来越多。于是乎，每到清明，仲生地和仲守福就吃香起来，手机响个不停，酬劳提前支付，年年走高。仲生地

的腿虽然摔坏了，依然是富家地体能最好的人。仲守福身体
"补"好后，是富家地体能次好的人。

可以预见，随着仲生地、仲守福的老去和逝去，有代扫代祭
能力的人越来越少，杂草乃至杂木丛生的坟墓必将越来越多，最
终与山体融为一体，了无痕迹。

坟头没了，老屋倒了，乡愁也就基本消失了，后代更不回
来了。

舌头坪人迁移没几年，人们开始了疯狂砍伐，为方便运输，
舌头坪开通了一条机耕道。舌头坪繁密的林子很快砍伐一空，机
耕道随之荒废。

机耕道大多路段开在岩层上，路基和山体坚硬，多年过去，
机耕道虽然荒废却基本能用，挖掘机稍作修整，摩托车和皮卡便
畅通无阻。

一九九八年长江大洪灾之后，国家严禁生态林砍伐，闽西北
雨水充沛土地肥沃，斧锯入库二十年，舌头坪植被便基本恢复，
生态也有所修复。植被恢复的舌头坪，野酸枣漫山遍野，花开时
节登高鸟瞰，村子上方荡漾着一层黄绿相间的花海，黄的淡黄、
绿的淡绿。一树只开一色花，有些野酸枣树，竟然违背自然之
道，一树开两色花，异常罕见。

禁伐之前，舌头坪也有野酸枣树，但是远没有这么多；禁伐
之后，大山不知是受到刺激还是变异，多得令人惊诧叹服，好像
整个闽西北的酸枣树，都长到了舌头坪。

仲生地和仲守福舍近求远到舌头坪养蜂，看中的就是锦簇般
的酸枣花。蜜蜂看到这些花，就像饥饿的人看见面包、饥饿的野
猫看见鱼儿、饥饿的鳄鱼嗅到血腥，一只只争先恐后奋不顾身。

花越繁密落英越缤纷，机耕道上铺满厚厚一层，摩托车行驶

其上，好像行驶在毯子上，噪声比平时小许多，几乎感觉不到它的坑坑洼洼。酸枣成熟后，无人采摘，冰雹般跌落，发出迷人的叹息，落果比落花铺得还厚，发出醉人的香味，骑行其上，有醉驾之嫌。

一只蜜蜂忘我地采着蜜，花朵突然脱落，晃荡而下，蜜蜂锲而不舍吸附着花蕊，直到花朵降落在地，才猛然惊醒，倏地振翅飞向枝头，扎进另一个花蕊。

舌头坪不仅有野酸枣，还有野苹果、野柿子、野板栗、野榛子、野李子、野葡萄、野猕猴桃、野蜜桃、野桂、野梨、山杏、山茶、山楂、杨梅、杜鹃，俨然仙凡两界花果山，花繁任蜂采，果多凭鸟食。

仲生地和仲守福将一幢尚未倒塌的房子加以修缮，作为工具房，也可住人。房前空地安装数块太阳能电池板，解决了用电问题。在仲山的帮助下，房前屋后各安装了一个监控镜头，可惜舌头坪没有信号，看不到即时监控。

仲生地会骑电动车不会骑摩托车。按照常理，会骑自行车就会骑电动车，会骑电动车就会骑摩托车，都是两个轮子，都是相似的车把，稍加训练即可。仲生地脑袋里好像缺根弦，怎么也学不会，一骑上摩托，动作就严重变形，仿佛牧童骑上战马，恐高患者般心怀恐惧——不仅怕骑还怕坐摩托，一坐就头晕，晕得厉害。

仲守福却一学就会，驾驶技术突飞猛进。电动车动力不足，骑不上舌头坪，意味着仲生地只能步行至舌头坪，多有不便，舌头坪的蜜蜂，主要由仲守福管理。

仲守福有时也带秀米去，目的不是帮忙而是壮胆，虽然秀米能帮不少忙。秀米个小力气大，尤其臂力，扛五十斤大米健步如飞，挑一百斤谷子三里不换肩，是云耕者米厂最能干的员工。

米厂季节性开工，秋冬两季最为繁忙，开足马力加工新米。春夏两季时开时停，其间秀米比较有空，经常去舌头坪帮仲守福忙、壮仲守福胆。

据说舌头坪有鬼，长舌鬼，深更半夜，突然从天空、树上、屋顶上垂下蛇身般扭曲的猩红巨舌，黏性十足的涎水雨水般流淌，大水牛四蹄沾上也动弹不得。长舌鬼的涎水具有强烈的腐蚀性，曾有德子那样抓石鳞的人，看见长舌卷住一条大蛇，大蛇浑身"吱吱"冒烟，散发出浓烈的焦肉香。

秀米力气大，胆子更大，胆子掏出来晒干，还有鹅蛋大。在舌头坪过夜的秀米，只要天气好，故意半夜一个人待在屋外，等待长舌鬼降临，未能如愿。也许秀米丑得惊天地泣鬼神，长舌鬼不敢造次；也许长舌鬼只是个传说，根本不存在。

近朱者赤近墨者黑，近胆大者果敢，在秀米的影响下，仲守福的胆子也有鸭蛋大了，闲庭散步舌头坪。舌头坪是他的胜地，也是他的王国，每周至少去三次。

一天下午，查看蜂箱的仲守福，发现不远处一个蜂箱突然炸窝，走近一看，目瞪口呆，一条手臂粗的蟒蛇波涛般翻滚着，身上爬满蜜蜂，身边是破裂的蜂箱，蜂巢碎了一地，蜂蜜淌了一地。仲守福很快明白怎么回事，掏出手机拍摄。

半个小时后，蟒蛇停止翻滚，身子轻微颤动着。仲守福停止拍摄。

这个箱蜂架在距离地面两米来高、挡雨又遮风的小石窟里，是理想的天然蜂穴，不用蜂箱，蜜蜂也在里头筑巢——这箱蜜蜂，就是结集在石窟里的野蜜蜂。为了便于管理，仲守福把它们收纳进蜂箱。蟒蛇不知何故爬进石窟——石窟并不陡峭，有小道蜿蜒而上，蟒蛇不费力气就可长驱直入——碰翻蜂箱不说，还跌落下来，全身叮满愤怒的蜜蜂。

夕阳西下，蟒蛇肿似小腿，并没有死，尾巴还能动弹。仲守福没有赶回富家地，留下住了一晚。次日一早，蟒蛇不见了，想必恢复知觉，溜了。

回到家中，仲守福把视频发给仲山。仲山稍做编辑，在抖音上写了一段文字并自动配音：蛇不吃蜂蜜，这条蟒蛇为什么闯进蜂穴，是不是因为蜂蜜太好吃，它因此改变饮食习惯？

"大师兄"走后不久，柳耕笙和白云翩采纳建议，注册"云耕者"抖音号，由仲山负责打理，视频虽然未经后期制作，显得简单粗糙，也无法直播带货，但有总比没有好，已经攒了一万多粉丝。

舌头坪的蜂蜜，品质确实高于富家地，之前已经不愁销路，这个视频一发，买的人更多。柳耕笙和白云翩组建拍摄和直播团队的愿望更加迫切。

仲守福发现有人偷蜜，但没有抓到现行，只是发现蜂箱被打开，蜂巢被掰走。查看监控，没发现线索。监控范围限于房前屋后左右三四十米，舌头坪二百多箱蜜蜂，被偷的蜂箱离房子三百多米，根本监控不到。

仲守福报了案，前来调查的警察查来查去，查到野兽毛发和脚印。脚印拍照，连同毛发送有关部门检验，小偷不是人是熊——狗熊。警察叮嘱仲守福："生态环境好了，狗熊又出现了，蜂蜜是狗熊最爱，肯定还来偷蜜，你要有心理准备；狗熊是国家保护动物，不能捕捉更不能猎杀，你以后要多加小心。"

仲守福满不在乎："熊出现是好事，说明我的蜜好，是我的好蜜把狗熊引了出来，把老蛇也引了出来。"看了仲守福拍摄的视频，警察咋舌道："看来你的蜂蜜确实好，不仅引蛇出洞，还引熊出山。"仲守福送给警察一瓶蜜，警察连连推辞。仲守福说："又不白送，请你帮忙宣传一下，这是广告费，千万别嫌少。"警察笑着说："回去我一定好好帮你宣传宣传。"

仲守福天天住在舌头坪，欲抓狗熊偷蜜现行，当然不是捉熊，是拍视频。仲山告诉仲守福，拍到狗熊偷蜜视频，抖音一播，那可不得了，蜂蜜肯定卖疯了，粉丝蜜蜂一样多。雷辈凤和秀米担心仲守福安全，劝他少在舌头坪住。他根本不听。直到仲山不知从哪弄来一根电棒给仲守福防身，她们才稍稍放心。

三天、十天、二十天、三十天过去，仲守福为熊消得人憔悴，熊却没有出现。仲守福有些沮丧，但是没有放弃，咬牙坚守。

乡村造梦师

等啊等、盼啊盼，半年过去，狗熊还是没有出现，柳耕垄和白云翩却等来盼来了"大师兄"。

"大师兄"依然骑行而来，但不是千里走单骑，而是带着女朋友走双骑。当"大师兄"介绍女朋友叫"二师兄"的时候，大家又惊又喜，柳絮飞大叫起来："不会吧，女生也叫师兄，还'二师兄'？太，太搞笑了吧?"

柳絮飞已经长成英俊少年，高白云翩一个头。"二师兄"嫣然一笑，轻轻摸了摸柳絮飞脑袋："小帅哥，我是女扮男装的

251

'二师兄'，是瘦肉型'二师兄'，不是肥肉型'二师兄'。"

"二师兄"这么一说，大家才注意到她无论长相还是穿着，都像个男孩——那种带有奶油味的男孩。她的眼睛大得惊人，感觉整张脸几乎被双眼占据。这双清澈迷人的眼睛岂止会说话，简直会唱歌。

"二师兄"个子也高得惊人，高出一米七的"大师兄"一个头。她从来不穿高跟鞋，否则"大师兄"可不止矮她一头。正如整张脸几乎被双眼占据一样，"二师兄"整个上身，似乎全被腰占据，她那腰太妖娆了。

白云翩笑道："'大师兄'和'二师兄'之间，一定有着美丽动人的故事吧，什么时候说给我们听听？""大师兄"也笑，"故事不多，宛如平常一首歌。""二师兄"拍手笑道："'大师兄'说得对，故事不多宛如平常一首歌，我歌唱得不错的，随时可以唱给你们听。"

眼睛能说话，嘴巴又能说，如此一来，"二师兄"就有三张嘴，最适合做直播，而她恰是做直播的。柳耕笙和白云翩那个高兴，二话没说，花大价钱买了高端影像器材，开出的薪资也让对方无话可说，还给予股份激励、流量和带货提成。"大师兄"以他的抖音号入股，名称改为"乡村造梦师"。

白云翩意味深长道："'大师兄'，现在你离你的专业可不是十万八千里，而是零距离。""大师兄"也意味深长道："你说的是哪个专业？我有两个专业，土壤改良是曾经的专业，影像摄制和传播是我现在的专业。"柳耕笙更加意味深长道："那你两手抓两手都要硬。""二师兄"意味深长插了一嘴："放心好了，只要我们志同道合，熊掌和鱼翅一定能够兼得，爱情爱好和事业三丰收。"

柳耕笙两眼怒放亮光："好一个'只要志同道合，熊掌鱼翅一定能够兼得'。金句啊金句，24K金句，我要把我的微信个性签名换成这句金句。"柳耕笙边说边掏出手机操作。"二师兄"轻启樱桃小嘴："柳总，不是个性是共性，我们的共性。"白云翙朝她竖起右手拇指："好一个不是个性而是共性，'二师兄'今天金句送出呀，我建议大家把微信个性签名全部改成'只要志同道合，熊掌鱼翅一定能够兼得'如何？"

大家一致同意。

"大师兄"突然问白云翙："你还记得我们在凉亭说过的话吗？"白云翙笑道："我们说了那么多话，我哪里记得，可否提醒一二？""大师兄"说："你问我是不是就这样一辈子骑下去。我说不，骑完这趟就去找工作，有食才有诗，食物的食，温饱思远方。"

白云翙轻轻点头："记得，旧话重提，有什么说法吗？""大师兄"抬头仰望蓝天白云："而今工作也是我的熊掌。"白云翙追问："那么鱼翅是什么？""大师兄"眺望苍茫苍翠的远山："鱼翅即熊掌，熊掌即鱼翅。"

不等白云翙说话，"大师兄"突然转移话题："把乡村造梦师抖音号简介也加进'只要志同道合，熊掌鱼翅一定能够兼得'如何？"

大家一致同意。

乡村造梦师简介：人类因梦想而伟大，因行动而成功——一群志同道合，熊掌与鱼翅兼得、造梦乡村的青年伙伴。

得知狗熊出没，"大师兄"带着摄像机，同仲守福一起驻扎舌头坪。这回相当顺利，第五天的黄昏，狗熊出现了，成年藏獒大，披着夕阳摇摇晃晃从峡谷乱石沟爬了上来。

狗熊这个蜂箱闻闻、那个蜂箱嗅嗅，选中一个，一掌拍开。蜜蜂好像突然被捅了几棍的篝火，火星般喷向狗熊。狗熊泰然自若，一把把将蜜汁横流的蜂巢塞进嘴里，大嚼特嚼，很快吃完一箱，蹒跚走向下一箱。

仲守福低声问"大师兄"："拍好了没有？""大师兄"哆嗦道："差，差不多了。"他的哆嗦，一半出于紧张，一半出于兴奋。仲守福说："那就不能再让它糟蹋了。"说罢从背包拿出事先准备好的鞭炮点燃。狗熊先是一愣，继而嘶嚎一声，撩开四肢向乱石沟狂奔而去。

仲守福随身携带电棒，鞭炮有时带有时不带。那天他有强烈预感，不仅给电棒充饱电，还带了一卷脑袋大的鞭炮，派上了用场。

两人哈哈大笑，仲守福擂了"大师兄"一拳："你可真是贵人啊，一来狗熊就出现，我等了半年它都不出现。""大师兄"也擂了仲守福一拳："我可不是什么贵人，狗熊才是贵人。"仲守福惊讶道："熊怎么是人？""大师兄"说："对对对，狗熊不是贵人是贵熊。我高兴昏了头，做梦想不到这辈子能和狗熊在大自然里近距离接触，不虚此生，不虚此生啊，哈哈哈……"

视频经过精心后期制作，推出后点赞如潮、好评如潮、转发如潮，短短三天收割三万多粉丝。

买蜜的人也成倍增长。

仲守福看见"大师兄"就说："你可真是贵人，带来了贵熊。""大师兄"总是说："不是贵人带来贵熊，是贵熊带来贵蜜。"确实是贵蜜，富家地的蜜比市面上卖得贵，舌头坪的蜜又比富家地的蜜卖得贵，却不愁销路。

为防止狗熊偷蜜，仲守福请官财营焊制不锈钢栅栏，地上钻四个洞，插入四根钢筋，水泥浇筑牢固，将栅栏四角焊接在钢筋上，正面开一扇门，蜂箱放进，关上门插上插销，狗熊从此望箱兴叹。

虽然改行多年，官财营的手艺并未荒废，农场的电焊活都由他代劳。代劳并不白劳，报酬照付，又没有高空作业，官财营忙得踏实快乐，两天能干完的活绝不拖三天，三天能干完的活绝不拖五天，因为农场就是他的家。

仲守福留了十箱未加防护，每隔二十箱留一箱。内心深处的深处，仲守福希望狗熊一而再再而三出现。

狗熊再次出现，仲守福没有抓到现行，但是被监控拍到了。焊制防护箱的同时，仲守福增添了太阳能电池板和监控镜头，所有蜂箱都在监控范围。这次出现的，不是一头而是一大一小两头，大狗熊是上次那头，大了许多，小狗熊有山羊大。

柳耕笙他们脑洞大开，集体构思了两个创意。一个创意是：仲守福站在鲜花盛开的舌头坪一面悬崖上，踮起脚尖，伸出沾满琥珀色蜂蜜的中指，在蓝天白云上写下"甜蜜的事业"五个歪歪扭扭却活泼可爱的大字，写到"蜜"字的时候，蜜蜂蝴蝶翩翩飞来，全部写完，每个字上面爬满蜜蜂和蝴蝶。

然后响起仲守福土得掉渣的普通话（话外音）："做好人、吃好蜜，舌头坪蜂蜜，我家乡的土蜂蜜，土得掉渣、甜得掉牙。"

仲守福踮脚写字的时候，挂在腰上的尿袋露了出来，写完"甜蜜的事业"，画面同时出现"身残志不残，事业甜又蜜"字幕。

另一个创意：全身爬满蜜蜂的秀米，手上捧着一块蜜汁流淌的蜂巢，和全副武装的仲守福站在一起，嘴角飞出"我们的蜜蜂我们的蜜，生生世世都甜蜜"字幕。

两个创意拍成视频先后推出，效果奇佳，粉丝下单踊跃，吸粉多达二十万。加上"大师兄"原来的粉丝，短短三个月，"乡村造梦师"的粉丝已达三百万。

虽然脸上爬满蜜蜂，难识庐山真面目，秀米奇特的面部轮廓还是引起粉丝强烈好奇。秀米的真像和真相暴露后，又赢得粉丝强烈同情，纷纷表示要捐款给她做手术，医疗界的网友甚至联系好了医院和医生。

柳耕笙他们经过再三考虑，表示只接受好意不接受捐款，秀米的手术一定要做，手术费由他们共同承担。

这个消息一发，粉丝暴涨至五百万，蜂蜜几乎卖断货，各种包装、颜色、品类的大米销量暴涨。一方面宁缺毋滥绝不以次充好，一方面扩大养蜂规模，秀米原先居住的愁岭也建起了养蜂基地，愁岭野生茶树特别多，花开时节那也是漫山香雪海。

农场效益越来越好，柳耕笙和白云翩越来越舍本，毫不犹豫购进了一台价格高达八万的植保无人机，它是农场目前最为昂贵和先进的机器人，一小时可飞播五十亩，抵得上五十个插秧能手一天的工作量。前文说过，农场耕田、插秧、施肥、喷药、收割、烘干、加工等环节全部实现机械化，唯独育秧、拔秧环节无法机械化，必须人工，而且耗工耗时，神奇的植保无人机有如飞机植树，直接播下种子，颠覆和删除了育秧、拔秧、插秧三道工序。

有了植保机，不受欢迎讨人嫌的山垅梯田也成了抢手货。之前农场之所以嫌弃山垅田，就是因为山垅梯田道路崎岖，田小、地碎、水冷、泥烂，难以机械作业，人工耕种成本高、产量低、效益小。植保无人机一举省略育秧、拔秧、插秧三道工序，成本下降大半，山垅梯田流转成本远远低于平田，产量虽低仍有效益。产量低只是相对平田而言，随着优良品种的引进，产量只升不降，效益只增不减。

一则受柳耕笙他们事业芝麻开花节节高影响，二则受疫情影响，失业返乡种田的人多了起来，他们以农场+农户方式与农场合作，昔日无人问津的山垅田竟然变得一田难求起来，流转价格水涨船高，农场、农户、流转户实现三赢。

舌头坪和愁岭也种上了稻子，纯有机稻，不施任何化肥不洒任何农药，既可养殖稻花鱼，又保证了蜂蜜品质。

县乡政府争取到国家补助资金，舌头坪和愁岭的机耕道得以拓宽硬化，仲生地骑着电动车也能上上下下、进进出出。而今他最爱说的一句话，就是"变化太快太大了，做梦一般"。

"姜"心托明月

"大卵泡"最近连做了三个梦，都和生姜有关，不仅梦到生姜，还梦到防空洞，梦到那个长得像尚水晶的女兵。做完这三个梦，"大卵泡"从下地赶到上地，打着手电深入防空洞，防空洞还是那么空那么潮，虽然香烟一根接着一根抽，尽管里头空气混浊似酒鬼的口腔，他还是嗅到了女兵的陈年体香和生姜气息。

"大卵泡"抽完半包香烟，回来对官财营说："我想种生姜，你种不种？"官财营伸出柏油路面般粗糙的手掌，欲摸他额头。"大卵泡"拨开他的手："我没发烧。"官财营拧了拧自己耳朵："那是我耳朵出毛病了？""大卵泡"说："你别装了，听我说。"

"大卵泡"说："现在上地和下地的水田流转得差不多了，只剩下旱地，荒着也是荒着，我想利用起来种生姜，这两年生姜价格比较平稳，应该有钱赚，跟我一起干吧。"

　　官财营刚洗完澡，脑袋一会儿右甩、一会儿左甩，甩出耳里积水的同时，也把"大卵泡"的话甩了出来："不干，绝对不干，打死我也不种生姜，我现在好不容易有点血，不想再亏血本。""大卵泡"说："人各有志，你实在不想干，我也不勉强你，稻田里的活请你多承担些。"

　　左耳积水已经甩出，右耳的没甩出，脑袋甩到肩膀也甩不出来。官财营用力跳了几下，跳到第五下，耳道一阵温热，积水眼泪般淌出，很是舒爽。官财营一脸轻松愉快："这个没问题，现在都是机器操作，没多少事，与过去相比，种田越来越轻松了。"

　　"大卵泡"说："兄弟，有你这句话，我就放心了。"官财营递上一根烟给"大卵泡"，迟疑道："我说先发，你到底怎么回事，怎么还想种生姜，当年的教训还不够惨痛？种点别的什么，我还会考虑考虑，生姜绝对不种。一提生姜我就心慌，你没发现吗？这些年我都不吃生姜了，原先我特别爱吃生姜，每年新姜出来，用醋泡上六七斤，一直吃到立夏。"

　　"大卵泡"说："你这是一朝被姜（将）军十年怕卒子，我是姜（匠）心不死。你那么爱吃生姜，不种生姜真是对不起生姜。"官财营大叫起来："不是我对不起生姜，是生姜对不起我。"他还想说你也对不起我，话到嘴边，像一粒糖丸融化了。"大卵泡"现在很对得起他，这几年跟他一起种稻子，当年亏掉的血本基本赚了回来。

　　"大卵泡"似乎猜到官财营想说而没说出口的话，低头低声道："兄弟，是我对不起你，不过，这次你不跟我一起干，会对不起自己。"官财营说："你这话什么意思?""大卵泡"说："肯定赚啊，很可能大赚，有赚不种，你这不是对不起自己吗?"官财营说："你这么一说，我更不敢种，我还是一心一意种稻子。""大卵泡"说："我也不是三心二意，种稻子是主业，种生姜是副业，吃饭吃大米，但不是一日三餐都吃米饭，有时还吃个馒头面条，你说是不是?"

官财营说："我不会说话，说不过你，鸡蛋放你进嘴里，都能孵出小鸡来。""大卵泡"爆笑："还说不会说话，这话说得，你太会说话了。我嘴里真能孵出小鸡来，就不种生姜了，也不种稻子，专门孵小鸡，嘴孵蛋、蛋孵鸡，大发特发呀……"

柳耕笙和白云翩支持"大卵泡"种生姜，但提醒他不要种太多，种一点试试。"大卵泡"说："我的想法和你们一样，我想好了，先种个十来亩，如果卖不掉，就存在防空洞里，哪怕全部烂掉，也亏得起。现在有条件了，我在洞里隔出一个小房间，铺上木炭再装上空调，一定能保存很久。"

柳耕笙说："到时说不定供不应求，没进防空洞就卖光了。"

白云翩说："现在保鲜技术这么好，不会那么容易烂掉的。"

"大师兄"说："到时可以上抖音直播带货。"

"二师兄"说："只要有好的创意和卖点，不愁卖不掉。"

新姜上市，开始不太好卖，"大卵泡"正准备按原计划储存生姜，"大师兄"和"二师兄"想出一个好创意拍成视频：天气突然降温，姜农（"大卵泡"饰演）在姜地里忙着抢收，天黑回到家里，等待他的却是冷锅冷灶，正要发怒，发现妻子（尚水晶饰演）受风寒感冒发烧卧床，怒火转为柴火，生火熬了一碗热气腾腾的红糖姜汤，端到妻子面前。妻子喝下姜汤，出了一身大汗，顿时退烧，挣扎着要起来做饭。姜农不让，温柔而又粗暴地强迫妻子躺下，掖了掖被角，转身去厨房做饭，手脚麻利地炒了一碗色香味俱全的肉条姜丝，盛好饭摆好筷，高声叫妻子吃饭，没应答，到卧室一看，妻子睡着了，脸上挂着甜美的笑。姜农没有叫醒妻子，深情注视着她。一轮明月升起，如霜的月光照进屋里洒在床前。画面上出现"姜心托明月"五个字，若有若无的背景音乐《知心爱人》音量一下提高……

视频一播，生姜即被抢购一空。

"大卵泡"颇为后悔，对"大师兄"和"二师兄"说："早知道你们有这么好的创意，就多种点。""二师兄"说："创意这个东西，尤其是好的创意，不是说来就来、说有就有的。""大师兄"说："创意这个东西呢，就像怀才不孕，听清楚了，不是不遇而是不孕，就是孕了，未必能生出好孩子，你明白我的意思吧？"

"大卵泡"脑袋摇得像风中的铃铛："不明白，我一点都不明白。""大师兄"说："我的意思是，有时候做成一件事情，运气很重要，但是好运气不常有，老是靠运气最终是靠不住的。""大卵泡"点点头又摇摇头，不说话。"二师兄"说："'大师兄'的意思是，做成一件事情，既要靠运气又不能靠运气，这也是我的意思，你明白我们的意思吗？"

"大卵泡"摇摇头又点点头，摇了一会儿点了一会儿，突然开口："你们的意思，是不是谋事在人成事在天？""大师兄""二师兄"相视而笑，先微笑后大笑，不说话。

"大卵泡"也笑，傻笑。

官财营也有些后悔，试探着问"大卵泡"："兄弟，明年还种不种？""大卵泡"高深莫测地看了他一眼，没说话。官财营小心翼翼道："要是种的话，我跟你一起种！""大卵泡"的目光越过他的头顶、越过屋顶、越过山顶，若有所思道："有时候做成一件事情，运气很重要，但是好运气不常有，老是靠运气最终是靠不住的。"

官财营捏着下巴道："什么意思？到底种还是不种？""大卵泡"斩钉截铁道："还是一心一意种稻子吧，米饭虽然不是餐餐吃，但是一天不吃就不行，民以食为天、食以米为先，种稻才是正道，上地、下地的地种完了，我们可以到其他地方去种。"官财营说："可以养稻花鱼呀，我们为什么不养稻花鱼？""大卵泡"跺脚道："是啊，我怎么就没想到养稻花鱼呢，真是被姜迷了心窍。"

"大卵泡"又从下地来到上地，再次深入防空洞，呆坐一个小时，一根烟没抽，没嗅到一丝女兵的陈年体香，也没嗅到一丝生姜气息，但嗅到了稻花鱼的气息。

"大卵泡"又看到那只青蛙，蹲在潮湿得几乎出水的那块地面上。上次看到，它一动不动，这次不等他走近，就跳开跳远了。

然后，"大卵泡"听到铺天盖地的蛙鸣。

生不带来死却带走一把泥土和一尾稻穗

现代化程度再高，种稻还是要靠天吃饭，风调雨顺就是老天给饭吃，风不调雨不顺就是老天不给饭吃。前文说过：稻子生长期间，有风有雨是好天气，风越调、雨越顺收成越好；稻子收割期间，有风有雨是坏天气，任何一场上规模的风雨，都会导致收成减产泡汤。收割期间刮大风，造成稻秆倒伏，收割机无法作业，人工收割也异常艰难；下雨则致使谷子"感冒发烧"，继而霉变发芽。

这个风，主要是台风；这个雨，主要是台风带来的豪雨。

稻株还是"青草"的时候，台风尚在孕育中，即便早产，伤害也不大，它们就像两边倒的墙头草，风再狂，也折不断，更无法连根拔起——因为它们头轻脚重形单影只，不招风。被折断和连根拔起的，往往是树木——因为它们头重脚轻枝繁叶茂，招风。

疾风知劲草，台风知禾苗。对于生长中的禾苗而言，别说台风带来的豪雨，就台风本身而言，也富有营养，不失为利大于弊的助长剂。随春风潜入夜的春雨，润物细无声；随台风闯入夜的豪雨，润禾声大作。

但是，一旦稻子结穗，开始低头之际，这时候如果来一场台风，就会引无数稻秆竞折腰。那是骨折级的重度折腰，重新站起不可能，不淹死不霉烂已是幸运。

结穗之前，稻子就像离不开水的鱼儿；结穗之后，稻子不那么喜欢水了，得降低水位；稻穗转黄后，稻子非常不喜欢水，必须把水排干，切断水源，也就是前文提及的"放禾水"。这时候，它需要的不是水分，而是"阳分"，在充足的日照下饱满成熟。

阴险狠毒的台风，最喜欢在稻子结穗、稻穗转黄期间偷袭，所幸，成功率不高。台风到了关山重重的上地，基本成了强弩之末，威胁性极强，损害性不大。每到这个时节，农人便病态般关注天气预报，一片乌云一阵大风，都会牵动他们的神经末梢。

近十年，上地基本风调雨顺，台风虽然年年来，来得并不频繁，风力也不大，除了风口上的稻子，大部分屹立不倒。但是去年那场台风，到了上地依然后劲十足，以君子报仇十年不晚的气势，肆虐了一天一夜，暴雨瀑布般泻向大地，狂风铁链般抽向万物，低洼处的稻田水满为患，稻子全部倒伏淹没在水里。

台风过后，迅速排干积水的同时，必须更加迅速地洗稻。所谓洗稻，就是将倒伏在水里裹上淤（烂）泥的稻穗洗净，否则淤（烂）泥一干一板结，谷粒即被活埋，发霉变黑。即使不沾泥，水里浸久了，稻穗同样发霉变黑，这两项抢救必须争分夺秒同时进行。洗稻一定要在积水排干之前完成，否则无水可洗，但又不能放慢排水，真是十万火急，火烧眉毛又火烧头发。

排水有抽水机，洗稻只能人工，人手严重不足，能洗多少算多少。抽水机也严重不足，能抽几丘算几丘。那些天，大家都感觉不到腰的存在，恨不能在身上绑上一根大弹簧，替代消失了的腰。

生产自救结束，腰刚若隐若现，又没了，收割开始了。那些躺平的稻子，再先进的收割机也收割不了，全靠人工。割稻本来耗腰，割倒伏的稻子更耗腰，比洗稻还耗。农场全体员工家属，无不忘我投入收割中，年近八旬的雷辈凤，也不顾大家劝阻，挥镰霍霍向稻子。

割着割着，"大师兄"突然直起身，双手叉腰，身子用力往后扳了扳，左顾右盼一番，仰天长叹："完了完了，我的腰不见了，谁看到我的腰？"大家纷纷学他样子，大呼小叫："完了完了，我的腰也不见了，谁看到我的腰？"

"二师兄"说："我们现在都成了没有腰的妖怪了。"白云翩说："'二师兄'，你不要打击一大片，我们不是妖怪，你才是，你本来就是水蛇腰，全身都是腰，现在只有你一个人有腰。"仲山说："'二师兄'，你能不能借一段腰给我？""二师兄"说：
"本公主的腰，产权属于'大师兄'，任何人神圣不可侵犯，犯我
者虽远必诛！"

"二师兄"说罢，自己先笑弯了腰，大家跟着笑弯了腰。笑
着笑着，仲守福大叫起来："哈哈，我有腰了，我的腰找到了！"
大家先是一愣，继而心领神会，一个个大叫起来："哈哈，我也
有腰了，我的腰也找到了！"

柳耕笙掏出手机，拨通"土肥圆"："肥总，在镇上吗？在
呀，那太好了，晚上请你亲自安排一桌爆炒猪腰、羊腰、牛腰。
对对，主要以猪腰、羊腰、牛腰为主，再上几个招牌菜。大家割
稻太辛苦，腰都累没了，我要给大家补补腰，把腰补回来……什
么？此腰非彼腰，吃腰子只能补腰子，补不了腰？哎呀，不管能
不能补，这是我的一片心意，你别管那么多，准备好就是，好，
就这样，再见。"

柳耕笙向众人摇了摇手机，朗声道："晚上我请大家到故香
菜馆吃猪腰、羊腰、牛腰，吃啥补啥，把我们的腰统统补回来。"

大家齐声欢呼，欢呼声中，突然传来一连串惊叫："家齐叔，
你怎么了？你快起来啊，不好了，家齐叔倒下了，大家快过来。"

惊叫发自"大卵泡"。

资深风湿患者，天气一变化关节肌肉就疼，或者说关节肌肉
一疼天气就变化，比天气预报还准。"佛顶珠"呢，台风一来血
压就升高，或者说血压一升高台风就会来，比天气预报还准。
"佛顶珠"患高血压近十年，常年服药，控制得很好，但是台风
到来前后，服药也不管用，严重影响睡眠。家人不让他洗稻，一
向通情达理的他，固执得像头暴怒的犀牛，怎么也劝不住。

"佛顶珠"说："老子恨不得多长出一双手来。你们让我歇

着，血压会更高，这种时候，把血抽掉血压也降不下来，吃一瓶安眠药也睡不着。"柳耕笙说："爸，我理解您的心情，我还恨不得变成千手观音呢。您血压那么高，要是有个三长两短，那，那不是……""佛顶珠"盯着他："那不是什么？"柳耕笙本想说"那不是添乱嘛"，话到嘴边咽了回去，改成"那不是雪上加霜嘛"。

白云翮说："爸，我知道您心里着急，可是着急除了血压升高，没有任何作用，您就少安毋躁吧。"土芬说："老头子，你不要命了……"话没说完，"佛顶珠"暴喝一声："老子就是不要命，你能怎么着。""佛顶珠"说完，冲锋陷阵般冲进田里，去得最早，回得最迟。"佛顶珠"腻烦大家的关怀，洗稻的时候，刻意躲开他们，保持一段距离，谁要跟着他，就大发脾气。

柳耕笙非常担心，感觉父亲头顶那颗肉瘤警灯闪闪、警笛声声，特意嘱咐"大卵泡"跟着父亲，想方设法逗他高兴。"佛顶珠"跟"大卵泡"最合得来，"大卵泡"又专拣他最爱听的话说，什么生命在于运动、降压在于劳动，什么血压像弹簧你弱他就强，老村长你什么困难没遇到过，又有什么困难能够战胜你，老村长，你说我说的对不对？

整个上地，叫"佛顶珠""老村长"的，仅"大卵泡"一人。"佛顶珠"不是官迷，否则当年不会主动辞职，但这并不意味着他不喜欢别人叫他老村长，就像年过五十的男女仍然喜欢别人叫他们帅哥美女。"大卵泡"说的每句话，"佛顶珠"都爱听，面上不动声色，内里心花怒放，自然不反对"大卵泡"跟着他。

那天，"大卵泡"不知何故拉下好长一段距离，"佛顶珠"转头高声道，"我说'大卵泡'，你一个血压正常的人，怎么还不如我一个血压不正常的人？""佛顶珠"只有在很高兴或者很不高兴的情况下，才会叫他绰号。"大卵泡"连忙疾步上前，一马屁拍在屁眼上："老村长，你吃过的盐比我吃过的饭还多，你喝过的酒比我喝过的水还多，你走过的桥比我走过的路还多，我的血怎么能跟你的血相比，你的血比我的血浓，你的血比我的血纯，你的血比我的血热。"

"佛顶珠"哈哈哈大笑，笑直了腰又笑弯了腰，笑弯了腰又笑直了腰，笑着笑着，突然"哎哟"大叫一声，脸朝下扑倒在地，然后就传来"大卵泡"的惊呼。

"佛顶珠"再也没有站起来，再也没有醒过来。"佛顶珠"左手抓着一把泥土，右手抓着一尾稻穗，怎么掰也掰不开。白云翩力劝哭得像台风中颤抖的树叶般的丈夫和婆母："爸爸种了一辈子田，为种田而生为种田而死，至死眷恋土地和稻谷，就让他带走这把泥土和这尾稻穗吧，要是不让他带走，反而不孝。"

柳耕笙和土芬觉得白云翩说得在理，不再执着。遗体抬上火化炉传送带的时候，众人齐齐跪下，哭声震天，祝他一路走好。

土地永远不属于"佛顶珠"，"佛顶珠"却永远属于土地。"佛顶珠"永远带不去一块土地，土地却永远带走了他。

追　鱼

田内损失田内补。稻子损失巨大，稻花鱼却大获丰收，在台风到来之前全部捕捞。烂在田里的稻子，正好养殖冬季稻花鱼。

舌头坪没人烟没污染，种的是纯有机稻，每丘稻田都养了稻花鱼，和蜂蜜一样，品质极好。随着机耕道的硬化，尤其购买了植保机后，舌头坪也种上稻子。舌头坪海拔高，遭受的台风更大，好在地势悬空排水通畅，稻子虽然大部分倒伏，但暴雨一停，水便退去，稻穗浸泡时间短于上地、下地、富家地和愁岭，损失也最小。

有村庄的地方就有溪河，有溪河的地方就有鱼儿。舌头坪海拔虽高、村庄虽小，溪流却不小，一条四五米宽的溪流穿村而过，水草少女秀发般葳蕤，盛夏时节，那可真是风吹稻花香两岸——当然还有酸枣花的香味。

溪水文静流过村庄，在村头水口汇积成深潭，深得两根晒衣竿连接起来，也探不到底。溪水在深潭积蓄了力量，摇滚着浪花，笑着喘着号叫着，奔涌向前不到百米，突然银河落九天般垂直下降，跌落深不可测的峡谷，流入富家地、上地和下地，汇入闽江。

舌头坪人称这条瀑布为白水际瀑布，称这道断崖为龙门。前文说过，舌头坪像一条巨大的舌头伸出悬崖峭壁，三面都是断崖，瀑布泄下的龙门断崖，在舌尖。都说鲤鱼跳龙门，但是面对笔直的龙门，即便长了翅膀，鲤鱼也跳不上来。于是乎，舌头坪的河里，除了半边鱼和饭粒鱼两种土鱼，找不出一条长鳞的鱼。严格意义上讲，舌头坪的河里没有鱼。

半边鱼呈黑色，无名指长小指粗，鱼腹纯平，壁虎般紧紧吸附在石头上。轻轻搬起石头，半边鱼一离水，即从石上掉落——石头搬起的时候，迅速将笊篱伸到石下，半边鱼便自投罗网。半边鱼上溯险滩急流的时候，一公一母肚腹紧贴，抱团协力向前，仅凭一己之力难以成功，因此半边鱼又叫情人鱼和夫妻鱼。

饭粒鱼呈金黄色，体积小如饭粒，故有此称。饭粒鱼也许是世上最小的鱼，永远长不大，喜欢逗留在浅水区嬉戏。水底放一个浅底笊篱，撒一把新鲜饭粒，饭粒鱼围拢抢食，迅速提起笊篱便无处可逃。

每年深秋枯水时节，舌头坪人会麻一次鱼。麻药是茶油饼，由榨干油的山茶籽压制而成，斗笠大两指厚。茶油饼含有乙醇类成分，捣碎掺水充分搅拌，产生丰富的泡沫，倒入河里，几乎覆盖整条河面，可麻翻半边鱼但不致命，未被拾捡的，两个时辰后清醒过来，畅游自如，不影响生长，也不影响春季产卵。饭粒鱼虽小，却对茶油饼有免疫能力，除了动作略微迟缓，并不能将其麻翻。

除了半边鱼和饭粒鱼，溪里还有鳗鱼、鳝鱼和甲鱼。鳗鱼鳝鱼不多，甲鱼略多。

仲守福的"据点"，就在溪边。那是舌头坪保存最为完好、地理位置最佳的一幢房子。道路硬化后，仲守福学会了开车，花两万元买了一部二手皮卡，出行更加方便。出行更加方便的仲守福，却常住舌头坪，尤其夏天，乐不思富家地。暑假期间，罗彩云也常住舌头坪。

"据点"背后就是山崖——"舌头"根部，山崖之上有片阔叶林，除了飞鸟，什么动物也上不去，包括猴子。最疯狂的砍伐岁月，它们也安然无恙。阔叶林全是箩筐粗的参天大树，树缠藤、藤缠树，绿得发乌的树冠厚如花菜，大雨泼不进，冰雹砸不进。六月骄阳似火，林子凉风习习。山崖四季泉水源源不断，毛竹引入厨房，自来水一样方便，省去挑水之劳。

"据点"门口那段溪床，溪底是块光滑蜡黄、十余米长、五米来宽的扁石，形成一个天然浴缸。暴雨过后，水深也不过肚脐，平常没到膝盖。岸边有棵倾斜的大樟树，繁茂的枝叶几乎覆盖河床，遮挡炎炎烈日。

这个天然浴缸，是罗彩云的最爱，也是吸引她暑假常住舌头坪的缘由。富家地和愁岭没有这样的天然浴缸，潭倒是有几个，但是水太深，成年男子都不敢涉足，何况她一个不谙水性的女孩子，一失足就可能失生——不是湿身而是失去生命。这个一眼望到底的天然浴缸，没有任何危险，看着安心洗得舒心。

酷热的中午，仲守福和罗彩云一起躺在溪里歇凉。仲守福腹部插着导尿管，身体不宜浸在水里，躺在架在河床上的竹床上。罗彩云直接躺在水里。连续晴天半个多月，水更浅了，枕块石头，脸露出水面，水流绸缎般滑过身体，舒服得恨不能天底下人都知道这舒服，却怎么也说不出这舒服。

罗彩云很快舒服得睡着了。仲守福也舒服得进入了梦乡，梦见河里的鱼像田里的鱼一样多，不是金灿灿的饭粒鱼，也不是黑乎乎的半边鱼，而是白花花长着鳞的鱼。鱼像吻着鲜花的蝴蝶，吻着他的身体。

不知梦了多久，仲守福突然被罗彩云骇人的尖叫惊醒，睁眼一看，一只肥嫩的甲鱼咬住她的大脚趾，罗彩云甩胳膊般甩着大腿，怎么也甩不掉。仲守福连忙叫她别动，千万别动，越甩甲鱼咬得越紧。仲守福没被甲鱼咬过，也没见过别人被甲鱼咬过，但从小听说被甲鱼咬了怎么对付。

按照小时候听来的办法，仲守福迅速将罗彩云抱到那家人搬不走的石磨旁，轰隆隆推起磨来。甲鱼以为打雷，吓得松开嘴，脚趾上留下两个米粒大的血窟窿。

甲鱼松开嘴的刹那，罗彩云扑进仲守福怀里，亲热地叫了声爸爸。这之前，罗彩云只在作文里叫过他爸爸，现实叫叔叔。仲守福那个兴奋，竟然捧起她的大脚趾，轻轻吸吮起来，口齿不清道："彩云，女儿，我的好女儿，这下不痛了吧？"罗彩云咯咯笑了起来："爸爸，爸爸！你快松口，痒死我了，一点都不疼了。"

罗彩云问仲守福："爸爸，好奇怪，这条溪里有甲鱼，怎么没有鱼呢？要是溪里有鱼，有好多好多的鱼，鱼就会来亲我的脚趾，甲鱼就不会来咬我的脚趾。"仲守福说："那怎么可能，甲鱼还是会咬你的脚趾。"罗彩云说："怎么不可能，要是溪里的鱼像田里的鱼那么多，溪里就交通堵塞了，甲鱼就游不过来了。"

仲守福脑子一下短路，不明白她的话。罗彩云就给他解释："这就像城里的马路，车太多了，人就很难过马路。马路上有红绿灯，红灯停绿灯行，人行道上的绿灯亮起的时候，汽车停下来，让行人过斑马线。可是溪边没有红绿灯，水底也没有斑马线，甲鱼再多多不过鱼，鱼又不让路，甲鱼就游不过来了，老老实实待在洞里，你说是不是。"

仲守福还是不明白，但他装出一副明白的样子："彩云，你说得对，说得太对了，你真是个天才少女，我一定想办法让溪里的鱼多起来，多得像田里的鱼一样多，让甲鱼老老实实待在洞里……"

仲守福把想法告诉柳耕笙，柳耕笙很是兴奋："我是上地的河长，正愁怎么推广河长制，你这个想法太好了，做成功了很有示范效应，我全力支持你，任命你为副河长。"仲守福兴奋得直搓手："副河长是什么级别？"柳耕笙哈哈大笑："什么级别都不是，这只是我的口头任命，我一个小小村支书，没有权利任命任何人，就是一个称呼而已，就像妻子叫丈夫老公，丈夫叫妻子老婆，孩子叫父母爸妈。"

仲守福继续搓手，搓红了掌心："柳书记，我接受了这个称呼，就要承担起责任。秀米叫我老公，我就要承担起做老公的责任。彩云叫我爸爸，我就要承担起做爸爸的责任。我是我妈的儿子，我就要承担起做儿子的责任。不过，话说回来，我原来没有这个能力，现在有了，就一定要努力、努力、再努力。"柳耕笙双手重重按在他肩头："行啊，仲大哥，你现在越来越会说话了。说实话，我任命你为副河长，有言在先，没有任何报酬，但我相信你有能力做好。"

仲守福不搓手了，猛一击掌："柳书记，有你这个正河长的大力支持，我这个副河长有信心干好。"柳耕笙笑道："仲大哥，你确实越来越会说话，但是客套话就不要说了。"仲守福嘿嘿笑了起来，又搓了起手掌。

仲守福自掏腰包，买了些鲤鱼、草鱼苗放进溪里。天气晴好的时候，仲守福经常孩子似的，半蹲在河里寻寻觅觅，除了零星的半边鱼和饭粒鱼，一条草鱼和鲤鱼也看不到。它们好像味精一样，消融在水中。仲守福掬水喝了一口，一点鱼味也没有。

只要天气好，每到周末，罗彩云总要来到舌头坪，和仲守福一起找鱼，每次都失望而归。被甲鱼咬过之后，罗彩云不敢轻易下水，看到一块龟背大的椭圆形褐色石头，都以为是甲鱼。

仲守福又自掏腰包，买了更多鱼苗放进溪里，依然不见鱼。鱼跑哪儿去了呢？仲守福请教柳耕笙，柳耕笙直挠头："这个我真不懂，我打电话问问河长办的人。"柳耕笙当即掏出手机，先后跟镇河长办和县河长办的人通了一番话，末了对仲守福说："县河长办和镇河长办三天之后派人下来考察指导，到时我陪他一起去舌头坪。仲大哥，不好意思啊，这段时间太忙，我把你养鱼的事忘了。"

仲守福说："这不怪你，怪我把这事想得太简单，以为溪里养鱼比田里养鱼简单。"柳耕笙说："不是你想得简单，是我疏忽了，支持不够。"仲守福说："这些鱼是不是嫌我级别太低，看不起我，故意躲起来？也许你一去，它们就跑出来欢迎你了。"柳耕笙故意板起脸："仲大哥，不要太会说话好不好？"

仲守福搓起手来，不再说话，手心没搓红，脸倒红了起来。

河长办一行人来到舌头坪，一问一看啼笑皆非。镇河长办的人说："你投放的那点鱼苗，就像撒在面里的胡椒粉。"县河长办的人说："那可不是一碗面，而是一锅面，老大老大的一锅面。"镇河长办的人又说："你这条溪太素了，从来没有长鳞的鱼，那点鱼苗一投进去，就被溪神打了牙祭。"县河长办的人又说："我们每年有鱼苗投放规划，鱼苗由政府配套资金购买，完全是公益免费的，你们打个报告上来，明年把舌头坪纳入投放规划。建议你们选择一段溪流，下游筑上一道矮坝，千万别用水泥，全部用石头垒，用不会生锈的铁网罩住固定，这样鱼就跑不掉了，过个三五年，鱼长大有了繁殖能力，把坝掘开一个口子，溪里就都是鱼了。"

在镇河长办的指导下，仲生地很快在舌头坪溪里，也就是天然浴缸下方筑起一道石坝，然后戴牙箍一样罩上石笼网。石笼网就是"不会生锈的铁网"，具有自然生物工程结构，是巩固河床、河道治理的理想环保选材，石笼网本身经过包塑、镀锌等防腐处理，永不生锈，使用寿命长达三十年。

鱼苗投放那天，风和日丽，县河长办副主任一声令下，装在十个大桶里的三万尾鱼苗，像十道水银泄入天然浴缸，亮瞎人眼。刹那间，"浴缸"沸腾起来，空气中颤动着鱼的浓郁气息。鱼儿在水里形成一道回流，团团转了几圈，四散开来，飞快窜向上游。

三万尾鱼苗当中，绝大多数是草鱼和鲤鱼，少量娃娃鱼，另外还投放了一千只鳖鱼，也就是甲鱼。罗彩云既兴奋又担心，问仲守福："爸，那么多鱼放下去，等到它们长大了，溪里会不会装不下它们？"仲守福说："这个你不用担心，鸟兽再多再大林子都装得下，鱼儿再多再大江河都装得下。"

罗彩云说："万一装不下呢？"仲守福想了想："万一装不下，就装进肚子。"说罢哈哈大笑起来。罗彩云也跟着大笑起来。笑罢，罗彩云又说："那么多鱼长大了，溪里本来就装不下，还有那么多的甲鱼，它们长大了，不是更装不下吗？"仲守福得意地拍了拍肚子："那就统统装进肚子，这里面什么都装得下。"罗彩云说："我可不敢吃甲鱼，怕吃进肚子还咬我肠子。"仲守福笑出了眼泪："你这个小脑袋，想法就是不一样。"

"大师兄"和"二师兄"做了直播。

"大师兄"对着镜头说："做酒要好水，泡茶要好水，养鱼要好水，用这么好的水养鱼，我敢打保镖，羊都不吃草改吃鱼。"

"大师兄"说罢，脑袋扎进溪里喝了几口水，抹着嘴对着镜头说："大家知道这水有多好喝吗？比矿泉水还好喝！"

"二师兄"对着镜头说："可以预见，几年之后，舌头坪溪里的鱼，可能多得脚一伸进溪里，就会被鱼绊倒，夜里还能听到娃娃鱼的歌唱，两岸将建起数座雕栏画栋似的观鱼亭，那是怎样一幅独特美妙的乡村美景？你可能见过满池塘的鱼，见过满水库的鱼，见过满稻田的鱼。你肯定没见过满溪的鱼，哇，想想都醉了……"

投放鱼苗当夜，仲守福做了一个梦，嘴里不停叫着"鱼鱼鱼"，被秀米推醒。秀米问他："梦见鱼了？"仲守福说："嗯，好多好大的鱼，整条溪都是鱼，小的胳膊粗、大的大腿粗。"

"溪又不是海，怎么可能有那么大的鱼，也就是做梦吧？"

"彩云不是说嘛，只要去努力，所有的梦想都会开花结果。

小时候听大人讲楼上楼下电灯电话，没几个人相信，我也不相信，可是现在不都实现了吗？不仅电灯电话，还电视电脑，手机小车也有了，超额实现。我从没想到这辈子还能讨上老婆做上爸爸，现在不也实现了吗？从今天开始，溪里已经都是鱼了，只是没有长大而已。说不定有一天，鱼真能长到大腿那么粗，甚至还能蹿上岸、爬上树。"

"照你这么说，说不定还能飞呢。"

"鱼本来就会飞嘛，在水里飞嘛。要是有一天在水里待腻了，进化出翅膀来，就能飞上天。"

"我说仲河长，自从你当上了河长，满口都是鱼味，吐口唾沫都是鱼鳞。"

"我是副河长，河长是柳书记。在书记面前，你可不能叫我河长，最好副河长也别叫，搞得我像个领导一样，影响不好。"

"反正你自己领导自己。不跟你说了，离天亮还早，我要继续睡觉，也争取做个好梦，梦见胳膊腿那么粗的鱼。"

"哈哈，这就叫夫妻一条心，梦也变黄金。秀米，我还做了另一个梦，一个很重要很重要的梦。"

"什么梦？"

"梦见你手术成功，变成一个大美人，像当年电影《追鱼》里的鲤鱼姑娘一样美。"

"你现在是不是嫌我长得丑了？"

"这是什么话，难道你不希望自己变得漂亮起来？"

秀米扑哧笑了，却不说话，偎进他怀里。仲守福问她笑什么。秀米说："不说了，睡觉，做梦，好好梦，用力梦。"

"二师兄养猪场"——不是尾声的尾声

　　白云翩描绘已久的养猪场蓝图，就要奠基了。柳耕笙、白云翩叫它"云耕者养猪场"。柳絮飞强烈反对：大米加工厂叫云耕者大米加工厂，烘干厂叫云耕者烘干厂，博物馆叫云耕者博物馆，重复不重复啊，能不能换个名称。

　　柳耕笙："云耕者是我们农场的品牌，统一名称有利于品牌打造，就像电视连续剧，无论多少集，只有一个片名，每集用数字标记，第几集第几集，从来没有每集都起个片名的，你喜欢的那些网剧，不都是这样吗。你已经念初三了，这个道理应该不难明白吧？"

　　柳絮飞："那是因为我不是导演，我要是导演，每集都取个片名。《红楼梦》等四大名著，不就每回都起了个标题吗？要是按照你的意思，那些兄弟姐妹多的家庭，根本不用起名字，取数字就行。假设你们生了六个孩子，我是老大，那我不必叫柳絮飞，叫柳一或者柳一零就行，后面的叫柳二柳三柳四柳五，或者叫柳一一柳一二柳一三柳一四柳一五。"

　　柳耕笙："你这是钻牛角尖，全国姓柳的人那么多，都这么起名，那不乱套了。"

　　柳絮飞："所以名字才要起得有特色，与众不同，柳絮飞就蛮有特色，与众不同。"

　　白云翩抚摸着凸起的肚子，笑道："那你看看给你的弟弟或者妹妹取个什么名字好？"柳絮飞略一思索，脱口而出："弟弟叫柳絮纷，妹妹叫柳絮飘，怎么样？"

白云翩："嗯，不错，相当不错。"

柳耕笙："还行，不过絮纷有点女性化。飞呀，纷呀，飘呀，感觉你们将来都要远走高飞似的。"

柳絮飞："远走高飞不好吗？说明我们有出息嘛，难道你们不希望我们长大了远走高飞？"

白云翩："飞飞不得了，这话妈妈爱听，飞飞将来一定会有大出息的，弟弟或者妹妹也会有大出息的，我喜欢这两个名字。"

柳耕笙："这么一说，我也喜欢上这两个名字了，暂定了。既然你这么会取名，我就给你一个机会，你想给养猪场起个什么名？"

柳絮飞："'二师兄'……'二师兄养猪场'。"

柳耕笙："不行，绝对不行，'二师兄'姐姐会不高兴的。"

白云翩："是呀，这对'二师兄'姐姐太不尊重了，不仅她不高兴，'大师兄'也会不高兴的。飞飞，你再想一个吧。"

柳絮飞："没有比这个更好的名了，你们怎么知道'二师兄'姐姐会不高兴，'二师兄'不是她的真名，也不是她的专利，先问问她再说。"

夫妇对望一眼，没表态。柳絮飞说："那我去问了。"一会儿，他和"二师兄"一起来到跟前。"二师兄"笑吟吟道："'二师兄养猪场'这个名称起得太有创意了，为了我们共同的事业，本小姐愿意奉献我的绰号。"柳耕笙沉吟道："'大师兄'也同意？""二师兄"手一挥："当然同意，这有什么不同意的。要不你亲自问问他？"柳耕笙也把手一挥："不问了，那就这么定了。"

除了县领导和镇领导，应邀参加奠基仪式的，还有田恒乐和

"土肥圆"。田恒乐作为供应商代表，"土肥圆"作为客商代表。田恒乐农场的米糠，是养猪场的特供饲料。

猪场设计产能两千头，柳耕笙和白云翮担心自己农场生产的米糠不够，与田恒乐结成战略合作伙伴，田恒乐以生产资料（米糠）入股。猪场建在一座小山上，粪便进入地下发酵池，发酵后通过管道排入山下稻田肥田。"大卵泡"当年种植生姜的旱地，将全部种上地瓜藤。这种地瓜藤只长藤不长瓜，韭菜一样，不割不长越割越长，生长期长达八九个月，是最好的猪草。

"土肥圆"代表客商发言，发言极其简短：食品就是人品，我与柳总、白总打了多年交道，我坚信他们的人品，所以坚信他们能够养出最好的猪，为消费者提供最好吃的猪肉，还有猪肠。

柳耕笙亲自操刀发言稿，但绝对是"土肥圆"的心声。

"大卵泡"作为农场"元老"，也参加了奠基仪式。当主持人请大家挥锹铲土的时候，"大卵泡"迅速脱下洁白的手套，往掌心吐了口唾沫，搓了搓掌心。别人只是象征性地铲了一两铲，他却满满铲了三四铲，要不是白云翮提醒他，恐怕还要铲下去。

"大师兄"捕捉到这个细节，觉得自己理解了"大卵泡"的用心，很是感动，编辑视频时，特意突出了这个细节。

视频上传后，有粉丝讥笑"大卵泡"老土，但是更多粉丝认为"大卵泡"是个纯朴实干的人，有粉丝建议由"大卵泡"来当"二师兄养猪场"场长。

养猪场竣工之际，秀米从上海手术归来，手术很成功。秀米自觉一下轻了许多，感觉自己随时都要飘起来。

归来那天，太阳很旺，到了富家地，一下车，蜜蜂纷纷飞来，将秀米团团围住，似乎要抬起她。秀米连忙攥紧仲守福胳膊，生怕蜜蜂把她抬走。养了几年蜂，仲守福已经深谙蜜蜂习性，尽管不理解蜜蜂今日的举动，但他知道蜜蜂没有恶意，坦然面对并享受蜜蜂的包围和抬举。

仲守福不知道，谁也不知道，富家地每个蜂箱，派出上百只代表迎接秀米；舌头坪每个蜂箱，派出上百只代表迎接秀米；愁岭每个蜂箱，派出上百只代表迎接秀米。它们路途较远，迟到了一会儿。

蜜蜂载歌载舞了半个多小时，才渐渐散去。蜜蜂为什么如此通人性，人不知、鬼不知，天知、地知、蜜蜂知。

没过几天，仲守福下山途中，遇到一辆轿车。道路狭窄，没法交会，仲守福将皮卡后退一百多米至交会点，轿车得以通过。仲守福看了一眼车牌，是广东的，心说除了他的皮卡，舌头坪一年到头难得见到汽车，尤其外地车，尤其豪车。

正纳闷，四十岁上下的司机下车走到他跟前，轻轻叩了叩仲守福半开的车窗："您就是舌头坪那个养蜂人吗？"仲守福心里一咯噔，连忙下车："你，你怎么知道我？"那人笑着双手作揖："您可是大名鼎鼎。我在抖音上多次看到您，我这是慕名而来啊。"仲守福瞪大眼睛："请问，请问你是何方贵人？"

"呵呵，我不是什么贵人，我是舌头坪人。"

"这，这怎么可能？"

"这样吧，您掉转车头，跟我一起回舌头坪。我有办法让您相信我是舌头坪人。"

"上面没什么吃的，你还是跟我一起下山，到富家地我的家吧。"

"我车上有好多吃的，好菜好酒，什么都有，我更想到舌头坪与您边喝边聊。"

"既然这样，那就听你的，你走前面，一条路通到顶，没有岔路。"

　　"我知道，这条路我从小走到大。"

　　仲守福掉转车头，忐忑而又兴奋地跟他向山上驶去。那人开得非常快，但开得非常稳，仲守福有些跟不上……